舒文 著

福姥姥

F U LAOLAO

中国文史出版社

目 录
CONTENTS

梦抵达的地方，同样刻骨铭心

　　一辆勒勒车形状的月亮船，从天而降，落在一望无际绿茵茵的、开满萨日朗花（蒙古语，山丹丹花）的草原上。身穿红色蒙古袍，扎着紫红色腰带的新郎，从月亮船上下来，跨上一匹白马，向着一座洁白的蒙古包飞奔。她身穿一件红底镶满金边的蒙古袍，黑得发亮的麻花辫垂在胸前，辫梢上系着一根红头绳，手捧着蓝色哈达，站在蒙古包前，望着飞驰而来的白马，脸上洋溢着甜蜜的笑容。太阳光照射在她的身上，感到暖融融的。望着骑在马上的新郎，她使劲地张开眼睛，试图透过刺眼的光线去看清他的脸庞。新郎渐渐地近了，五官的轮廓越来越清晰了，她的笑声在空中回荡……突然，一位脸上长着一颗大黑痣、头戴大红花、手提大烟袋、身穿红袄绿裤的媒婆，抓住了她的头发，"你敢违抗父母之命、媒妁之言，走，跟我回去！"她昂首挺胸，毫不示弱，"除了他，我谁也不嫁。"一群人蜂拥而上，死死地拖住她的胳膊。她哭喊着："让我嫁给他吧！求求你！求求你！"新郎不见了，她挣扎着，泣不成声……

　　元旦之夜，吉日格勒（蒙古语，幸福）从梦中惊醒，在片刻的朦胧中，一双眼睛半闭半开，凝望着黑暗中色彩的变幻，凭着一闪而过的意识的微光渐渐清醒。她口干舌燥，喘着粗气，出了一身细汗，身体麻木得无法动弹。她的双手下意识地抓着床单，直到彻底清醒，才慢慢松开了手。在旋涡般的黑暗中，她那双陷在眼眶里，像两口小井一样的黑眼珠转动不止，终于闪出亮光来。她坐起身，抓起床头柜上那杯凉白开，一口气灌下半杯，才放下杯子。

　　"天神之声"由远及近，还是那般具有磁性，"你又做了那个梦？"她深深地叹了口气，"哎，又做了那个梦。"她慢慢躺下后，用枕头捂住脑袋，可还是阻止不了思想。整整一年了，在孤独寂寞的日子里，这个梦境时常再现，而"天神之声"在她焦虑、忧伤、恐惧、痛苦之时，就会来到身旁，像臆想中的人一样存在着，成了不可或缺的"聊伴"。

吉日格勒躺在床上翻来覆去睡不着，她越不去想，那个梦境越是要从潜意识的深潭中浮出，所有的细节清晰起来。她忘不了草原上那些小路、河流、山峦，忘不了那回不到起点的梦想，更忘不了在梦中她还在为他哭泣……她自言自语，"这个梦境，我从来没有经历过，为什么总会重复出现？"不可否认，她在梦中毫不费力地回到了从前，重新体验年轻时常常幻想的婚礼场面。她百思不得其解，最终只能将这个梦归结为自己白天太消闲了。还自我安慰，梦是反的，如果好事将尽，就是福兮祸所伏；如果坏事将尽，则苦尽甘来；梦见自己

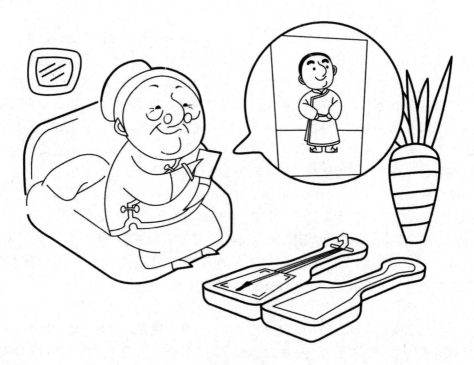

在梦中哭泣，意味着会有好消息。尽管她知道一切毫无希望，可还在期待着。其实，她不明白，一个人睡着时，周围萦绕着时光的游丝，岁岁年年，日月星辰，有序地排列着，正是她所追求的"婚姻自由"带给了她心底的纠结，才使她重复做着同一个梦。

还是睡不着，思路倒比以往清晰了许多。"天神之声"突然又冒出来，吓了她一大跳。"梦中的新郎究竟是谁？"她吞吞吐吐地，说："看不清他的脸，我也搞不清楚。"她又竖起耳朵听了一会儿，"您让我搞清楚？噢！谢谢您的提醒。"

吉日格勒睡意顿失，想到了新郎，也想起了自己的嫁衣。她一个鲤鱼打挺，

翻身下床，动作敏捷地像年轻时候一样。她打开房间里的顶灯，搬来一把椅子，站在上面，从大衣柜顶上摸出一把钥匙。又从椅子上下来，用钥匙打开衣柜门，准备盘点一下自己的家当，这还是她丈夫苏子文去世十年来的第一次。柜门一开，堆积着的大大小小的包袱，像被禁锢已久的小丑，没等邀请，就自动跳将出来。她从地上拾起一个个包袱扔到床上，直到把整个柜子腾空，才盘腿坐在床上，打开包袱。每个包袱里都是衣服或布料，她打开一个，翻动几下，见没有自己想找的东西，就包好了放回衣柜去。折腾了好一阵，只剩最后一个包袱了，她自言自语，"明明放在里面，怎么会没有？"她有些迟疑地打开这个包袱看，"啊，它在这儿！"一件红底镶着金边的蒙古袍，把她的眼睛都照亮了。这正是梦中她穿在身上的那件衣服——她的嫁衣啊！她拿起衣服在身上比试着，显然她比初嫁时胖了许多。抖动中，一张照片滑落在地上，她弯下腰去拾，感觉腰背发僵，只好屈膝蹲下，拾起照片，放在床上。急忙把最后一个包袱扔进去，把衣柜锁了，又站着椅子，把钥匙藏在柜顶上。这一系列动作十分娴熟地完成之后，她才找来老花镜戴上，从容地坐在床上，仔细地端详起来：这是一张微微泛黄的黑白照片。照片上的小伙子，留着小分头，眉毛浓密而整齐，一双大眼睛炯炯有神，眉宇间流露出一种风流倜傥的英俊气息，挺直的腰板穿着蒙古袍，扎着腰带，显得格外精神。她端详了半天，就像心房里放着卓别林的无声喜剧片一样，嘴上笑出声来，发出鸽子般的"咕咕咕"声，还伴着一种奇妙的激动，轻盈而明亮。

"天神之声"又响了起来，"你找到他啦？"她笑着说，"我终于想起来了，他是巴特尔（蒙古语，英雄），我的初恋情人。"

想起了巴特尔，吉日格勒又想起了许多事情。她"腾"的一下跳到地上，又搬过那把椅子，站上去，在柜顶上来回摸索，终于拉出一卷报纸包着的东西。灰尘那些地球上永不疲倦的旅行者，被从数十年的沉睡中惊醒，在灯光的照耀下，以不同的速度翻翻起舞，然后很不情愿地落到地板上。

吉日格勒将东西放在地上，解开捆绑的绳子，拆开包着的报纸，露出一个长长的金黄色的盒子。打开盒子，里面躺着一把怪模怪样的琴。这正是蒙古族历史上较为悠久的一种特殊的弓弦乐器——马头琴，蒙古语称"绰尔"。琴身木制，长约一米，有两根弦，共鸣箱呈梯形。相传有一牧人怀念死去的小马，取其腿骨为柱，头骨为筒，尾毛为弓弦，制成二弦琴，并按小马的模样雕刻了一个马头装在琴柄的顶部，因此而得名。吉日格勒用手抚摸着，那琴与普通的马头琴并不一样，形状很奇特，弦、杆、弓、厢以及马头，披着厚厚的污垢。那污垢，像一部族谱和史书，她仿佛从中看到了当年的游牧迁移，仿佛听到了如泣如诉的蒙古族长调，仿佛看到了年轻时，她和巴特尔在草原上策马奔驰的身影。这把马头琴陪伴吉日格勒多年，感觉它的声调如江河水一样清澈，如马奶酒一样不伤人。

吉日格勒情不自禁席地而坐，把琴捧在手上，用手弹了下琴弦，发出一阵声响。她想起，这琴是巴特尔送给她的。确实事情已经过去了好多年，那些人和事还像灰尘一样蒙在她的心上。穿行在风尘中的人啊，谁能达到"本来无一物，何处惹尘埃"的境界。

那时，吉日格勒所在的旗乌兰牧骑到她的家乡附近的草原上为牧民演出，她的父母亲和巴特尔都来看节目了。巴特尔穿着一件绿衬衫，扎着红领带，一边斜挎着一个酒壶，一边斜挎着一个手电筒，怀里还抱着一把马头琴。他席地而坐，每演完一个节目，他就喝彩一阵，再喝上一口酒。吉日格勒唱歌的时候，他却没有鼓掌，只一个劲喝酒。演出结束后，吉日格勒找马车夫送自己的父母亲回家，却不见了巴特尔的身影。队长拿着一把马头琴，对她说："巴特尔送给你的，他说，你唱歌的时候用马头琴伴奏更好听。"吉日格勒接过琴，问："他人呢？"队长说："把琴交给我就走了。多好的一把琴，这可是雪中送炭啊！"当时，他们乌兰牧骑的乐器只有手风琴、二胡和笛子，正缺一把马头琴。吉日格勒将这把琴视为珍宝，她用苏子文照相用过的装相纸的盒子，粘了一个长方形的大盒子，又做了一个棉垫子，将琴包好放在里面。从那以后，吉日格勒再演唱蒙古族歌曲时，都是由这把马头琴伴奏的。后来，她生了苏哈玲，每次去农区和牧区演出，她身边总是带着两样东西：一个是琴，一个是孩子。往往是她在前面演出，哈玲却在那个琴盒里睡着了。

那个琴盒早已不在了，这个琴盒是生活好转后买的。离开乌兰牧骑后，就再没有弹奏过。在乌兰牧骑演出时，她常常唱起的那首源远流长的内蒙古乌拉特民歌《鸿雁》，想到这儿，她情不自禁地哼唱起来……

鸿雁天空上/对对排成行/江水长/秋草黄/草原上琴声忧伤。

鸿雁向南方/飞过芦苇荡/天苍茫/雁何往/心中是北方家乡……

房门被撞开了，苏哈玲怒气冲冲地闯进来，将吉日格勒从深情的演唱中惊醒，她望着女儿直愣神……

苏哈玲以为自己看花了眼，揉了揉眼睛，定睛一看，自己眼中那位爱干净的母亲，居然坐在地上，周围落满了灰尘。她忍无可忍，扯着嗓子，喊道："老妈，你发什么神经，对着一把破琴怀旧哇！地上全是土，脏死了，快起来！"

苏哈玲一边把母亲扶起来，一边抓过那把琴扔在地上的盒子里。

"你别动我的琴。"

"半夜三更的，你闹出这么大动静，还让不让人活啦？"

"你说啥？我没戴助听器，听不清！"

苏哈玲觉得母亲发出的声音含糊不清，但她没有心情细想，继续发泄着不满，"也不知道你是真聋还是装聋？好听的话，你听得可清楚呢！自己做错了事儿，就装傻！烦死人啦！"苏哈玲嘟囔着，摔上门，上厕所去了。

吉日格勒虽然耳背，但看见女儿面有愠色，判断出是在责怪自己。片刻之前的欣喜受到了彻底的破坏，有点晕头转向。她拿起床头柜上的电子闹钟看了一眼，时针指向三点，"我醒得真是太早了。"

吉日格勒将琴盒拿到床上放好。她再不敢乱动，只能关了灯，躺在床上。可是，她一闭上眼睛，那副身穿蒙古袍、五官端正的尊容便堂而皇之地飘过来，他的神色总是那么兴高采烈，那么从容不迫。她知道，照片上的他，那把琴，连同那梦境，都是从上世纪六十年代反射过来的景象，似乎当年所埋下的儿女之情还在，所承载的离情别绪还在。

在像电影一样的回放中，吉日格勒的脑仁又疼了起来，头昏神疲，浑身乏力。她说了句，"真要命！"就半躺着拉开床头柜的抽屉，摸出一个药瓶，拧开盖，用手指摸出一片药，放入口中。先拧上瓶盖，把药瓶放回原处，才伸手端起刚才喝剩下的半杯水，把药片送服下去，这才躺下身。

经过反转徘恻之后，她又进入一个凄凉的梦境⋯⋯

打不开的心结

苏哈玲从夜用加长版的懒觉中醒来，感觉家里静得似乎地上掉根针都能听到。她伸了个懒腰，揉着眼睛从卧室走出来，"我说怎么这么安静，家里一个人都没有，没有人在耳边唠叨的感觉真是太好了！"

苏哈玲退休，举家回来陪母亲同住，已经有两个月了。彼此的不适应是从早上开始的。母亲吉日格勒信奉的一句老话是"早睡早起身体好"，她也是一直这么教育女儿的。可苏哈玲信奉比较时髦的一句话是"男靠吃女靠睡"，她也是这么教育自己的儿子的。所以这矛盾就来了，一个要早睡早起，一个要晚睡晚起，同在一个屋檐下，互相影响之大，可想而知。每天早晨，只要苏哈玲没有按点起床，母亲就在她的卧室门口一遍一遍地喊："哈玲，太阳照屁股了，该起床了。"苏哈玲嫌母亲吵了她的觉，就用被子捂住头，假装没听见，翻个身，继续睡。

以前上班"朝八晚五"没有办法，只能在节假日里睡到自然醒，然后打扮得美美的出门，邂逅美好的生活。在苏哈玲看来，这才是最大的幸福和享受。现在每天都过着没有闹钟束缚的日子，任性的苏哈玲还是控制不了体内的洪荒之力，就是喜欢睡到太阳晒屁股，母亲来充当活闹钟都没有用。她和所有的爱睡懒觉的女人一样，觉睡足了，黄脸色、黑眼圈、下眼袋、粗毛孔，通通和她"拜拜"啦。只是身体有些丰盈起来，这样也好，即使生命枯竭，也可在优雅中老去。

苏哈玲站在客厅的地上，阳光透过玻璃照在身上，有一种暖暖的感觉。光线照射在家具上，显得格外陈旧。紫罗兰色的丝绒沙发，已经塌了绒，颜色也似是而非了，她在沙发上坐下来，有塌陷的感觉；玻璃茶几的一条腿坏了，是用胶粘上去的；电视柜上的漆掉了几块。

元旦过后，春节就临近了。中国人有一个传统的习惯，就是年终要进行大扫除，北方称"扫房"；南方叫"掸尘"。就是在扫尘之日，全家上下齐动手，用心打扫房屋、庭院，擦洗锅碗、拆洗被褥，干干净净迎接新年，其寓意就是"除旧布新"。

苏哈玲想，反正春节前要进行"大扫除"，不如早点动手，把房屋简单装修一下，换一些新家具。在她看来，房子装修是家庭的重大事件。房子装修的好坏，不仅关系到自身的舒适，而且代表着你的品位。客人第一次走进家门，会

忍不住打量房子的大小和装修风格，并以此来判断主人的品位。

一直以来，吉日格勒对在青城能有她这样的房子住，还是很满意的。比起那些把房子腾出来给子女儿孙结婚用，自己没有立身之地的老人家来，她能不知足吗？她独居的时候，觉得一个人住九十多平方米的房间太大了。有一段时间，曾产生过一个念头，想把一间卧室租出去。她这么做，不是为了能收多少房租，而是为了化解自己的孤独感。她常常想，如果有个人和自己一起住，万一哪天自己摔倒了，也能被及时发现，对她也是个照应。这一想法，被苏哈玲轻而易举地 Pass 掉了。

"你把房子租出去，我们回来看你，住马路上吗？"

"家里多了个外人，多别扭哇！"

那时，苏哈玲没有想到的是，"空巢"是许多老年人生活的常态。他们想以房屋免费居住来换取陌生人"精神赡养"的做法，虽然出于无奈，但也未必不是一种朴素的生活和生存智慧，是一种积极的"精神自救"。苏哈玲有自己的想法，如果把房租给一个心怀不轨、欺负老年人年老体衰，而有什么其他企图的人怎么办？如果对方是个比较自私的人，只是希望占免费租房的便宜而对老人不管不顾？那么，留给老人的只能是失望。苏哈玲明显地感觉出了母亲的孤独和寂寞，但她简单地认为，退休以后，就能回来陪母亲了。现在母亲身体健康，只要保证她衣食无忧就足够了，而没有积极采取措施，从根本上解决帮助母亲排解生活上的孤独感。

苏哈玲笑容满面地对母亲说，"老妈，在买不起大房子之前，我想先把这个房子装修一下。"她兴高采烈地说出了自己的规划，却遭到了强烈的反对。吉日格勒既像自言自语，又像在对女儿说，"总有一天，你会明白，住在几十平方米和几百平方米的房子里，孤独是一样的。管它好不好，我有个睡觉的地方就行了。"她不同意装修的理由很充分，什么人老了忘性大，变了之后就找不到东西，感觉太乱；什么家里也没人来，凑合着住就行了，省钱又省心；什么老房子装修，会对人体造成伤害……吉日格勒一说完，就回自己的卧室，关上了门，没给女儿留一点争辩的机会。其实，吉日格勒的真实想法是：你才回来几天，行事越发的无所顾忌了。打着装修房子的幌子，和我叫板，唱对台戏。我的家，我做主，绝不允许你对我指手画脚。

苏哈玲知道母亲反对，也只能暂时作罢。

这天夜里，吉日格勒一觉醒来，就怎么也睡不着了。她披了件外套，灯也没开，就摸索着走进客厅，刚在沙发上坐下，睡在阳台上狗窝里的爱犬钻石便跑过来，将两只前爪放在她的膝盖上，她就将它抱在怀里。

老伴苏子文去世后，一直是宝贝外孙子安逸陪着她。安逸考上大学走之前，怕姥姥孤独寂寞，就用自己积攒下来的压岁钱买了一条"迷你雪纳瑞"宠物犬。他觉得这个"汪星人"太可爱，太珍贵了，就取名叫钻石。他用了一个多月，把钻石训练得很懂规矩，不在家里拉屎撒尿，也不在家里乱跑乱叫，才放心地走了。

安逸走后，有了钻石的陪伴，吉日格勒便不参加任何聚会，所以也没有多少可以交心的朋友。人是社会化的动物，可想而知，孤独寂寞对她人体的伤害是超乎想象的。

客厅迎街的窗帘未拉，有微弱的光线照进来，所有的东西朦朦胧胧的。虽然看不太清楚，但她对家里的一切再熟悉不过了。她看看这个家，用手摸摸沙发，哪样东西都像她的亲骨肉。它们就像钻石一样年复一年日复一日地陪伴着她。想到也许有一天，它们将义无反顾地弃她而去，就纠心地痛。她不由自主"呜呜"地哭了起来，她不知道是哭死去的丈夫，还是哭她自己。

吉日格勒越哭越伤心，越哭声越大。哭声先将睡在隔壁房间的安泰然惊醒，他推了推苏哈玲，说："你听！似乎老妈在哭。"苏哈玲起身，拖鞋也没顾上穿，光着脚跑进了客厅，顺手打开了灯。她看见母亲抱着钻石，已哭成了泪人，一时间愣怔了，这是她第一次看见母亲流泪。

"老妈，我出嫁的时候，你也没流一滴泪。这半夜三更的，你又出啥幺蛾子？"

苏哈玲不知道，正是她的婚姻，使彼此间的矛盾犹如爬山虎一样，长满了母亲的心房，那些藤蔓缠绕成了打不开的心结。此刻，苏哈玲的这句话，像一根导火索，引爆了吉日格勒沉积多年的愤怒，她忍无可忍地爆发了。

"你还好意思说，好好想想你是怎么嫁出去的！"

苏哈玲此刻才明白，母亲那个打不开的心结，就是她嫁给了安泰然，这个母亲极不满意的人，而且还是远嫁他乡。

苏哈玲出嫁的那天，母亲给她穿上婚纱后就消失了。无意间，她看到父亲苏子文穿着笔挺的西服，背对着门外的喧闹。他一只手扶着身旁的椅子，低着头默默地看着椅子，那种落寞寂静的情景令她一阵心酸。

出门的那一刻，苏哈玲想起了那句"父母在，不远游"的老话，后悔了自己的远嫁，她哭了。

母亲从另一个房间走出来，用高八度的声音训斥她，"你哭什么？狼心狗肺的东西。嫁出去的姑娘，泼出去的水，就当我没生养过你这个女儿。"

听了母亲的话，苏哈玲哭得更凶了。

父亲送她出门，说："不要哭，你妈这是舍不得你！爸爸妈妈希望你永远笑着。"

那天，苏哈玲坐在婚车上，哭了一路。

"你绞尽脑汁要嫁给他，为了逼婚，你不惜生米煮成熟饭，丢人现眼。现在好了，都土埋半截的人了，落了个无家可归。别打着回来照顾我的幌子，回来蹭吃蹭喝。从你嫁出去，你对我们不管不顾，还不如我这满屋子的家具，更不如我养的钻石这条狗。"

苏哈玲出嫁二十多年回来，发现母亲的脾气还是一点没变，说话专门揭短，专向人的痛处戳。尽管在这一点上，苏哈玲就是母亲的翻版，但和母亲比，她也甘拜下风。

苏哈玲如愿以偿地嫁给安泰然之后，自己可以说他不好，别人绝对不能说他半点不好。她听了母亲一番刻薄而绝情的话，感到无地自容。她吼出一句："好心当成驴肝肺，你还是我亲妈吗？"就一屁股坐在地上大哭起来。

安泰然走过去扶起她，说："老婆，你别生气，我们明天就搬出去。"

苏哈玲的哭声戛然而止，愤愤道："对，搬出去，不要像口香糖一样黏在人家鞋底下，让人心烦。"

第二天，苏哈玲就在对面的楼上租了房子，等吉日格勒出去遛钻石的时候，她和安泰然回去收拾好自己的东西，搬了过去。

吉日格勒的心也不是铁打的，苏哈玲和安泰然在家住的时候，看着他们整天在眼前晃来晃去，一副无所事事的样子，是很心烦。但他们搬出去之后，她方知过分，心里像住进了二十五只老鼠，百爪挠心。每天靠安眠药过闭上眼睛的日子，靠面壁打坐过睁开眼睛的日子。唯一的好处，是她面壁时，又可以肆无忌惮地和"天神之声"对话了。"他们住在我的家里，晚上不睡，早上不起，把我的生活搅得一团糟。两个人什么正事都不做，不是上网聊天，就是打麻将、玩游戏。安逸大学毕业，都该娶媳妇了，要钱没钱，要房没房、只有一辆破车，我都替他们急。"她听见"天神之声"对她说，"急也没用。"她接着说，"你说，这是我的错吗？自己的孩子倒成了掉进灰堆的豆腐——拍不得了。"她分明听见"天神之声"，"不是你的错！"她更加肯定道："这样也好，我反倒落了个清净。"

把吉日格勒将女儿、女婿从家里赶出去当"丑闻"传播开来的，是她的"知心大姐"齐大妈。有一天，齐大妈来找苏哈玲打麻将，吉日格勒就和她说了一些掏心窝子的话，让她评评理。俗话说，"家丑不可外扬！"显然，吉日格勒犯了大忌。齐大妈中年丧夫，含辛茹苦把儿子李继生拉扯大。他大学毕业后有了一份不错的工作、美满的婚姻，却"娶了媳妇忘了娘"。齐大妈孤身一人与吉日格勒同病相怜，成了知己。苏哈玲的归来，使吉日格勒过起了"衣来伸手、饭来张口"的舒心日子，齐大妈看着眼热，用一句网络流行语来说，就是"羡慕嫉妒恨"，一种夕阳西下、处处不如人的惶恐不安的心理油然而生。俗话说，"养儿防老"，自己是有儿子的人，她不想吉日格勒比自己强。通过她一传十、十传百，很快认识的、不认识的人，都知道小区里有个"恶老妈"。如今，电视剧里有一些"恶婆婆"的形象，现实生活中真有这样的人，已司空见惯，不足为奇，这"恶老妈"的名声让人接受不了，让人怀疑起她的人品问题。于是，对吉日格勒的称呼，背地里也由"福姥姥"变成了"恶老妈"。

你的出现，盘活了我的感情世界

　　苏哈玲租的房子虽说是两室一厅，但两室都被房东锁着，租给她的只有一厅。他们的活动空间除了住的地方，就是卫生间和厨房。一日三餐，都由安泰然来做，苏哈玲无事可做，闲得发慌。

　　俗话说，人闲生余事，驴闲啃槽帮。一想到母亲说自己"无家可归"，苏哈玲就越看自己的老公越不顺眼，有气就往他身上发。一张嘴数落他就是"啥也指靠不上"，说的次数多了，就成了她的"口头禅"。安泰然的耳朵都听出茧子。幸亏他向来就风趣幽默，否则早被她的"精神虐待"折磨死好几回了。他说，"以前，你冲我发脾气，我会很淡定，你的大姨妈来了；现在，你冲我发脾气，我很纠结，你的大姨妈没来。"他还不断开导她，"我们搬出来住，老妈肯定过意不去，说不准哪天就回心转意，来求我们搬回去呢。"

　　苏哈玲接过他的话，"搬来搬去，还不都是因为你。你说，当初我妈那么反对，我怎么还是死心塌地嫁给了你？"安泰然苦笑了一下，"你后悔啦？"

　　在婚姻生活中，安泰然毫无自己的地位，老婆才是家庭真正的主人，拥有完完全全的经济支配地位。这种没有人格、缺乏自由的家庭地位，早就引起了他的强烈不满，只不过他不愿意将自己的双手握成暴力的铁拳，来对付妻子的唯我独尊。

　　"后悔？我从不做后悔的事儿！"

　　"想当年，你不是张口闭口说'你的出现，盘活了我的感情世界'吗？"

　　苏哈玲想起了这句话，闭上双眼仍能清晰回忆起初恋的情景……

　　那个百无聊赖的炎夏，踏着最好的年纪，苏哈玲遇见了他，两颗心碰撞在一起，交织出一段平凡而纯粹、甜蜜而苦涩的爱情，改变了自己的生活轨迹。

　　那年夏天，天很热，苏哈玲突发奇想，想去游泳。学游泳是她小时候的梦想。

记得她五六岁的时候，父亲就第一次带她跳进河里学习游泳，因为贪玩加上水凉，回家以后竟然发起烧来，母亲赶紧把她送去医院，同时也把父亲一顿好骂，明令她不准再去游泳。现在长大了，她很想完成自己没有实现的梦想，她约了闺蜜马莲同去。马莲无论长相、身高与苏哈玲都十分相像，常被误认为是"双胞胎"，苏哈玲称呼她为"影子"。她们师范学校刚毕业，都被分配到青城的小学当老师，学校还没开学，可以尽情地玩，等参加了工作，也许这样的机会就不多了。她们又都是"旱鸭子"，想先报个培训班学习。于是，找了好多游泳的地方，都是孩子们的活动场所。最后，听说有一个宾馆的游泳馆在办游泳培训班，就去看看。

因为是刚刚开业的宾馆，所以一切都是新的，游完了还能冲上热水澡，就在那里报了名。她们在教练的指导下学了二十多天，终于可以自己游了。有一天，马莲家里有事，苏哈玲就自己去了。教练在教新学员，说她游得不错，就让她先从深水区向浅水区游，这样不容易出事。虽然水很凉，但是她每次总是第一个下水，勇敢吧？这次，苏哈玲没听教练的话，信心满满地从浅水区向深水区游，没想到刚游过那排小旗，到了深水区。她的小腿抽筋了。因为在浅水区养成了坏习惯，她往起一站就沉了底，呛了口水，以为自己要被淹死了，惊慌失措，游泳动作也变得慌乱起来。那天，安泰然正好陪战友郑栓柱来青城找工作，住在这个宾馆里，事情办得差不多了，就来游泳。安泰然还没下水，就看见深水区有异常，他奋力游到苏哈玲沉没的位置后，试着调整了一下身体，憋足了一口气潜了下去，双手往下探，他的一只手在大约距水面半米多的位置，抓住了一只胳膊，他使劲往上提。苏哈玲的整个头露出水面后，一动不动，似乎已经昏迷了过去。安泰然使劲蹬水，希望用最省力的方式将她救上岸。这四五米的距离，他带着她一起游，花了两分钟的时间。就在这最危急的时刻，开始一直站在岸上，看着安泰然干着急的郑栓柱，伸出手把苏哈玲救上了岸。苏哈玲依然昏迷着，安泰然用他学来的救生知识，让她躺在坡度稍大的地面上，头朝下，而且不断按压她的胸背部，让她将水吐出来。没过多久，苏哈玲吐了两口水后，慢慢地睁开了眼睛。映入眼帘的是：一个半跪在地上的男子，他有一头黑黑的头发，稍稍叛逆的微微扬起的浓密眉毛下，一双仿佛可以望穿前世今生的黑眸，直挺的鼻子，厚薄适中的双唇，脸上流露出坚毅而英武的神态，看上去都会使人产生一种"好像在哪个电影里见过"的感觉。

苏哈玲紧紧拉住这个自己喜欢的血性男儿的手，"是你救了我？"

"举手之劳，何足挂齿。"

苏哈玲坐起来，拉住他的手不放，一个劲说"谢谢"！

安泰然见她安然无恙，就想站起身来。苏哈玲傻傻地望着他，"这，这哪里是人啊！"安泰然听她说自己不是人，脸上有点挂不住，"分明是童话故事里的白马王子嘛！"这句大喘气的话，引起了围观的人哈哈大笑。

安泰然起身走向游泳池，苏哈玲追上去，"谢谢你！"

安泰然停下脚步对她说，"别客气！不过你要记住两点，一是游泳前一定要热身，热身包括全身运动，特别是对大小腿的肌肉，一定要进行屈伸，充分拉开，不然容易抽筋；二是要量力而行。在没有完全掌握技术动作之前，不要轻易冒险，还是在浅水区多多训练，以免发生意外。"安泰然说完，就跳入池中，游了起来。

苏哈玲显然是被刚才的一场虚惊吓着了，她不敢贸然下水，只能坐在岸边默默地注视着那个救了自己性命的完美男人。

苏哈玲事件后，游泳馆加强了管理，安泰然被聘为临时救生员。救生员除了会游泳之外，还必须达到以下的标准：一分钟内速游五十米；潜水时间达到三十秒；在三米深水区潜水打捞一个卡片；不间歇游完五百米等等，同时对视力、救生技能等各方面素质也有严格要求。

从那以后，苏哈玲尽管夜夜都做被水淹死的梦，她还是每天去游泳，为的就是能和自己的意中人相处。安泰然不仅模样帅气，经过三年的军营生活，他举手投足，更是有板有眼；说起话来幽默风趣，散发着雄性的吸引力。苏哈玲知道安泰然家里给他订下一门亲事，但她仍穷追不舍。其实，那门亲事是安泰然当兵走的时候，家里给定下的。他并不喜欢，只是不想伤父母的心。他转业后，还没有分配工作，家里也没有逼他结婚。认识苏哈玲之后，他感觉自己的未婚妻没法和她比。苏哈玲一张白里透红微圆的脸上，一双黑白分明的杏核眼，饱含青春、温柔和勇敢；细长的柳叶眉，长长的睫毛，殷红的唇，整个脸部没有一点儿矫饰的痕迹；她的身材和四肢合度、富有弹性和姿态，使她有一种说不出的美妙，他从水中救她起来的时候，已经有一种似曾相识的感觉。除了游泳，他还带她去玩一些她之前没玩过的惊险刺激的运动，比如去游乐场玩过山车、漂流、看恐怖片等，这些让人非常难忘的经历，慢慢地苏哈玲的眼里就只有他了。

有一次，苏哈玲乱发脾气，故意跟他吵架，"你的过去我不愿意问，那是你的事情；你的未来我想参与，这是我的福气。"安泰然告诉她，"穷男生不该有爱情，我上有父母爷爷奶奶，下有弟弟妹妹还等着念书，我起码要多辛苦十年，才能让全家人过上好日子。我知道我配不上你，是我不够好，我不忍心让你跟我一起吃苦。我爱你，所以我不应该跟你在一起，我们一开始就错了，对不起，我希望你能忘记。"听他说完，苏哈玲转身就走。安泰然在呼唤她的名字，她并没有走多远，躲在转角处偷偷望着他，看他会不会着急，会不会伤心。他看上去好孤独、好无奈，他站在原地，夕阳把他的影子拉得斜长，好久都没有动，好像要在那里等她一辈子。

仲夏之梦总是要醒的，安泰然的假期结束了，就要回家乡附近小镇的那家电厂上班了。两个人在车站告别时，苏哈玲一会儿用手捂嘴笑，一会儿眼里充满了泪水。在几分钟里，她仿佛又把这个夏天过了一遍。安泰然没说一句话，只是在上车前给了她一个拥抱。他乘坐的火车渐行渐远，苏哈玲的悲伤汹涌而至，她低下头抹着眼泪。她变成一个小女孩，在回家的路上哭出声来。

后来的日子里，两个人只能"一片痴心，两地相望"。

一个月后的一个雨夜，苏哈玲站在小镇的街角，望着安泰然打着雨伞送一个女孩上了公交车，她有些心疼的落寞。返回时，她挡住了他的去路。

"青城一别后，我对你的爱忘不了，戒不掉。我来了，你开心吗？"

安泰然望着站在雨地里的苏哈玲，扔掉雨伞，把湿淋淋的她拥入怀中，"你好傻！千言万语化成三个字'好心疼'。"

"你让我知道，亲近一个人的感觉，也品尝到了失去的滋味。"

第二天，他们并肩骑着自行车四处游览，在草地上惬意聊天，畅所欲言。全然没有了在青城时，每一次循序渐进双方都夹着试探、害怕，纠结的复杂情绪，预知的爱情在这个美好的重逢的场景里发生了。

安泰然初次触碰苏哈玲的身体，是在游泳池里，她被救起后嘴角扬着微笑。现在碰触时，她僵硬得不知所措，有一种被心上人触碰到肉体的强烈紧张感。

那个不计后果的夜晚，不经意间的情动亲吻。他们交出了身心，彻底地信任，全心地投入。他们深深地坠入了爱河，私订终身。

他们的爱情并不是轰轰烈烈，就像夜半苏哈玲偷偷望着安泰然熟睡的脸，轻声耳语，"我不抱怨时间和空间，也不奢求与你长相厮守。我知道自己深爱着你，你也深爱着我，就足够了。"

清晨，苏哈玲悄悄走了。

安泰然真心爱上了这个女人，仿佛回到了智商为零时期。他违背了父母的意愿，义无反顾地退掉了那门亲事儿。他对父母说，"哈玲是我生命中最重要的人，我会不离不弃。"

自从苏哈玲带安泰然回家见父母之后，环绕在她身旁的就只有世俗的眼光。

安泰然一走进这个家门，吉日格勒就皱着眉头，她觉得这个贫富的对比太像电影或者小说里的镜头了，实在让人无法接受。然后跟他说了第一句话：我家哈玲从小没吃过一点苦，没受过一点委屈，这是我们父母的本分。小伙子，你能做到吗？"安泰然没有回答，他知道自己做不到，同时他也知道了哈玲为了跟他在一起，要做出多大的牺牲。她说的第二句话是，"你如果能做到，希望结婚以后和我们住在一起。"

父亲苏子文满面笑容望着他，对吉日格勒说，"你别逼孩子。"接着又对女儿说，"哈玲，你喜欢他，对吗？我觉得他也喜欢你，而且胜过了你喜欢他。婚姻其实是要讲究'气场'的，爱人好不好可能还是其次，跟你合不合才是最重要的。"这才给了他们将爱情进行到底的勇气。

吉日格勒毫不让步，"这是你们一辈子的大事，如果做不到，你们还是分手吧。我不会让哈玲和你受苦的。"

后来，苏哈玲发现自己怀孕了，出现了母亲指责她的"生米煮成了熟饭"的结局。苏哈玲放弃城市优越的生活和满意的工作，追随安泰然到了那个小镇。跟着他挤小平房，好衣服不穿，长年穿运动服。吉日格勒即使一万个不情愿，也无济于事。在她的眼里，安泰然除了长相，再无一点好。他家无权、无钱；他又是家里的长子，弟弟妹妹好几个，都在上学，将来就像背着包袱上路，苏哈玲嫁给他将来的日子也不会好过。苏子文疼爱自己的女儿，为了她的终身大事，托人求情，才把她调到了那家电厂，解决了他们两地分居的困扰。他们像戴着眼罩的马一样，走进了婚姻的殿堂。

一想到这些，苏哈玲明知自己自作自受，但她还是颇有鲁迅笔下的"阿Q精神"自我解嘲，自己生了一个好儿子，安逸一直是她的骄傲。

苏哈玲实在没事干，就和齐大妈她们打麻将，一天输赢也不过十元钱。自从知道齐大妈在小区里散布她家的谣言，就和她一刀两断，形同路人。

每天，苏哈玲回到自己狭小拥挤的出租屋，满心惆怅，"这屋子虽小，要是我们自己的有多好！"安泰然一听到她这句话，就会喜形于色地念出，苏联电影《列宁在1918》里的那句经典台词："面包会有的，牛奶也会有的，一切都会好起来的。"苏哈玲回敬他的，也总是"有你个头，啥也指靠不上"。

苏哈玲淹没在怨天尤人的情绪中，满眼都是自身与别人的差距，生活毫无快乐幸福而言，唯一喜欢做的事就是花更多的时间关注他人的生活。她躺在床上刷朋友圈时，看到女同学、朋友晒的旅游照片，也会羡慕地说，"谁都比我命好，嫁个好老公，能到处游山玩水。"

安泰然劝她，"你的问题是想得太多，读书太少。"

苏哈玲立即反驳，"读书再少，也比你多。"

安泰然知道，她在特指自己没有文凭，他也不和她计较，其实，要不是读书这件事支撑着他，恐怕他早已被无聊无助的生活逼得疯掉了。他知道自己岳母吉日格勒和别人这样说，"他啊，一天到晚游手好闲，长得好能当饭吃吗？我从来没有正眼看过他，哈玲嫁给他算是倒了八辈子血霉了。"一语道出了他们生活的真相，亲情的疏离是他切肤的伤痛，他和苏哈玲都不想对父母做薄养厚葬的傻事，可是日子却无可奈何地过成了这样。

人生没有对错，只有承受

　　从找回对巴特尔的记忆之后，吉日格勒的人生如桌上的那座老钟的钟摆，摇摆在无聊与期待之中。

　　对吉日格勒来说，生活是一个没有意义的无底洞，她在这个冰冷的空间孤独地度过了五年。苏哈玲搬出去住之后，吉日格勒又过起了独居生活。有人说，每个人每天都会和自己进行三千至五千次的简短对话，吉日格勒也不例外。她和爱犬钻石说话，和自己说话，尽管是些无关紧要、鸡毛蒜皮的小事，她都要进行一次心灵的独白。时间长了，滔滔不绝的自言自语，成为她的一种生活常态。从她能听到"天神之声"后，就像和臆想中的人对话一样，自我感觉良好。

　　每天，她除了去早市买回全天的食材，早、晚两次带钻石出去散步之外，就再不出门。去早市时，她总是穿上一件蓝色大褂，挎一个自己动手缝制的布包，包里放着一面放大镜、一个塑料餐盒和一瓶矿泉水。她一进市场，边逛边看，货比三家后，才来到要买的那家摊位前。因为大家都认识这位奇怪的老太婆，摊主都会笑脸相迎，"福姥姥，你来了，慢慢挑。"于是，吉日格勒拿起自己要买的菜，用放大镜照来照去。如果是买白菜、油菜之类，就问，"上面有没有被虫子咬过？"摊主会说，"有虫子，谁还肯要？""我要。"是啊，现在从喝的水、吃的东西，到空气都不安全了，人们买菜的观念也变了。有虫子咬过的菜，肯定没有使用过化肥、农药，可是想买到这样的菜，着实要下一番功夫。买鸡蛋的时候，她把水倒进餐盒里，把鸡蛋放入水中去判断：沉下去的是新鲜的，倾斜的是不太新鲜的，浮起来的是不新鲜的。经她这么一试，谁还能哄了她？买鲜姜的时候，她要像中医诊病一样望闻问切，无异味、不起皮的，才是好鲜姜。有的摊主嫌她矫情；有的摊主因为自己的东西质量好，经她这么仔细的挑选，好多人跟着买，东西卖得特别快，暗地里说是"托了福姥姥的福"呢！

　　虽然没有现成饭可吃，幸好吉日格勒一日三餐吃得非常简单，她所能享受的自由和空余时间突然多了起来。每天早、晚她都会带着钻石在积满灰尘的僻静街道上散步，以一种置身世外的眼光而不是普通人的兴趣，察看那些推倒拆迁的房屋、在楼宇间振翅乱飞的麻雀和出于怀旧萎靡地坐在楼前、路边的老人们，企图用想象来恢复他们年轻时的景象。她来到人声鼎沸的公园、游乐园，观察形态怪僻、体态臃肿的男人和女人。满头银丝的老人，眉毛也白了，看上去像黑白照片的底片，还在精神焕发地唱着黄昏的忧伤的赞歌。

　　每天中午，她都坐在扶手椅上打盹儿，仿佛坐在魔椅上，任她的思绪在时空中飞翔，一不小心就回到了家乡的草原上……

　　吉日格勒出生在额尔登布拉格草原上，父母是地地道道的牧民，过着"逐水草而居"的游牧生活。因为居无定所，一年四季跟着牛羊转场，游牧到哪里，就把蒙古包扎到哪里。过去草原上最苦最累的是妇女，她从小目睹母亲一年四季，挤牛奶、做饭、料理家务；目睹落下一身病的母亲，饱受病痛的折磨。吉日格勒很小就开始帮家里干活，放羊、放牛、挤奶、割草。那时，她很快乐，因为她可以与野花攀谈，与落在河边的鸟儿对话；可以心随蓝天上的白云飘浮，人随一望无际的绿草欢舞。巴特尔是她家的邻居，那时，邻居也离得都比较远。她十二岁那年，有一次，替父亲放羊时，天空忽降鹅毛大雪，怒吼的狂风席卷着飞扬的雪花。她平时很少放牧，又是头一次遇到暴风雪，一下子慌了神，急忙拢住羊群向回赶。但暴风雪挡住了去路，羊群根本不听她的吆喝，跟着头羊，顺着风四处乱窜。正无计可施，巴特尔骑马经过，帮她把羊群聚拢在一起，赶回了羊圈，那年他十五岁。从那以后，他经常放下自己家里的活不干，来她家帮忙。闲暇时，他们策马在草原上驰骋，摘野花、祭敖包、赛马……，自然是"青梅竹马，两小无猜"。长大后，巴特尔认定他迟早会娶她为妻……

想到这里，她突然睁开眼睛，以为自己身在异处。

每天晚上，她早早躺在床上想着自己的心事。有时候，电视还没关，来不及说声"我要睡了"，就眼皮合上，酣然入睡。半小时或一小时之后，想起"应该睡觉了"。这么一想，反倒清醒起来。等起身关了电视，再躺下，竟睡意全无了。许多好像是上辈子的事情，经过还魂转世来到她面前，愿不愿和当前的生活挂上钩，全看她自己怎么想……

吉日格勒从小就极具音乐天赋，能歌善舞，无师自通。她十八岁时，已出落得如漫山遍野的萨日朗花般美丽。在生活的历练中，她心中有了一个梦想，就是不能像母亲一样生活得那么苦，要过上城里人那样的日子。巴特尔是当地最好的玛拉沁（蒙古语，牧马人），在草原人心中牧马人就是英雄。他一个人管着几百匹骏马，不仅要养好马，还要根据每一匹马的习性去套马、吊马、驯马和繁殖马。一年一次的那达慕，他都会被披红挂彩。草原上成片的草，牛羊吃不完，便要割下晒干来打成卷，留作过冬的饲料。那年，巴特尔照例要打草去了，他和吉日格勒约定，他回来后，要用草原上最隆重的婚礼迎娶她。起初，她并不想辜负了对她像一团火似的巴特尔，爱上一个人需要十足的勇气，放弃一个人又谈何容易。

有一句蒙古族谚语，"多求则贵，少求则贱。"说的是求亲这件事儿。经过巧嘴的媒婆三番五次的上门求亲，吉日格勒的父母才答应了这门亲事儿。很快，巴特尔家聘礼下了，日子定了。就在父母将要为她举行"姑娘宴"的前夜，吉日格勒陷入了沉思：在草原上，即使我什么也没有，至少还要有勇气，有了勇气就可以得到一切。她终于下决心要开始一场独自的旅行。那是一场从自己的身体到内心，从一个人的心到另一个人心的漫长旅行。她走在一段没有尽头、了解自己的路上，就是这场旅行的意义。她悄然离开时，只留下一张字条，"我鼓足勇气走出草原，去迎接一种全新的生活。"

想到这些，她似乎被自己如此大胆的举动吓了一跳，猛然惊醒，跪倒在床上，向"天神之声"祈求，"我每天都陷入对往事的追忆中，似乎曾经做错过什么。请您指点迷津。"

"天神之声"从远处飘过来，"你错在哪里？"

"以前，不辞而别离开父母、离开巴特尔是我的错；现在哈玲搬出去，自己租房住，也是我的错。"

房间里仍回荡着"天神之声"："人生没有对错，只有承受。"

吉日格勒蜷缩在床上，胎儿似的缩成一团，嘴巴对着枕头，发出嘤嘤的哭声，她能听到"天神之声"在安慰她。她哭是因为她不想就这么"一天挨一天"

地过日子，不想就这么"一天又一天"地老去，更不想坐吃等死……

那些关于她们母女的风言风语，传到了吉日格勒的耳朵里，她的委屈无人可诉，想起了宅心仁厚的秦老师。秦老师退休前是一所重点中学的语文老师，很多年前他的爱人带着女儿出国了，他不肯出去，后来俩人离了婚。退休后，他在公园的凉亭里，或下棋或拉琴或为孩子们义务补习功课。在吉日格勒的眼里，秦老师是纯粹的知识分子。

那天早晨，遛完钻石，她向凉亭走去。看见秦老师正被一帮孩子围着，听他讲故事。秦老师看上去六十岁左右，个子颀长挺拔，一头灰白的头发梳理得整整齐齐，戴一副宽边眼镜，穿着西装革履，打着领带，让人感觉他精力过人。吉日格勒就近坐在长椅上听，钻石屁股着地蹲坐在她的脚边。

秦老师给孩子们讲的是"聪明"二字。他和小朋友们互动，讲得十分形象生动、饶有趣味。

"小朋友们，你们想变聪明吗？"秦老师面带笑容问道。

"想……"孩子们稚嫩的声音拖得长长的。

"想聪明，就要用好我们身上的四件宝。你们知道这四件宝是什么吗？"

小朋友们七嘴八舌地抢答，说得最多的是脑子。

"你们听好了，这第一件宝：小白孩，住高楼，看不见，摸不着。你们猜猜是什么？"

小朋友们喊："脑子。"

"对，是脑子，也可以是心。第二件宝：上边毛，下边毛，中间一颗黑葡萄。这是什么？"

小朋友们喊："眼睛。"

"对，是眼睛，也是目。第三件宝：东一片，西一片，隔个山头不见面。这是什么？"

小朋友们喊："耳朵。"

"还有第四件宝：红门楼，白门楼，里面坐个胖娃娃。"

这次没等秦老师问，小朋友们争先恐后地，"嘴巴、嘴巴"乱喊。

"小朋友们，我们把耳、目、口、心这四件宝合起来，是个什么字？"

因为猜不出来，孩子们一下安静了。

"小朋友们，跟我来。"

秦老师带着孩子们来到一片空地上，用树枝在地上写了一个大大的"聪"字。

"它就是这个'聪'字。以后我们多用耳朵听、多用眼睛看、多用心（实际就是脑子）去想。"

"'聪'字，好难写。"

"不难写，都在我们头上长着呢。"

"小朋友们，巧用这四件宝，日日用，月月用。日和月能组成个啥字？"

"我知道，是'明'字，我妈妈告诉我的。"

秦老师走过去摸摸那孩子的头，"你真聪明。小朋友们，你们今天都猜对了这四样宝，都很聪明。今天就讲这些，玩去吧。"

秦老师讲完了故事，孩子们散开玩去了。他看见了吉日格勒就过来打招呼，"福姥姥，几天不见，气色不太好，身体不舒服吗？"

"身体没有不舒服，就是心里不舒服。"

"我也听说了，是为哈玲搬出去住的事吗？"

"真是好事不出门，坏事传千里。"

"到底发生啥事啦？"

"哈玲回来与我同住，嫌我唠叨，每次发生争吵，都与我针锋相对、咄咄逼人，一点都不懂让着我。说来话长。哈玲出嫁的时候，我心里就有个结打不开。这不，前几天，为房子装修的事，又吵了几句，我又旧事重提，她不爱听，就出去租房住了。"

"都是一家人，为了这么点小事争吵不休，没有必要。"

"我和女儿的不和谐关系都成了我心里的痛，我无法面对和处理，气得我整晚上都睡不好觉。"

"你生气是拿别人的错误惩罚自己。女儿是自己亲生的，她再大，在你面前永远都是孩子，你要多原谅她才对。"

"我也是这么想的。"

"您年事已高，不也需要家人的照顾和呵护吗？你不让她在家住，不但解决不了你的养老问题，反而增加了你们母女之间的矛盾，有百害而无一利。"

经过秦老师的劝说，吉日格勒同意用调解的方式来解决她们母女之间的矛盾。秦老师又找到苏哈玲夫妇谈话。

由于苏哈玲的婚姻给母亲留下了不好的印象，产生了不信任，遇事容易猜疑。从她回来之后，无论她做什么，母亲都认为她是别有用心。她生气的时候，真想像以前一样，离母亲远远的，眼不见心不烦。幸好她还没有放弃和母亲和好的信心和努力。其实，从内心来说，她并不是不愿意和母亲和好。介于这种情况，秦老师给她支了三招：一是要减轻母亲内心的困惑，建立彼此的信任；二是尽到自己做女儿的义务，母女关系到底发展成什么样，顺其自然；三是降低母女关系的期望，从零做起。

秦老师还说："母亲含辛茹苦把你养大不容易，你离开家多年，如今你母亲年事已高，是你尽赡养老人的责任和义务的时候了。你现在也为人母了，总不希望安逸像你对待母亲一样对待你们吧！"

在秦老师的说服下，吉日格勒母女冰冻的心开始融化，五十年的亲情重新回到她们母女心中。

别人问秦老师用了什么高招，他谦虚地笑着说："虽说清官难断家务事，但是凡事怕认真，只要坚持，摆事实，讲道理，我相信人间自有亲情在。"

安逸回来过春节之前，苏哈玲夫妻又搬回了母亲家。

愿望本身如同一个召唤

　　多少年来，吉日格勒从未动过去外面的世界走一走的念头，直到听到了"天神之声"的召唤，那是在新年钟声敲响的时候。

　　除夕之夜，吉日格勒一家四口人围坐在客厅里，观看万众瞩目的央视春晚。片头场面感人至深，通过不同的身份、视角的家庭，结合"家和万事兴"的主题诉说每一个普通中华儿女的春节情愫，温情感人。各类节目亮点频现，开场歌舞《四世同堂合家欢》，营造出全家其乐融融、共度新年的联欢氛围。吉日格勒很喜欢那个叫"阳阳"的吉祥物，它还主持了晒全家福、抢红包等互动节目。演员里有苏哈玲喜欢的杨洪基、李光羲，有安泰然喜欢的关牧村、于淑珍等老艺术家；也有安逸喜欢的童颜小巨肺邓紫棋、长腿气质美女莫文蔚，真是全民大联欢。《乡愁》《回家的路》深情款款，堪称走心金曲。歌曲《当你老了》，勾起了吉日格勒的无奈和心酸，嘴上念叨着，"还没好好活，怎么就老了？"小品《小棉袄》触到了苏哈玲脆弱的情感神经，使她想起了已故的父亲。她出嫁时，父亲说，"我的小棉袄被人穿走了。"听到《幸福家家有》她们才在嬉笑逗乐之余，回味着家的温馨。"毒舌妇"蔡明欺负可怜的"小陀螺"潘长江，还掺杂了几分温情，联想到母亲曾经也是"空巢老人"，那句"为了那些在外打拼回不了家的孩子们，为了那些眼巴巴盼着孩子回家的父母们"一下子就戳中了苏哈玲的泪点，流下了眼泪。用安泰然的话来说，就是不用催泪，一场春晚看下来，她也是免不了又哭又笑几回。安逸不停地摇着手机"抢红包"，收获颇丰，由于关注度的转变，对他来说，春晚就成了背景音乐。

　　新年钟声敲响之际，苏哈玲用"接地气、有生活"六个字为春晚做了简明扼要的总结。像事先有分工似的，她去开一瓶长城干红葡萄酒；安泰然下厨房煮饺子；安逸跑到楼下放鞭炮；吉日格勒嗑着瓜子，想着心事儿。安逸放完炮回来，吉日格勒开始数落他，"安逸，你是大学生，这种你受冻，别人听响的事儿也干？"安逸坐在她身边，搓搓手，说，"姥姥，大学生就不能放炮了？"她较起真来，"电视上说，燃放烟花爆竹能招来雾霾，污染环境，以后还是少干或是不干！"安逸笑了笑，"姥姥，你的觉悟真高，北京禁燃，我以为回家就没人管了。"苏哈玲把酒瓶放在桌子上，说："现在雾霾也成烟花爆竹惹的祸了，不让放炮，没有那股浓浓的火药味，哪还有年味。放炮浪费钱，才是真的。"吉日格勒愤愤不满，"你就钻到钱眼里去吧。我想起来了，安逸明天早上拜年，别忘了问姥姥要压岁钱。"安逸笑着说，"姥姥，您还把我当成小孩儿，我都能挣钱了，明天给你办七十大寿礼，我给您准备了一个

红包，这可是我第一次给您钱。"钻石不知道什么时候跑过来了，把大长嘴放在茶几边上，听他们说话。吉日格勒摸摸钻石的头，"你说错了，钻石是你花钱买的，一会儿吃饭的时候，罚你喝酒。"

　　新年钟声敲响时的这顿团圆饭，是苏哈玲出生后家里一直保持到现在的习惯。他们一家四口人围坐在客厅里，在春节联欢晚会的欢声笑语中，其乐融融地就着红酒，吃着饺子，取的就是"饺子就酒，越吃越有"的寓意。吉日格勒年轻时酒量很大，现在虽说上了年纪，过年过节也喜欢喝上几杯红酒。安泰然酒量最小，三小杯红酒下肚，就躺到床上睡觉去了。吃完了饭，只能从不下厨的苏哈玲洗碗刷锅去了。

　　也许是新年换了心情，也许是酒喝多了，也许是过了睡觉的点儿，吉日格勒躺在床上，像电饼铛里的烙饼，翻来覆去睡不着。她把脸贴在鼓得圆溜溜的太空棉枕头上，感觉像她儿时的脸庞，稚嫩、饱满而清新，脑瓜像用鞭子抽打的陀螺旋转起来。自从她通过照片，确定梦中的那个人是巴特尔之后，奇怪的

是她再也没有做那个梦。天色微明，曙光用手指在窗帘上方画出一道苍白的记号，挤进她朦朦胧胧的梦境，"天神之声"从遥远的天际飘荡过来，"你已到了随心所欲的年龄，快去实现你的愿望吧，时不待人！"她惊醒过来，直挺挺地躺在床上，警觉地竖起耳朵，倾听四周的动静，耳根发热，心头狂跳，信念灵动起来。她坐起身想追寻那声音而去，"天神之声"似乎被窗外响起的鞭炮声震散了，却引起了她的深思：我还有愿望吗？我的愿望是什么？昨天不再重回，明天尚未到来。当下"中国梦"仿佛成了"国家命题"，实现中国的强国梦、中华民族的伟大复兴梦、中国人的小康梦。梦想的实质是凝聚民心、党心、凝聚国人的力量，以锲而不舍的精神去实现强国富民的梦。在这样的大背景下，老年人应该不应该有梦想和愿望？她想起经常做的那个梦。巴特尔像一颗来自远方的彗星，划过夜空，在行将陨落的时候，向她发出最后一道艳丽夺目的光彩。尽管过去了半个世纪，但有一幅暗淡的画面始终定格在她的脑海中，她的愿望终于显现出来：我的人生轨迹应该与巴特尔有所交集，找到他，把马头琴还给他，再向他说上一声"对不起"！

正月初一，苏哈玲按蒙古族的习俗，给母亲办了七十大寿祝寿礼。父亲去世得早，家里又是三代独生子女家庭，亲戚自然不多，祝寿仪式也比较简单。亲戚朋友来了，只在家里设宴。席间，来宾们都为吉日格勒敬酒、献哈达和送上礼品。祝寿完毕，客人告辞时，他们回赠了烟酒糖茶，带小孩子来的，还给了压岁钱。

寿宴过后，安逸问了吉日格勒一个问题，"姥姥，我离开家的这些年，您过得幸福吗？"尽管问得很突然，吉日格勒还是运转了一下像陀螺一样的脑子，她随口说："土埋半截的人了，你以为我像你们年轻人哪，每天能正常地吃喝拉撒睡，我就觉得很幸福了！"苏哈玲听了，说："瞧您那点追求？人活着除了吃喝拉撒睡，总该做一些自己喜欢的事情吧。"从那以后吉日格勒不止一次地问自己这样的问题，"幸福是什么？我幸福吗？"她想，小时候的幸福，它似乎就是一件东西，得到了，便感觉幸福。若有一块奶酪，便可以快乐一整天；若有一元钱，便以为可以买下一头羊……那时的幸福如此简单，与金钱、地位、利益、欲望无关。小小的愿望，大大的满足，一不留意，便觉得幸福满满。现在生活好了，幸福的感觉却消失了。吉日格勒始终记着秦老师说的话，幸福是由三个关键词构成的，那就是物质、情感和精神。只要物质基础、情感依靠、精神支柱这三个因素的分数都不错，加起来你的幸福指数才高。幸福没有一个明确的标准，却人人可以感受和品味，幸福是感激，是温暖，是奉献，是宽容，让人们苦苦寻觅，又无限向往。其实，幸福与否取决于每个人看问题的角度。吉日格勒以这三个因素为参照物，对照了一下自己，觉得自己"活着没有意义和价值，还有什么幸福可言"。受这个问题烦扰时，痛苦也来了，忧愁也来了，从此她的日子就不得安宁了。

吉日格勒开始厌倦一成不变、死水一般的生活，认为自己和女儿哈玲就是时代打造出来的两枚无处可逃的螺丝钉，可悲的是可爱的安逸也将成为下一代的螺丝钉，被很不情愿地安装在固定的位置，享受不到人生的自由和乐趣，这种想法折磨得她辗转难眠。听到"天神之声"之后，她感觉到自己的与众不同，似乎孤独寂寞的灵魂有了新的慰藉。她把这个秘密封存于心底，生怕被哪个神偷翻出，据为己有一样。响在耳边，也响在心中的天神之声，"你已到了随心所欲的年龄，快去实现你的梦想吧，时不待人！"此后，她成天祈祷，希望"天神之声"能指点迷津，早日指引她去实现愿望。

终于有一天，她听到"天神之声"的召唤。那天夜里，雷声像无数的石头在天空滚动，从弱到强，由远及近，然后清脆的一声炸响，放出一道银龙般的闪电，照亮了半边天。她被电闪雷鸣惊醒，缓缓地睁开眼睛，那是一双灰暗的、毫无期待的眼睛，冷漠而枯涩。她失神地盯着屋顶，过了很久，才进入了半梦半醒之间。"他在北京，去找他吧，心诚则灵。""天神之声"从遥远的地方飘过来，在屋顶回旋着，有"余音绕梁三日不绝"之势。她的眼睛像灯花一爆，坐起身来，眼睛有了神，越来越亮，一闪一闪地发出惊喜的光。像迎合她喜悦的心情一样，天空响起一串串炸雷。有人说，愿望本身如同一个召唤。吉日格勒的心愿也渐渐清晰起来，一定要去北京找到他。

她站在床前，双手合十，自言自语道："我是一棵孤独的老树，找不到出路，只能站在路边寂寞等待，只要你从我身边经过，不砸到你就不算完。"说完她又竖起耳朵来听，远处又飘来了"天神之声"："出路，出路，只有走出去，才会有路。"她接着说，"走出去，去北京真能找到他吗？"她分明又听到了那个熟悉的、富有磁性的声音，"他在北京，去实现自己的梦想吧！心诚则灵。"

自从有了那个愿望之后，她在"走不走""怎么走"上很是纠结。她一连几天坐在床上抛着一枚一元的钢镚儿，心里默念"字面冲上就走"。这一意向接连三次得到了应验，她便是"王八吃秤砣铁了心"了，要来一场"说走就走"的旅行。她做着准备，神不知鬼不觉地将买回来的东西放入旅行箱，然后锁在衣柜里。正像她自言自语的那样，"万事俱备，只欠东风"。

吉日格勒不知道怎么向女儿说起去北京的理由，只能等待一个女儿和女婿都不在家的那一天……

螺蛳壳里的道场，排场不开

　　春节过后，就是"三八"国际妇女节了，大街小巷、公园广场上到处都是花枝招展的女人，在兴高采烈地庆祝自己的生日，这也是苏哈玲过的第一个最失落的节日。

　　苏哈玲在单位上班时，在工会担任女工委员的角色。每年的三月八日，都是她抛头露面的日子。上午，组织全厂女工参加的联谊会，往往是苏哈玲主持节目，厂工会主席要热情洋溢地发表讲话，多才多艺的女工们还要表演文艺节目。她们的保留节目就是击鼓传花，将敲鼓人的眼睛用红布蒙上，当鼓声停止的时候，花传到谁的手上，谁就要表演节目，演唱、朗诵、舞蹈、相声、小品、三句半，应有尽有，表演完了还要发上一份纪念品。那时候，苏哈玲家里的洗涤用品和床上用品，都不用自己花钱买，都是工会发的。除了"三八"庆祝活动，"五一""十一""元旦""春节"，都要搞活动，还有技术比武、职工田径运动会，这些都是企业文化的一部分。苏哈玲刚调到电厂时，被分配到锅炉车间当上了一名运行工人。这个工种没法和教师比，既特殊，又辛苦，还要担责任。常常要起五更睡半夜，周而复始，还没有节假日。苏哈玲怀着孕，只能咬紧牙关挺着，谁让她自作自受。在小镇成家、生子，又是双职工，日子也过得安然舒坦。所以，给儿子取名叫安逸。有了儿子的苏哈玲才好运降临。她刚休完产假，待岗在单位打扫卫生，工作虽不体面，却也清闲，不误带孩子。当时，厂里要组织一场文艺演出，急需一名能编排舞蹈的人。苏哈玲从小学跳舞，又有大专文凭，就毛遂自荐。她编排的节目，演出的效果很好，得到了厂领导的赏识。演出一结束，她就被调到了工会，当上了女工委员，不仅一技之长有了用武之地，还摆脱了运行岗位的苦海。那时候，从生产一线调进机关工作，是许多人想都不敢想的事，别人看着就是"羡慕妒忌恨"。有了舒适、心爱的工作，苏哈玲就把工作当成自己的信仰，像上紧发条的时钟，一天没有懈怠过。她也很知足，有自己的爱好和独立的生存空间；

有一份自己喜欢的工作和不错的收入来源。虽然生活在小镇上，少了一分繁华，却多了一分清净。回到家里有人侍候，老公顺从，儿子听话，能不趾高气扬，说话的声音是高八度，语速也比别人快。闲暇之时，和一帮姐妹们混在一起，唱歌跳舞打麻将，日子过得优哉乐哉。

　　五十岁，半个世纪，不知不觉度过了人生之春夏，步入了人生之秋。年满五十岁的那天，到了企业规定的退休年龄，她恋恋不舍地告别了生活、工作了二十多年的小镇和电厂。回城时，面对秋风扫落叶的萧瑟景象，发出了"落叶渲染了秋色，落花沧桑了流年"的感叹。人生能有几个五十年呢？假如上天能给她发一张八十岁的生命储蓄卡，那她已经支取了八分之五。岁月如沙粒般从

她的生命中划过，更年期反应使她诚惶诚恐时，才知道自己已不再年轻了。一时间，她站在人生中的两个重要节点上，退休和更年期。

　　可是退休回城后，不仅离开了多年倾心热爱的工作岗位，而且多年适应的工作规律、生活环境和生活方式，也因为生活环境的改变，发生了很大的变化。城市虽大，可是满大街转一圈，也就认识左邻右舍的几个老头、老太太。苏哈玲对玩麻将十分着迷，她牌技好，赢得多，输得少。在这里，好不容易支起个麻将摊来，一帮老头老太太手慢不说，输赢一把才几元钱，就这样，有一天还被人打110报了警。那天，苏哈玲和一群老头、老太太打麻将，楼上的一个老头嫌他们噪音太大，就打了110。民警过来，敲开门一看，几个老头老太太，也没从事什么违法犯罪活动，怎么办呢？几个小伙子撸起袖子，抬起麻将桌，换了个位置，算是解决了噪音投诉问题。苏哈玲觉得自己还没到加入老头、老

太太行列的年龄，就退出了他们的麻将组织。有时候，手痒得难受，只能在电脑上玩玩"三缺一"麻将游戏，根本不过瘾。麻将好好打不成，更不要说干点儿别的啥事了，感觉就像螺蛳壳里的道场，排场不开。真正使苏哈玲烦心的是退休遭遇更年期。更年期是每一位女性必须经历的阶段，因为受遗传、体质、地域、气候、种族、营养等因素的影响，女人更年期年龄也因人而异。因为受情绪的影响，苏哈玲的更年期反应异常强烈。她生理上的心烦意乱、潮热盗汗、内分泌紊乱等现象，落实在偏离常态的行为上，就是发脾气、骂人、摔东西。安泰然在承受了她的"情绪放射"之后，还不断开导她，"退休并不意味着你在浪费时间和生命，表明你可以重新开始。"苏哈玲听到后，气不打一处来，"说得轻巧，你自动退休比我还早，天天宅在家里，重新开始一个给我看呀！"安泰然离开工作岗位多年，他自然明白，你在单位可以呼风唤雨，可以说一不二，一旦离开了你的岗位，你就啥也不是。每次老婆发难，他总是哈哈一笑，"你又不是猪，专爱倒打一耙。更年期的女人也不要伤不起，它是你人生第二春的序曲。"听到他这些调侃，苏哈玲会从发疯的状态清醒过来，坐下来发呆，家里才有了片刻的安静。

有时候，脾气上来，她也跟老妈吵。吉日格勒对付她的办法，要么不戴助听器，女儿说什么自己也听不见，落个耳根清净；要么躲进自己的房间，站在窗前打着手势和"天神之声"对话，"你说我怎么生了这么个女儿？她这是回来陪我吗？她这是想让我死得更快些！"说完，她竖起耳朵仿佛在听，过一会儿又接着说，"你劝我不要生气？我不生气。你说生气对身体不好？我背'莫生气'给你听，'为了小事发脾气，回头想想又何必，别人生气我不气，气出病来无人替。'嘿嘿！你说什么？噢，我的记性还不错。"

实在无事可做，苏哈玲只能在电脑上玩"三缺一"麻将游戏。玩上一天又觉得把时间白白浪费掉怪可惜的；她不打麻将时，又为今后的日子发愁。自己每月三千多元的退休费养活一家四口人，虽然儿子安逸在北京找到了工作，但要给他在北京买房子，现在存的那点儿钱，只够买个厕所，真是罗锅爬山前（钱）紧。活人还能让尿憋死，她决定出去找份工作。

因为年龄大了，除了跳舞，她也没有什么特长，找份工作也不是那么容易。她走遍了大街小巷，才找到了酒店服务员的工作，好待这家酒店同意试用她，就乐得屁颠屁颠的。上班头三天，她负责三个雅间。客人未到之前，她十分敬业地将雅间从里到外打扫了一遍，餐具、酒具擦得锃亮；桌子、椅子也擦得锃亮。经理看到后，召开了全体员工会议，表扬了她，并号召向她学习。苏哈玲感到自己的付出很值得，心情也好了许多。

有一天，苏哈玲带着客人去总台结账，有一个整个头都被真丝围巾包着，只露着两只眼睛的女人，追过来和她打招呼，"苏哈玲，没错，你变化不大，我一眼便认出你了。"

苏哈玲望着她的眼睛，"你是谁？"

"真是贵人多忘事儿，连我也认不出了？仔细看看！"

"怨我眼拙，认不出来。"

"我是你的'影子'呀！"

"你是马莲？你生二胎了？捂得这么严实，你的眼睛以前没我的花，也没我的大，现在……"

"连你也认不出我来，说明我变化特别大。"

"来，让我看看你是不是变成七仙女了？"苏哈玲说着，就要动手摘她的丝巾。

马莲一边向后退着，一边说，"听说你回城了，你住哪里？"

苏哈玲有些生气，"我还能住哪！我妈家。"

马莲吃惊地瞪大眼睛，"啊？外面有人等我，过两天我去看你，再细聊。"马莲招招手，头也不回一下，就走出酒店大门。

苏哈玲叹了口气，"现在的人都像我妈说的那句话'穷在眼前无人问，富在深山有远亲'"。

好景不长，出乎意料的事情发生了。从苏哈玲来酒店工作的第四天起，她负责的雅间从接班时起就乱得一塌糊涂。她收拾完这间，那间又乱了。起初她还被蒙在鼓里，后来有个老点儿的服务员告诉她，是酒店里的年轻人联合起来使坏。她从早忙到晚，钱没比别人多挣，活却比别人多干。

晚上回家，安泰然为她端水泡脚，给她按摩解乏。安泰然看着心疼，"还是我出去找活干，你在家歇着。"苏哈玲不允。

第七天，苏哈玲实在干不动了，提出辞工。经理面无表情地说："没干够一个月，不能发工钱"。苏哈玲白干了六天，结果一分钱都没挣到。安泰然怕她生气，劝道："走不进去的世界不要硬挤，难为了别人，作践了自己，纯属多此一举。"苏哈玲一听，说得挺在理，苦笑着说，"再拉风的女人在现实面前也要低头，全当作了几天义工。"她颇有点鲁迅笔下的"阿Q精神"。

苏哈玲在单位上班时，把工作当作信仰；退休之后，把钱当作了信仰。她下决心通过自己的努力，买个大房子，让全家在青城过上舒适幸福的生活。

人生最大的幸福，
就是坚信有人还爱我

　　苏哈玲辞了工，只好回家坐着，她前所未有地怀疑起自己的能力来，有点佩服安泰然说过的那句话，自己的毛病就出在"想法太多，读书太少"。吸取教训吧，从书架上找本书，躺在沙发上看，没看几眼，上下眼皮就打起架来。她感觉睡觉比读书舒服得多，又找理由给自己开脱，我从来就不是读书的料，否则早就成才了。

　　苏哈玲怀着好奇心，天天盼着自己的闺蜜马莲能来看她。

　　那天，苏哈玲用手机玩"明星三缺一"，玩得正嗨，突然门铃响了。

　　吉日格勒正背对着门，拿一个呼啦圈教钻石钻圈，顺手开了门。

　　"你找谁？"

　　"阿姨，您认不出我了，我是马莲。"

　　"马莲？我想起来了，你就是哈玲干了坏事，总帮着她骗我们的那个人，我还没有找你算账，你自己倒找上门来啦？"

　　听到她俩的对话，苏哈玲急忙退出游戏，出来给马莲解围。

　　"影子，你总算来了，我都望眼欲穿了。快进来！"

　　"阿姨，还是那么得理不饶人。"

　　"别理她，快让我看看，你变成啥样啦？"

　　马莲这才慢腾腾地摘掉丝巾，露出一张坑坑洼洼的脸。

　　"妈呀！就你这副尊容，还好意思出门见人。"

　　吉日格勒以为苏哈玲在叫她，走进屋正好看到马莲的一张脸，"好一张鬼脸。"

　　马莲并不生气，"阿姨，您算说对了，美容医师说了'想变美先变鬼'。现在是恢复期，再过些日子我就会变成美佳佳、喜唰唰了。"

"咱俩长得像不好吗？为啥非要整成这副怪模样。"

"哈玲，你知道的，我人生最大的幸福，就是坚信有人还爱我。"

"我们都年过半百了，你还好意思把爱挂在嘴上。"

"人家的心理年龄才十八，只有去掉脸上的皱纹，容颜和心灵才匹配嘛！"

马莲说话嗲声嗲气，苏哈玲母女同时感觉到鸡皮疙瘩掉了一地。

"你为人师表，就这张脸怎么面对孩子们。"

"我们好久没联系，你不知道，我已经辞职好多年了。"

"就我俩这样的，不做教师也好，教书太难，既要做人，又要做戏，教不好还会误人子弟。"

苏哈玲从学校调走之后，马莲形单影只地教了几年书，就和本学校的一名老师结了婚。后来，停薪留职风行一时，她就和老公一起从学校走向社会，开了一家广告印刷公司。由于她老公生财有道，两个人苦心经营，将小公司变成了大印刷厂，挣下一大笔家业。就在他们准备生个孩子好好享受生活的时候，她老公出了车祸，一命呜呼。从此，马莲的人生发生了很大的变化，所有的一切都变得焦虑而无聊。没完没了的工作，无止无尽的孤独，没有希望的未来，像一张巨大的无法被拉扯出来的大网，死死地将她包裹起来，找不到出口，也没有人能听见她内心的呐喊，她感觉快要窒息而死了。她无心打理生意，就把所有的公司都转让出去，孤身一人从青城出发，踏上了寻梦之旅。

"你都去了哪里？"苏哈玲问她。

"丽江，我去了四次。"

"丽江，太多人为之倾倒，有人是因为那风景好，有人是因为那气候佳，有人是为了放松心情，有人去那是为了逃避现实，你呢？为什么去四次啊？"

"因为在那里，我的艳遇没有缺席。"

在苏哈玲的追问下，马莲讲述了她经历的那场刻骨铭心的艳遇……

十年前，我第四次去丽江，都说那里是艳遇之都，别人的感觉我不知道，我的感觉艳遇就是一场暴饮暴食的盛宴。

丽江是个消磨时光的好去处，不知不觉中已经待了一周。我哪里都不想去，每天早上睡到自然醒，然后去吃当地的特色点心，去小巷走走，逛逛特色的小店，坐在小溪边发发呆，看看行人什么的，就觉得特别的享受。每天的生活过得并不像在青城这样死气沉沉。

那天，一觉醒来已是中午十二点，我就在洒满阳光的院子里和那只白白胖胖的萨摩玩了一会。感觉有点饿了，就从客栈走出来，买了两个粑粑，一个准备喂自己，一个准备拿来喂鱼。那天游人不多，我坐在百岁桥下一边喂鱼，一边发呆，没去管桥上的人都在做些什么。走神之间，突然有点什么不一样的感觉。抬头看见桥中间，站着一个戴帽子的男人，高高大大，那种气质，是我喜欢的。关键的是，他一个人站在那儿。当我把他当风景看时，我知道我坐在那里，也是他眼中的一个场景。我不能立刻站起来，冒失地上去搭讪，我还没修炼到那种挥洒自如的程度。正在为找借口而伤脑筋的时候，他已经有意无意地向我这边走过来。我抬起头来，望着他，事情的发生，就是这么自然而然。看着他走下台阶的那一刻，我有些幸福，也有些紧张。

他走到我身边，还没等我开口，就主动问我，"你每天都在这里喂鱼吗？"他的声音听起来柔和而有力。"没错！我天天来这喂鱼。"我仔细打量着他：帽子下的那张脸看上去很白净，但又有些沧桑，胡子有些杂乱无意，似乎几天没有刮过，浑身散发出一种"有故事的人"的感觉。这样的男人无疑是非常性感的，至少对我来说是这样。对，有点像我们大学里的那个比我大十岁的蓝颜知己，温柔成熟，有经历。我心里觉得有些遗憾，因为这样的男人身边应该有很多女人，未必会看得上我。

这个时候，我其实一点也不淡定，可是非要装出很淡定的样子，"你来这里多久了？"

"刚来没几天，你呢？"他问我。

"我来一周了，每年只要有时间，都会来这里放松一下，已经习惯了。"

"所以，你和这里的鱼都成了朋友？"看来，他还很会聊天的。

"对啊，每天无所事事，来这里喂喂鱼、发发呆，也不错呀！"

就这样，你一句，我一句地搭上了话，我们算是认识了。我盘算着，要不要留个电话号码什么的？

"如果下午没事，我们一起逛逛吧。"他问我。

"好啊。"尽管心里有些紧张，有些求之不得，我还是很镇定地起身，跟着他走。

古城这个地方真很奇怪，尽管已经熟到闭着眼睛都能走个来回，可是还愿意在这里晃悠，青石板路、木头房子、小院子、四方街，……这里的一切，令人如此痴迷，这种痴迷不是那种无病呻吟的做作，每次走在青石板路上，都有不同的感受，今天的感觉就更不同了。一个来回走下来，我们还不知道对方的名字，看得出来，我们都很放松。也许，来这里的人除了疗伤，还有圆梦的吧！

越往前走越热闹，丽江的夜生活开始了，游人穿梭在各种充满特色和文艺气息的小店中，但奇怪的是，古城的热闹比城市的热闹显得安静，只有人们的脚步声和交谈声，以及从远方传来的吉他声，与车水马龙的现实世界彻底隔绝。

找了个酒吧坐下，我主动问他，"怎么称呼你？"

"我叫张帆，你呢？"在两个小时的闲逛中，我们已经感觉到对方的善意了。

"我叫马莲，你叫我马姐吧。"我没有问他的年龄，他看上去就比我小。

"你这次，怎么不和老公一起来呢？"他开始试探我的一些情况。

"三年前，他出车祸去世了。你呢?怎么不和你太太一起来？"

"你怎么知道我结婚了？"他问我。

"你手上戴着婚戒呢？你的孩子多大了？"

"我刚离婚，幸好还没有孩子。我戴的这个婚戒，是我的幸运符，自从戴上，就未曾摘下过。"

去年，是张帆的而立之年，在北京跟朋友合伙开了一家小公司，倒腾些数码产品，钱赚得虽不多，但他很知足。公司刚开张时，他认识了社区医院的一名医生，两个人很快结婚了。在外人眼里，他很幸福，家有贤妻，事业顺利。但他的妻子从小娇生惯养，永远像个长不大的孩子。结婚之后，他们大吵三六九、小吵天天有，吵完后生闷气，几天都不说话。他觉得这样的婚姻无法长久，所以迟迟未要孩子。前不久，俩人离婚了。他害怕那种曾睡在一张床上的爱人，分手以后成为陌路人的感觉，就一个人来丽江疗伤。他说，人生最大的悲剧，不是因为人会死去，而是因为人会停止爱。

那天，我们一起逛街、看行人，喝茶聊天，泡酒吧，居然混到大半夜。

认识之后，我们相伴游了神秘的"东方女儿国"泸沽湖、安静闲适的束河古镇、巍峨雄伟的玉龙雪山、山清水秀的拉市海和波澜壮阔的虎跳峡等地。天空中的云彩每天都无数次地变幻姿态，教我看清了这个浮华的世界。在短短的十天里我们深深地爱上了对方，渴望耗尽一生的爱，享受这人生最快乐的时光。

旅行结束后，我们恋恋不舍地告别了丽江，回到各自的城市。一个月后，张帆来青城再次相会。我才知道，他比我小整整十岁。他说，姐弟恋，其实在他的情感本身没有任何问题。真爱与年龄无关。

故事讲完了，苏哈玲幡然醒悟："你整容就是为了这个比你小十岁的男人。"

"是啊，他一天天成熟，我一天天老去。最担心他会看上外面貌美如花的女孩子，我变成一个怨妇、弃妇。面对这样的压力，就需要一个'敢'字。"

"怎么讲？"苏哈玲没听明白。

"就是敢冒险在自己身上、脸上动刀子，敢大把地花钱。整形对我来说，就和过几年装修一下房子没什么区别，改变自己的容貌，就像买了一个新沙发一样。"

"你五十岁，他四十岁，他是否爱你还有意义吗？"

五十岁的马莲走进整形医院，接受整形、去皱、隆胸、吸脂，大大小小十几项，耗资几十万。她认为，整形能帮她重拾青春，在外形、容颜上与男友更般配。

"有人喜欢年轻貌美，有人喜欢腰缠万贯，我为什么不能喜欢风韵犹存？"马莲指指自己的脸，"如果整容成功，我准备和他举行一场别开生面的婚礼。"

"有一部很火爆的电视剧，叫《小丈夫》，讲的就是女主角比男主角大十岁的美满爱情故事。现实生活中，一个女人和比她小十岁的男人结婚，那就是个笑话。我无语了，祝你把笑话变成神话。"

"说了这么多，差点忘了正事，刚才我去那个酒店找你，说你辞工了？"

"道不同，不相为谋。是我把老板炒了。"

"炒得好，那工作太辛苦，不干也罢。"

原来，马莲来找苏哈玲，不仅是讲她的爱情故事，而且是帮助她解决工作问题的。她知道，苏哈玲舞跳得好，在单位又是组织跳舞的，她投其所好，让她去公园的广场组织跳舞。苏哈玲一听，心凉了半截，只是跳舞，又赚不到钱。马莲说她，死心眼，你没看见有人来跳舞还提着音箱吗？那是组织跳舞的人，每月收取跳舞的人五至十元钱，每月也能收入一千多元。虽然是点小钱儿，可总比去饭馆当服务员好吧，每天才三个小时，再说了，你这么大岁数又做不了别的事情。苏哈玲想，跳舞是她的最爱，在锻炼身体的同时，还能挣点小钱，一举两得，何乐而不为。

"我给你买了个音箱，在车上，走，跟我下去拿。"

"知我者，马莲也。看来，无论你整成啥样，都是我的影子。"

从那天起，一向做事认真的苏哈玲，只想在自己的人生中做点儿喜欢的事。她爱好欢乐的脾气不减当年，她每天晚上守在电脑前，上音乐网站下载音乐，通过视频学习各种舞步，在客厅里扭来扭去。找到了自己的事业，每天唱歌跳舞活得很滋润。对她来说，唯一的缺憾就是儿子安逸不在身边。每天下午，早早去公园，把跳舞的场地打扫得干干净净的。参加跳舞的老头、老太太都对她竖大拇指。这时，她才感到了退休生活的乐趣。吉日格勒自己待在家里感觉比哈玲没回来陪她时更孤独，一种无法倾诉的孤独。苏哈玲感觉出母亲的孤独，想带母亲一起去跳舞。可寡居多年的母亲，已经远离了人群，她不可能在大庭广众面前抛头露面。苏哈玲明知道跳舞可以使人愉悦，但也不能强母亲所难。

把日子过成自己所喜欢的样子

　　"三八"过后，天气转暖。将房子重新装修一下的念头又从苏哈玲的脑子冒出来。其实，这次她执意要装修房子，缘于一件事情。

　　苏哈玲每天在广场组织跳舞，尽管舞姿优美，但有人总拿她"腰臀围比例失调"说事儿。她感觉进入更年期自己是胖了不少。有人说，你这体型是胖了一点儿吗？要是在胖子当道的唐代，你一不小心能弄个贵妃当当。可你生在了颜值当道的现代，只能说是生不逢时。有人为了挖苦她，还不知从哪弄来一副对联：上联是"拳打南山肥虎"；下联是"脚踏北海胖龙"；横批是"肉遍天下无敌手"，你说气人不气人。有个人还来献计，"为了减肥，我特意买了一辆夏利两手车，车子上系根绳子，另一头扎我腰上。我老婆挂一档慢慢开，我跟在后面跑，这样就是累了，也能拖着我走，每天走三十多公里。坚持了半年，就瘦下来了"。其实，说胖子懒，一点儿也不假。他们给人的第一印象就是落伍和不健康。尤其是女胖子，还要和懒与馋挂钩。

　　苏哈玲气不过，回家拿安泰然撒气，"都怪你！硬把一位美少女折磨成了容嬷嬷。"安泰然语调沉痛地说："怪我？你得感谢我！"苏哈玲气得跳起来，指着他的脑袋，"感谢你个头，啥也指靠不上。"安泰然有意气她，"感谢我这个优秀的饲养员。"苏哈玲一听坐在地上大哭起来，"你说我是猪。"安泰然急忙上前把她扶起来，说："你比猪差远了。在我们农村选媳妇，都选胖点儿的，从色相上看是富贵相，兴家旺夫。"

　　安泰然这么一说，又戳到了苏哈玲的软肋。当年，安泰然那个未婚妻，就是农村的。她就胡搅蛮缠起来，"农村的好，为啥你还要死乞白赖地娶我，你后悔了？"安泰然赶紧转移话题。"不过，你一胖，这血压不就高了吗？减肥，不，瘦瘦身，对身体有好处！"苏哈玲想，母亲七十岁的人了，身材都比自己好。这样胖下去，到她老人家那个岁数，还不知道会成啥样子。

安泰然对苏哈玲，说，"昨天在超市碰到李裁缝了，要不是她主动和我打招呼，我都认不出她了。"

"她整容了？"

"没整。她比以前苗条了许多。"

"你没问问她怎么变瘦的？"

"能不问吗？为了你！她说就是每天晚上不吃饭，两个月减掉十多公斤。"

"晚上不让我吃饭，还不如杀了我。"

"你想有效瘦身，就要管住嘴，迈开腿。"

"不就减个肥嘛，多大点事儿，老娘我一咬牙、一跺脚，脂肪——我要和你决斗！让我少吃点行吗？"

从那天起，为了瘦身，苏哈玲每天晚饭只喝一碗小米粥，节食了几天。有一天，睡到半夜，她有了很强烈的饥饿感。实在熬不过去了，就偷偷摸摸溜到厨房找吃的。灯光下，她看到几只蟑螂在水池子上乱蹿，用高八度尖叫了一声，"妈呀！"安泰然在睡梦中被惊醒，以为岳母出了什么事儿，没穿拖鞋就冲出了卧室，只见苏哈玲张着嘴，站在厨房门口。他问，"出啥事儿了？"苏哈玲指了指水池子，"你自己看"。那几只蟑螂，仍在水池上自由自在地穿梭着，仿佛在跳"街舞"，安泰然脱下拖鞋抽过去，"可恨、可恶、可怜的小强，敢吓我老婆，看我打你，打死你。"蟑螂有许多名称，其实正式名称为蜚蠊，别名小强。据说最早把蟑螂叫作小强是在广东、香港地区，源于周星驰的电影《算死草》。他指证一位无辜的犯人谋杀了他的好友"小强"，但这个"小强"不是人，而只是一只蟑螂，由此，它一举成名。蟑螂之所以被称叫作小强，是因为它是地球上最古老的昆虫之一，曾与恐龙生活在同一时代，有数亿年的历史，而人类只有几千年。它爬行的速度比人奔跑略慢，但是不包括在垂直墙壁上爬行的速度，在水中如履平地，它还有一对翅膀可以飞翔。在真空中，它还可以存活十分钟。即使它身首分离，还可以活上好几天，最后的死因是饥饿。要用传统兵器对付它的，也只有拖鞋。亿万年来，小强的外貌并没有多大变化，但生命力和适应力却越来越顽强。作为昆虫一族，广泛分布在世界各个角落。它们大部分生长在温暖和湿热的环境中，除分布于住房之外，还在饭店、酒店、医院，甚至飞机上，可以说它们无处不在。尽管人们见之，就用鞋底子拍，就像过街老鼠一样，人人喊打，却没有被任何一种方法灭绝。

"蟑螂的种类超过五千种，而且是群居，它会传播四十多种对人体有害的病菌。"苏哈玲一口气说完了这些话，安泰然着实惊讶，"你这个不读书、不看报的人，怎么突然博学起来？"这是苏哈玲跳广场舞时听来的，"你知道吗？家里发现一只蟑螂，其总数可能超过两万只，这可怎么办？"蟑螂是头号家庭害虫，它扁平的身体适合在细小的缝隙中生活，只要是有水和食物的地方都可以生存。它喜暗怕光，常常昼伏夜出，白天很少见到。

吉日格勒晚上睡觉摘掉了助听器，尽管她的屋外动静较大，也没有吵醒她。苏哈玲和安泰然手忙脚乱地打了一阵，居然一只也没打死。苏哈玲恨得咬牙切齿地坐在床上，捧着平板电脑，上网查消灭蟑螂的方法。她指挥安泰然一会儿往下水道内注入开水，将寄生在里面的蟑螂烫死；一会儿用空玻璃瓶涂上蜂蜜做陷阱，"请君入瓮"。最后，她还网购了一种灭蟑螂的药，据说按说明书去放置，效果非常好，这也许是消灭蟑螂的最好方法了。

苏哈玲交给安泰然一项任务，就是每天半夜起床，去厨房和卫生间等蟑螂容易出没的地方，检查蟑螂的死伤情况。几天过去了，蟑螂并没有被赶尽杀绝。苏哈玲知道，蟑螂在阳光下就会变得不堪一击。因此，无论在哪个世纪，还是永久的将来，唯一有效的灭蟑螂的办法就是晒太阳，她将所有的被褥拿到楼下的院子里去晒。房子确实很旧了，苏哈玲尽管心疼钱，可还是下决心重新装修一下，让蟑螂没有藏身之处。

苏哈玲犯愁的是怎么和母亲商量。年前，她一提装修的事，就被母亲揭了短。气不过，搬出去住。现在旧事重提，母亲十分爱干净，说她的家里有蟑螂，这会比打她的脸还难受，是很伤自尊的事情。她更会认为，我在找借口，另有图谋。哎！找个什么理由，母亲才能接受呢？思来想去，也只能在房子的结构上打主意。他们住的是三室一厅一厨一卫的户型，属于八十年代末的设计。这房子唯一的优点是阳面的两个大屋子，从早上开始就能照到太阳，吉日格勒住在其中一间较大的、较舒适的房间；最大的缺点是所有的房门都对着客厅开，四面墙上开了五个门。那个客厅只能算是一个门厅，基本上放不了什么家具，只能将冰箱、洗衣机、饮水机等放在各个角落里，然后在靠吉日格勒房间的稍长的那堵墙边放了一张方桌，供全家吃饭用，幸好家里人口不多，刚好能坐下，就算是餐厅吧。只能将另一间阳面的屋子，放了沙发床、电视和电视柜，客厅卧室两用。还有一间阴面的房间，安逸上大学前，住在里面，现在是苏哈玲和安泰然的卧室。

苏哈玲自认懂点风水学，在单位上班时，常有人向她打听买房子、装房子的事情。什么卧室不能布置得太过鲜艳、太过豪华，否则会对运气不利；入门必先见客厅，先见厨厕是退运之宅；床头不能挂过大的相框，冷光灯不利夫妻感情等。她家的房子正是入户门挨着厕所，这次她想将厕所的门堵了，从厨房的墙上再开道门，把厨房和卫生间打通；将阴面卧室的门堵住，然后从阳面屋子的北墙开一个门，这样门厅就可以做真正的客厅了。

面对她的冲动，安泰然知道劝也没用。在苏哈玲的脑海里早有了一幅自己喜欢的家的画面。果不其然，躺在床上睡不着，她总在说装修房子的事情。咱们现在不是买不起大房子嘛，就把房子布置成这样。重点是厨房和卫生间。厨房虽小，但要布置得简单而精致不是不可以，只要随手拿到想要的东西就行。卫生间墙壁的瓷砖是磨砂奶白色的，原木色是它的绝配。把原来的洁具和坐便器全部换掉，买一个上面有镜子，洗脸池下面有原木色浴柜的那种。在一个角落装上花洒和弧形浴帘，就可以在家里冲澡，想着心里就舒坦。那扇小窗户上，放上清新自然的小盆栽，整个卫生间就会显出生机勃勃的景象。房间的墙体重新刮下泥子，再滚上一层乳胶漆。白色的墙体虽然显得单调，但与现在的土色地板砖比较搭。床和家具都是纯实木的，质量好，不用换。阳台、阴台的窗框要换成铝合金的。苏哈玲越说越兴奋，她从床上坐起来，说："我不仅想把房子装成自己所喜欢的样子，更想把生活过成自己所喜欢的样子。"

安泰然怕她希望越大，失望就越大，赶紧泼冷水，"别纸上谈兵了，老妈同意才算数。"苏哈玲顿时像泄了气的皮球，说："啥也指靠不上，买不起自己的房子，全怪你。"

苏哈玲完美无缺的装修计划，始终是"马歇尔计划"。晚上，她躺在床上翻来覆去睡不着觉，安泰然调侃道："你本来想把日子过成诗，时而简单，时而精致；不料日子却过成了你K歌时的表现，时而不靠谱，时而不着调。"

苏哈玲憋着一肚子气没处发，一脚把他踹下了床。

我去北京串个门

　　冬至过后的第一百零八天，正值中国的传统节日——清明节。早上七点，吉日格勒戴着宽檐帽和复古黑框眼镜，高大匀称的身上穿半高领黑色紧身衣，外罩一件灰黑色的长款薄羊毛风衣。抱着一个琴盒，斜挎一个咖啡色皮包，拖着一个四轮的黑色旅行箱，下了公交车。她年轻时，确是一位艳光四射的美女，但始终敌不过"岁月催人老"的事实，姿色大不如从前了，但她注重穿衣打扮，化了淡妆，灰白的头发染成了葡萄紫色。虽然是身着一身黑衣，仍存一些风韵。她面部轮廓很美，一双像两口小井的黑眼睛，闪着亮光，眉目间流露出忧郁的神情。灰色的天空下，宛若水墨画的、浸没在烟雨蒙蒙中的青城火车站渐渐浮现——这座集高铁时代的现代元素和草原文化地域特色的大型铁路客运站，她还是第一次来。雨水淋在她的宽檐帽和风衣上，她一边向售票厅走，一边口中念念有词，"这绵绵细雨就是观音菩萨手持玉净瓶，用杨柳枝洒向人间的仙脂露，可净化一切污秽。"

　　时尚的人说黑色代表神秘，前卫的人说黑色代表酷，成熟的人说黑色代表庄重。在穿一身黑色行头的吉日格勒看来，黑色代表高雅、悲伤和与众不同。她高雅中带有一丝冷峻的气势，也有些许神秘的色彩，更多的是显现出了她内心的孤独。她这次"说走就走"的旅行，是背着女儿苏哈玲偷偷执行的。天刚亮，苏哈玲就由老公安泰然陪着，给故去十年的父亲苏子文扫墓去了。他们刚走，吉日格勒就像久困笼中的小鸟，终于有了展翅飞翔的机会。无论她多么想逃离这个家、逃离孤独，去了却一桩心愿，她还是怕本来就血压高，又值更年期反应强烈的女儿担心。刚才在公交车上她还是用了半个小时，最后请邻座的女孩儿帮忙，才成功发送了一条短信：我去北京串个门，别找我！发完之后，她就来了个关机大吉。她有点沾沾自喜：就算女儿像齐天大圣孙悟空那样神通广大，也不可能在火车开动前，把我抓回去。

吉日格勒走进售票厅的时候，望着窗口前摆起的蛇形阵，心里着实后悔给女儿发的短信太早了，但她没有半点退缩的意思。她夹杂在熙熙攘攘的人群里，纷乱的声音通过助听器传入耳朵里，或像一群乱撞的苍蝇，或像没有休止符的雨声。古诗云，"夜雨稀闻闻耳雨，春花未见见空花。"说的就是年老聋聩，耳中常作雨声。等待的时间，像嚼后的口香糖，用手一拉又粘又长。等待之后，卧铺全部卖光，恭候她的居然是一张硬座票，为了稳操此次出走的胜券，她别无选择。

对年近古稀的吉日格勒来说，买硬座票出远门，还是"大姑娘上轿头一回"。

她想，自己心怀白首之心，坐几个小时火车，能见到自己的白首相知，也心甘情愿。她义无反顾地上了车。车厢里人声嘈杂，过道里站满了人。吉日格勒只好边喊边向前行，"让一下好吗？你的箱子挡道了。"尽管外面下着雨，车厢里还是比较热，每个旅客都站着不想动，一是怕踩到别人的脚；二是怕自己刚站好的位置一挪后，连站着都是一种"罪"。吉日格勒的座位在第一节车厢，就在猛烈燃烧之前喷出缕缕蒸汽的火车头的后面。那只把她的手指勒伤的箱子，重得像举重用的杠铃，把她累得透不过气来，车厢好像没有尽头似的。她没走几步就把箱子放下，停下来喘口气。等她重新拎起箱子的时候，迎面碰上一个小伙子，他高而瘦，穿着一件雪白的 T 恤衫，干净的轮廓，细挑的眉角，不厚却饱满的嘴唇微微张开，那双黑色的大眼睛里散发着热情的光芒。他的名字叫巴图（蒙古语，坚强）。"我来帮您吧。"巴图的声音低沉娴雅的好似春夜里吹响的柳笛声。他接过吉日格勒的箱子，在前面开道，边走边看车票上的座位号，吉日格勒满身是汗地跟在他后面。

"您的座位在这儿，坐下歇歇脚吧！"吉日格勒闻声而望，行李架上已放满了乘客的东西。巴图把她的箱子随手塞到了座位下面，然后扶她坐下。

"这么大年纪还一个人出门，连卧铺也不给买？儿女不孝！"坐在对面座位上的人打抱不平。吉日格勒抬头细看，是一个三十岁左右的瘦子。他那半寸长的头发像秋天的芦苇，留着一撮小胡子，一样又干又硬；他的眼睛不大，眼神虽然忧郁，但机灵得有点躲躲闪闪，这种眼神叫吉日格勒惊讶无比。他穿着三种深浅不同的棕色夹克衫，捧着手机在玩全民游戏"斗地主"。他那双手由于干粗活，指甲起了毛刺，显得有点儿脏。然而，吉日格勒只瞟了他一眼，就凭直觉判断出他是一名工匠。她猜得很准，他是鹿城某建筑公司的瓦工，人称"徐小鬼"。

"我去北京串个门，不关儿女们的事儿。"吉日格勒笑着说。

"您放心，这一路上，我来照顾您。"巴图也笑哈哈地说。

"好多年不出门了，今天能遇上你这样的好人，是我的福气，只是给你添麻烦了。"吉日格勒拉着巴图的手说。

"哎呀！巧了，遇上活雷锋了，小心被人讹了！"徐小鬼玩累了，站起身，插了句嘴穿梭着去厕所了。

巴图为了方便照顾吉日格勒，就和她旁边的人换了位置。头节车厢，气压不稳定，每次火车加速或进隧道，耳边都会"嗡"的一声灌进气流，到了吉日格勒的耳朵里，更像一片雨声，同时，飘进来的烟味，让人感到更不舒服。边上的 MM 翘着兰花指打电话与闺蜜交流着，如何在一夜之间改变自己的命运，过上"白富美"的生活；邻座的汉子就着零食喝着啤酒，空气中弥漫着"卓资山烧鸡"的气味；前排小伙儿用手机听着"神曲"，虽然插着耳机，实为对外直播，自己跟着摇头晃脑地哼唱；后排的小男孩哭闹着要下车，母亲低声劝说着，被闹得狠了便在屁股上打起了巴掌。

吉日格勒和巴图并没有受到周边喧嚣的环境影响，他们热情地交谈着，原来他们是额尔登布拉格草原上的蒙古族同乡，吉日格勒让巴图叫她"福姥姥"，说认识她的孩子们都这么叫。细细算起来，吉日格勒离开家乡已近半个世纪，她印象最深的当属"草原明珠"乌梁素海，她在海子边上的草原上长大。奇峰耸立的乌拉山下，牧草葱茏、牛羊遍野，芦苇、蒲草郁郁葱葱，天鹅、鹈鹕自由自在地在湖面上空飞翔鸣唱……家乡的美景，常魂牵梦萦在她的梦乡。

在火车上，吉日格勒意外地听到了家乡的消息，她倍感欣慰，顺口说出，"水草丰美的地方，鸟儿多，心地善良的人们，朋友多。"

巴图说，"福姥姥，有时间回草原去看看。"

巴图看到吉日格勒有些累了，就停止了交谈，让她闭上眼睛休息一下。吉日格勒上了年纪的人，一大早起床，急着往车站赶，确实有点儿累了，没过多久，便昏昏欲睡了。

巴图把自己的座位让出来，让吉日格勒侧身躺下，睡得舒服一些。有巴图在身边照应着，她睡得很安稳。巴图站着没事干，不是帮乘务员打扫车厢、带邻座的孩子上厕所，就是帮上了年纪的乘客打开水。徐小鬼从迷迷瞪瞪的白日梦中醒来，看见车厢里的人都昏昏欲睡，看见巴图站在过道里，就过去拍拍他的肩膀，"我活动一下筋骨，你去我的位置上坐会儿吧。"吉日格勒中途醒来，看见巴图坐在她对面，就翻了下身，又睡着了。

巴图看见徐小鬼过来，就让他坐下。"看把你累的，学雷锋也不容易。"吉日格勒听见他们说话，就坐起身来，拉着巴图坐下，说："谢谢你，真是好出门还不如赖在家。"

吉日格勒在北京西客站下了火车，由于在车上休息好了，觉得自己神清气爽，好像三伏天淋过温水浴一般。巴图帮她将旅行箱提下车，放在地上，说："福姥姥，你要去哪里？我送你。"听了这话，她才想起，自己忘了问"天神之声"，偌大的北京城，自己要找的人，身在何处？她有了片刻的沮丧，很快又恢复了常态，眼睛像一小团火苗似的闪耀跳动，显出她过人的精力。

"巴图呀！谢谢你一路的照顾，你去忙你的，我自己能行。"

"我来北京找我的朋友，看能不能找个合适的工作，如果找不到，过几天，我就回去。你在北京有什么事情，就给我打电话。"

巴图掏出一张名片，交给吉日格勒，让她保管好，才先行一步。

吉日格勒望着巴图的背影，渐渐消失在人群中。她无意中，望见了徐小鬼的背影，他鬼鬼祟祟地在人群中蹿来蹿去，直到他完全消失。她才拉起自己的旅行箱，随着人流向出站口走去。

人群中，一位老人被人搀扶着，哭喊道，"天呐！那是我的救命钱呀！钱丢了，我来北京拿啥看病？"听到老人的哭诉，吉日格勒停下脚步，从里面的衣服口袋里掏出两百元，放在老人的手里。匆匆赶路的旅客，有的也停下脚步，给老人捐钱。老人捧着钱跪在地上，"谢谢啦！恩人们。"吉日格勒眼里噙着泪水，上前把他扶起来，"一方有难，八方支援。这是我们应该做的。"

这次来北京，吉日格勒毫无目标，不知去向何方，但她记着天安门、故宫，因为在电视里常看到。她突然想起了上次来北京时，住在前门附近。于是，她来到前门，找了家旅馆住下了。

吉日格勒躺在床上看电视时，开始了和自己的对话，还是在外头好呀，自由。在家成天被女儿管着，哪儿也不让去。天天就是看电视，我就是被这电视机惯坏了，养成了不能主动生活的坏习惯。她突然坐起来，见不到我，哈玲不知道会不会着急？可惜看不到她急着找我的样子。她又倒在床上打起滚来，笑着喊叫着，哈玲呀！你找到我，我很快乐；你找不到我，我也很快乐。她疯够了，坐起身来，才想起被关掉的手机。她跳下床，拿起自己的外套，翻来翻去就是不见手机。"天哪！手机被人偷了。"刚感到自由快活的吉日格勒，顿时像霜打了的茄子，提不起精神来了。

吉日格勒回忆着火车上的一幕幕，最后出现在脑海中的是徐小鬼，鬼鬼祟祟消失在人群中的样子；还有那位丢了"救命钱"哭喊的老人。手机肯定是被徐小鬼偷走了。她安慰自己，"下次让我遇见你，我要剥你的皮，抽你的筋。让地球人都知道，你这个不劳而获的、十恶不赦的、千刀万剐的贼。"

整个晚上吉日格勒都跪在床上向"天神之声"祈祷，"你显显灵吧，指引我找到辜负了一生的人，实现我唯一的愿望吧！"

父亲是挡在她与
死亡之间的一道帘子

清明时节的雨如期而至，淅淅沥沥，无声无息。每年的这一天，苏哈玲怀念父亲的心境总被"润物无声"所渲染，忘不了去祭拜。为了避开车流量高峰，苏哈玲和安泰然天刚亮就出了门，结果不仅遇上了风雨，还遇上了前所未有的大堵车。苏哈玲等得有些心急，下车到路边一看，因为一场车祸，三辆车追尾，高速入口的道路成了停车场。有些开车的人用手机拍了拥堵现场的照片，发在微信中吐槽，感慨"都想提前出发，结果大家想一块儿了，也都堵一块儿了"。

回到车上，本来就有点迷信的苏哈玲，眼皮跳得厉害，心想，"不会出什么事吧？"以前眼皮一跳就找根火柴，折断了架在眼皮上，过上个把小时，也就好了。如今，火柴已退出了历史舞台，抽烟的人用的都是打火机，有的还是防风的。车堵着，雨越下越大，苏哈玲本来有点心急，再让眼皮跳一扰，更是心烦意乱。安泰然冲她笑了笑，说："要是给车也装上两只翅膀，咱们就飞过去。"他找了张纸巾撕下一小块，用指头搓了一个细小的纸棒，递给苏哈玲让她压在眼皮上。她闭上眼睛待了一会儿，稍好一些，就想用手机消遣一下。结果把手提包翻了个底朝天，也没找到，就抱怨起老公来。她一开口还是那句口头禅，"啥也指靠不上，出门也不提醒我带上手机。"安泰然又笑了笑，拿出自己的手机让她玩，苏哈玲没找着麻将游戏，就把手机扔给他，靠在椅背上闭上眼睛。她想起了在世界另一头的父亲，感觉一切还没有走远，就在眼前。

在苏哈玲的记忆中，父亲是十分严厉的。他身材高大，英俊潇洒，眉宇间流露着一种威严，令人敬畏。其实他很善良，也很富有同情心，与人相交很真诚。她还记得伴随父亲走过一生的是那只"百宝箱"，里面的每一件"宝物"都是他生活经历的真实写照，饱含着酸甜苦辣。第一件"宝物"是一沓股票。父亲出生在战乱年代的一个贫苦家庭，他十三岁那年，父母因病相继去世。他孤苦伶仃，无依无靠，跟着他的本家叔叔从河南老家来到了内蒙古，在一位远方亲戚开的照相馆里做学徒，过着寄人篱下的生活。他黎明即起，洒扫庭院，烧火做饭，勤奋好学。几年后，他就当上了师傅，开了自己的照相馆，以维持生计。1956年公司合营时，他积极响应号召把自己的财产全部归了公。公家给发了股票，并按月发定息给予补贴，他的工资也比较高，真

正成了受人尊重的摄影师。第二件"宝物"是一张"奖状"。苏子文很敬业，可以说是"工作狂"，为了钻研摄影技术，他在当时设备简陋的情况下，进行了很多技术革新和改造。他是自治区那个时代的技术革新能手，他的研究成果在全区得到推广。在苏哈玲的记忆中，父亲常常坐着几小时不动地修版、带彩，当看到一张张黑白照片变成彩色照片时，她为父亲那双灵巧的手而自豪。也就是因为这双手，父亲不肯将他精湛的摄影技术传给她。因为他的一双手成年累月在显影、定影液的浸泡下，一年四季流着黄水，他不愿意自己

的女儿再受其害。那时，苏哈玲不理解父亲的一片苦心，认为他自私、保守，对父亲积怨了许久。第三件"宝物"是一张泛黄的黑白"照片"。照片上是一位十分精干的老太太，她脸上的皱纹像被刀刻的，满面慈祥的笑容。当年送他来内蒙古的叔叔和他的儿子早已去世，只留下他老伴一个人。他把这位婶子当自己的亲妈一样供奉着，活到九十九岁才无疾而终。她在内蒙古生活了八年，后来回了河南。不管自己家里生活有多困难，苏子文总是按时给老人寄去生活费，一年还要回去探视两次，老人去世的时候苏子文也到了退休年龄，也许是失去亲人的痛苦，也许是退休生活的不适应，他的健康每况愈下，六十五岁时得了"脑血栓"和"老年痴呆病"。得病后的苏子文像换了一个人，变得很陌生，苏哈玲接受不了这一事实，总想找回以前父亲的影子。在哭哭啼啼中，瘫痪在床五年的他，在长达二十多天的昏迷后再没有睁开眼看一眼妻子和女儿，只是眼角流出一颗硕大的泪珠恋恋不舍地离去了。

道路终于通了，车驶过一段很陡的坡地，到达青山公墓附近。

墓地位于山脚下，三面环山。周围种着柳树和丁香。白色的丁香花盛开着，如霜似雪。垂柳枝如飘逸的长披发，倒挂着微缩玉米形状的嫩芽。远远望去，巨大铁门的上方拱形架上，用铁条弯成一串大字：青山公墓。铁条外涂着一层绿色油漆，在阳光的照射下分外引人注目。

进门之前，苏哈玲下意识地转身环顾一下四周，觉得这死一般的寂静和这墓地是很般配的，这才跟着安泰然向里走去。墓地的四面都是沙丘，像小山一样连绵起伏，中间低洼处很宽敞，也很平坦。风雨剥蚀，长满青苔的石碑横七竖八躺在泥土之中，就像一把乱扬在地上的麻将牌。墓碑上，刻下的文字依稀可见。也许是来祭奠的人多，座座墓碑前都摆着水果、糕点等供品，地上有烧过的纸钱，并不显得凄冷。可以看出，死者的后裔们对于祖宗的崇拜和敬仰。墓穴大多是一样的，有钱的人家，墓也会大一点儿，用黑色大理石替代一般的水磨石，还有一些家族式的墓群。

苏哈玲和安泰然来到父亲的墓碑前，她掏出雪白的毛巾把墓碑擦了一遍。安泰然也从带来的袋子里掏出和好的水泥和腻刀，将墓上的缝隙勾勒一遍。这些事，尽管每次扫墓都要做，但是他们仍做得十分认真。做完之后，苏哈玲才在墓碑前摆上几盘供品，跪着边烧纸，边自言自语，"爸，我和泰然来看您了。我退休回家了，除了在家陪老妈外，每天还要组织那些大爷大妈去公园跳舞，还能收点零花钱。安逸大学毕业了，也找到了工作，能自食其力了。泰然把我妈当亲妈一样敬着，我妈的身体也很好。我们的日子过得和和美美的，你就放心吧！我们以后会常来看望您的。我们有什么做得不到的地方，请您原谅！"

苏哈玲起身和安泰然一起对着墓碑鞠了三个躬。

面对父亲的墓碑，有几句歌词荡在她的耳边：

时间是长河/有些事无法遗忘/麦浪在风里飘呀/爸爸在回忆中睡了……

在苏哈玲的感觉中，父亲并不曾离去，他只是静静地睡着，在做一场永远也醒不了的梦。望着父亲的墓碑，苏哈玲又想起了父亲的一生。母亲常对她讲，父亲是一个性格坚强的人。一生中，他吃过许多苦，受过许多罪，但他从来没有弯过腰，牢记"受恩莫忘，施恩勿念""莫以恶小而为之，莫以善小而不为"，养成了勤奋好学、乐善好施、知恩图报的良好品质。尽管生活的沧桑留给他太多的心酸；岁月的艰辛烙在他身上太多的伤痕，但他以坚定的意念和毅力，面对纷沓而至的幸与不幸，走完了自己的生活轨迹。

父亲静静地离她和母亲而去了，留给她们的只有他心目中最珍贵的那三件"宝物"，睹物思人，伴着她的是隐隐的心痛。常常被父亲的勤奋、倔强、爱心所感动。她不再哭泣，只能把悲伤化作精神支柱,化作深深的挚爱,融入她的生命里,激励她面对生活，面对人生。

其实父亲就是挡在她和死亡之间的一道帘子。父亲在世时，偶有亲戚、邻居去世，她对死并没有什么直接的感觉。等到父亲去世时，她才感觉像天塌地陷一般，自己没有了脊梁骨，像被抽了筋、剥了皮。用了整整一年的时间才缓过神来，对生与死有了自己的看法：父母在，人生尚有来处；父母去，人生只剩归途。

从墓地回来，已过了饭点。苏哈玲怕回家打扰母亲的午睡，就和安泰然在小区门口的面馆吃了一碗西红柿鸡蛋打卤面。

亲情的疏离是切肤的伤痛

苏哈玲走进家门已是下午三点。用钥匙开了门，钻石就迫不及待地后腿着地，前腿立起，轮番扑在两个人的腿上亲热。吉日格勒并没有像往常一样迎出门来，向他们问长问短。苏哈玲有点诧异，难道老妈不在家吗？通常这个点，她会待在家里读书、看电视、唱歌和自言自语的。

苏哈玲推开母亲房间的门，她并不在屋里。

苏哈玲喊着，"老妈，您在哪儿？"

又去了卫生间、厨房和阳台，都不见母亲的踪影。

"你先别急，妈又不是小孩，丢不了。可能出去遛弯了，一会儿就回来了。"安泰然表现得比较沉稳。

苏哈玲坐在客厅的沙发上，叹了口气，"我说呢，这右眼一早就跳，生怕路上出点儿啥事，路是堵，还算顺利。你说，老妈，能去哪儿？我有点儿心慌。"

安泰然从自动饮水机上，接了半杯开水，又拿起凉杯兑了些凉白开，"是不是血压又高了，来，喝杯水，上床躺会儿，就好了。"苏哈玲接过杯子喝了一口水，看了看安泰然，"亏你对我这么好，要听妈的话，咱俩恐怕早离婚了。"

"你不说，啥也指靠不上，我就知足了。为了照顾老妈，我成了家庭煮男、全职保姆，既不能出去找工作，也不能回家照顾住院的老妈。就这还要横挑鼻子竖挑眼……"

苏哈玲从沙发上坐起身，不耐烦地打断他，声音成了高八度，"你家兄妹五个，我家就我一个，照顾老人怎么了？委屈你了？心不甘情不愿，你就走，谁也没拦着你。"

安泰然生怕老婆着急，"你在哪儿家就在哪儿，每天围着你转，就是我的心愿，我哪儿也不去。"苏哈玲转怒为喜，"这还差不多。把我手机拿过来。"

安泰然进了卧室，从床头柜上拿了手机，递给老婆，说："你的生活整个被手机绑架了。"苏哈玲笑了一下，说："在信息社会，多睡几个小时就感觉和世界脱节了，关机一天就以为被人类抛弃了。"

她接过手机先打开微信，有几条姐妹们发的养生秘籍、心灵鸡汤、奇闻轶事和明星八卦。她把自己喜欢的或保存或点了赞，然后打开了短信。现在大家都在玩微信，使用手机 Wifi 上网已经成为一种潮流，不仅上网速度快，还能节省手机流量，短信只在没有 Wifi 的情况下偶尔用一下，关注度自然不高。苏哈玲做梦也没有想到，有一条用母亲手机号发来的短信，"我去北京串个门，别找我！"她不敢相信自己的眼睛，以为眼花了，用手揉了揉眼睛，离远了又看，没

错！"天啊！安泰然，老妈离家出走了！"

安泰然已躺在床上昏昏欲睡，被苏哈玲的尖叫声吓得一骨碌坐起来，光着脚跑了出来，"怎么了，是不是看见小强了。"他知道，苏哈玲每次见到蟑螂，发出的就是这种声音。

苏哈玲"妈呀！妈呀！"地痛哭起来。

安泰然知道老婆爱哭，可她好久都没有像这样号啕大哭过了，他预感到出了大事，急切地问，"到底出啥事儿了？"

苏哈玲把手机扔到茶几上，"你没长眼，自己看。"安泰然终于看明白了，"说得多轻松，我去北京串个门，北京一个亲戚也没有，串的哪门子的门。"

苏哈玲突然止住哭泣，"啥也指靠不上，准是你把妈气走的，找不着老妈，我跟你没完。"

安泰然看她在气头上，压了压气，"你冤枉我也没用，给老妈打电话呀！"听他这么说，苏哈玲赶紧打电话，刚刚冒出头来的希望，被一句"你拨打的电话已关机"浇灭了，更加无法摆脱她心中的那股焦躁与不安，又躺在床上哭了起来。

安泰然怕她再发火，"你别哭了，我去做饭，明天我们开车去北京找！"

苏哈玲哭着哭着，就睡着了，她梦见父亲牵着一头牛，向自己走过来，他穿着笔挺的西服。她冲着父亲喊"你别把衣服弄脏了，回家我妈该发火了"。父亲没有理她，转身就走，在远处消失了。

苏哈玲从梦中醒来，拿过手机上周公解梦查，说梦见父亲，意味着遇到困难，想寻求别人的支持；又说预示着家庭成员中会有争论发生，要合理地处理，别影响了彼此的感情，也没有什么不好的解释。苏哈玲放下手机翻了个身，想接着睡。迷迷糊糊的她觉得自己病倒了，没有感冒症状，感觉自己在发烧、浑身疼痛、头昏恶心、四肢无力，痛苦万状。这种异样之感又勾起了她的小迷信。是不是去墓地又犯了什么说道，也许这是与故去的父亲的一种交流和沟通的方式吧。这么一想反而觉得身体并不是那么难受了。

苏哈玲想，出嫁以后，特别是父亲去世以后，自己和母亲的关系明显疏远了。她感到切肤之痛。自己是一心一意回来陪伴母亲的，为什么母亲会觉得她另有所图。她想起，有一天，母亲对她说想出去走走。她当时，刚开始在公园里组织人们跳舞，还没有站稳脚跟。有几个人，见她是新来的，就想和她争地盘。又能健身，又能赚钱的事，谁不想干呀！那天，母亲和她说的话，没有走心，全当了耳旁风，只轻描淡写地说，等天热了以后，再带她出去旅行。她很后悔自己没有把话说清楚。母亲年龄大了，一个人孤身在外，万一有个三长两短的，真是追悔莫及。

她想着想着，就着起急来，把旅行箱放在床上，收拾明天路上用的东西。

手机响了，苏哈玲以为是老妈打来的，赶紧跑过去接。"妈，你和我爸去给姥爷扫墓回来了？"电话是安逸打过来的。苏哈玲一听儿子的声音，眼泪"哗"的流了下来，她哽咽着"嗯"了一声。

安逸听出母亲在哭，有些着急，"妈，你怎么哭了？出什么事儿了？"

"你姥姥离家出走了，打她电话关机。"

"妈，你开什么玩笑，姥姥怎么会离家出走？你惹她生气了？"

苏哈玲哭得更凶了，"我没有，你别冤枉我。"

安逸知道自己说错了，就想哄自己的母亲开心，"妈，也许姥姥出去碰到了熟人，去人家里住两天，就回去了。"

苏哈玲终于停止了哭泣，"难道你姥姥过两天会自己回来？"

"会，你千万别着急，急也没用。"

"你姥姥发了短信说，我去北京串个门，别找我！"

安逸高兴地，说："姥姥来北京了？她会不会是来看我了，怎么没给我打电话？"安逸这么一说，苏哈玲才转过弯来，"对呀！咱们北京没有亲戚，她肯定找你去了，儿子，你要二十四小时开机。"

"我明天抽空去车站附近的旅馆找找，没准能找着。"

"也好，我和你爸明天开车去北京，你要找着了，我们正好接她回家。"

"好的，妈，你替姥姥祈祷吧，很灵验的。"

苏哈玲放下电话，心情好了一些，就坐在沙发上，想起安逸小时候的事情：

父亲去世前的二十多天，一直处于昏迷状态。苏哈玲知道父亲的时日不多了，就把安逸一个人留在家里，托邻居照顾，自己和安泰然回青城，在医院守在父亲身边。有一天，厂工会主席打来电话说，单位有急事，让她回去一趟。她也想儿子了，也该回去看看了，可她又怕见不着父亲最后一面，就讲起迷信来。她找人算了一卦，那人拿出三枚铜钱，让她一字排开。然后，望着她说，你父亲留在这个世上最多三天，可是你在他身边，他咽不下那口气去，你还是回家去吧，这是天意。当天，她就回了单位，第二天，加班把手头的事情办完，第三天一早就准备赶回医院去。早晨起床后，她给安逸做好早饭，却不见他起床。安逸一向很听话，从不迟到、早退，今天这是怎么了？苏哈玲进了他的房间，见他脸红扑扑地躺在床上。她摸了摸他的额头，有些烫手，急忙带他去医院。等医院上班，各种检查的结果出来后，医生确诊为"猩红热"。这是一种为A组溶血性链球菌感染引起的急性呼吸道传染病，它的特征有骤起发热、咽峡炎，典型的皮疹、口周苍白、杨梅舌帕氏线、恢复期脱皮等，少数可见中毒性心肌炎，肝、脾、淋巴结充血等变化。必须马上输青霉素，可缓解病情，减少并发症。安逸躺在病床上输液，苏哈玲惦记着父亲，在地上走来走去。临近中午还没有输完，安逸知道她着急，很懂事地说让她去陪姥爷，自己能行。她想怎么也得等儿子输完液再走。

十二点整，苏哈玲突然感到心烦意乱，心里"咯噔"响了一声，预感到父亲走了。五分钟后，安泰然打来电话，说"爸走了"。从不在外人面前流泪的她浑身颤抖，泪如泉涌，泣不成声。从那以后，她就落下了爱哭的毛病。时年七十岁的父亲咽下最后一口气的时候，她作为唯一的孩子居然不在身边。这一离别成为苏哈玲一生中最大的遗憾。她记得父亲去世那天，下起了鹅毛大雪，沸沸扬扬的雪花像天地间挂起的生命的幡。

想到这里，苏哈玲又哭了起来。

安泰然把碗筷放在茶几上，喊："老婆，饭好了，起来吃饭了。"

爱情的抵押品就是婚姻

　　吉日格勒住在前门的一个旅馆里，因为连阴雨，加上严重的雾霾。一天之中，除了饿了出去填饱肚子之外，她未曾离开这个房间半步。

　　也许是日夜劳顿太累了，也许是太想得到指引，她一夜未合眼。奇怪的是，"天神之声"好像没有陪着她来北京，她低声下气地祈求，也没有得到半点回音。她躺在那张单人硬板床上，翻来覆去睡不着，硌得骨头疼，居然怀念起家里睡了N年的双人床和钻石了。她自言自语，"出门在外，我谁也不想，就想我的钻石，可惜不能带它出来。哎，狗有狗的福，我不在，也有人管它吃喝拉撒睡就行了"。

　　苏子文过世十年后，在北京的宾馆里，他又闯入吉日格勒的脑海。

　　有一天，吉日格勒放羊的时候，听说草原上来了一位摄影师。第二天，苏子文在草原上拍照时，他们相遇了。这位摄影师看上去二十多岁，中等个头，白白净净的脸，又长又黑的眉毛，长得一表人才，吉日格勒被他深深地吸引了。

　　苏子文用那双若有所思、梦幻般的眼睛静静地望着吉日格勒，彬彬有礼地问能不能为她拍照。接下来的许多天，吉日格勒都陪着他去拍照。她身穿蒙古袍，在蓝天、白云、山峦、草原、骏马、羊群、花朵、乌梁素海等背景的衬托下，更显美丽动人。苏子文对草原有着深深的眷恋，他常静静地躺在草地上，久久地凝望着蓝天上飘浮的朵朵白云，呼吸着带有花草清香的空气，倾听远处传来的牧人的歌声。他说自己和草原融为了一体，这里的艺术语言和情感符号，是他艺术创作的源泉。苏子文时而沉默寡言，略带伤感；时而热情奔放，谈笑风生。他在吉日格勒的心中成了一团谜，更加深深地吸引着她，想走近他了解他。有一天，拍完了照，他从流淌的小河里舀了一茶缸水，递给她，说，润润嗓子。无意中，他们的手碰到了一起。她羞红了脸，喝了一口水，一种舒坦的快感传遍了全身。这种强烈的快感不是一时的幻觉，是从心底流出的，那情形是恋爱所发生的作用。和苏子文在一起的日子，她不再感到平庸和凡俗，一种可贵的精神充实了她。苏子文走之前，给她讲了许多草原之外的事情，说她要是愿意的话，也可以去城里生活。这些话一下子激活了吉日格勒封存于心底的梦想，还有千万个不甘心。

苏子文走后，吉日格勒感觉到自己的身心发生了非同小可的变化。她脸上的笑容没有了，草原上也听不到她的歌声了。她忘不了他的眼神，仿佛冬日里的阳光，寂寞又温暖。过了一些天，苏子文托人给她捎来一个信封。里面装着几张她的照片和一张纸，上面写着：喜欢你，我等你。"我等你"这个承诺，远

比"我爱你"更需要勇气，更动听。它包含了许多无奈、心酸和苦涩，或许是爱不到，或许是不能爱。不是每个人都愿意等待，也不是所有的人都值得去等待。吉日格勒翻看着自己的照片，终于明白，生活给了她一次发现自己美丽的机会，也给了她一次改变自己命运的机会。每次看着照片，她都会感觉出自己的与众不同，是小草，就要染绿草原；是水滴，就要投身大海；是沙砾，就要积聚成塔；是篝火，就要熊熊燃烧。

苏子文猜到她不会爽约，就把他最喜欢的一张吉日格勒的照片：萨日朗花丛中，她满是笑意的脸，眼花眉弯，长长的发辫，搭在胸前。放大了挂在照相馆门口的橱窗里，一时间，她成了家喻户晓的美人。苏子文每每看到这幅照片，心里还有几分得意。之前，追他的姑娘有很多，她们常来照相，有一日，看到外面的照片，问他"你对象"？他点点头，后来她们就再也不来了。也就是这张照片，让她轻而易举地找到了他。

人生中最浪漫和宝贵的东西，就是青春和爱情。当年，苏子文见到吉日格

勒，就像《西厢记》中张生见到了崔莺莺，早已是"眼花缭乱口难言，魂灵儿飞在半边天"了。在青春中相爱，是一件多么美好的事情，无论结果如何，那份纯洁和纯粹，一生中再也难以拥有。

孤独之感使她沉浸在回忆之中，她惊讶地发现，回忆在脑海中无时不在，往事还不曾走远，自己却已经跨入了暮年。也许是她过分地纠缠在回忆往事的乱麻中，来北京之后她居然一次也没听到"天神之声"，它似乎已弃她而去。每当她听到歌曲《鸿雁》的时候，还有哭的冲动，似乎这流逝的岁月和那些教训对她一点作用也没起。她想把这些关于歌曲的回忆淹没在与巴特尔的初恋之中，也想在他镇定沉着的男性保护下得以脱身。有时，她感到时光又回到了原始状态。"唉！"她自言自语，"苏子文。"她又一次看到了自己的丈夫。

苏子文向她求婚时，什么话也没说，他走过来把一枚金戒指戴在她左手的无名指上，人生大事就这么定了，两个人都觉得不好意思。走进摄影室拍结婚照的时候，望着打在背景上的微光，吉日格勒说出了自己的愿望，"我想去北京拍结婚照。"苏子文笑着说，"好，明天就去。"

成亲之后，她才知道他是再婚。他和前妻生过一个女儿，就有了一种受骗的感觉，常常以各种方式发泄内心的不满。苏子文虽然比她大十岁，但他细皮嫩肉，在别人眼中是郎才女貌，是天生的一对，地造的一双。苏子文以年轻人的情趣、时刻关怀妻子幸福的决心和作为模范丈夫的种种长处，补偿了年龄上的差距。事实上，谁要是看到这个三十岁的脖子上挂着相机的英俊男人，也不会想到他与年轻的妻子之间有一项爱情约定：如果在一年之内，她爱不上他，他们可以解除婚约。苏子文不仅是一个体贴入微的丈夫，更是具有无穷智慧和想象力的出色情人。苏子文竭力表明，无论在顺境，还是在逆境中，他都会是一个好丈夫。

他带她来北京度蜜月，在天安门广场照结婚照。拍照时，她穿的就是那件红底上有金黄色图案的蒙古袍，他穿着什么衣服？瞧我这记性，不服老不行啊！蜜月还没结束，她就深深地爱上了他。仿佛是在一个遥远的早晨，她从床上坐起身来，告诉躺在地铺上的他，她爱上了他，上床来吧。苏子文像得到了圣旨，紧紧地把她抱在怀中，把热吻送上她的红唇。她在晨光下朦朦胧胧地望着他，觉得他是天底下最好的男人。

苏子文没想到的是，吉日格勒不会做家务，也不会做饭。一天，吉日格勒动手包饺子。煮熟了，端上桌后，苏子文满心欢喜地尝了一口，觉得有点不对劲，便问"怎么馅里面有些碎屑的东西咬不动"？

"那是肉皮呀！"

"你做馅居然不把肉皮去掉。"

那是苏子文第一次尝到吉日格勒的手艺，发现原来是"黑暗料理"，两个人发生了第一次小吵。当时两个人年轻气盛，苏子文觉得吉日格勒太不讲道理了，一气之下摔碎了结婚时朋友送的暖水瓶，瓶胆破碎，开水流了一地。吉日格勒倒在床上痛哭，苏子文觉着心疼，就去拉她，没想到她笑了起来，这也是他们唯一的一次吵架。

苏子文喜欢吹口琴，吉日格勒就用报纸卷个筒，放在嘴边，高唱"浮云散明月照人来，团圆美满今朝最……"那段时光是他们最幸福的日子。

她怀着哈玲时，习惯午饭后静静地坐在房间里，苏子文不去上班的时候，总是陪在她身边。有时，他们一句话都不说，面对面，眼睛望着眼睛，倾听着彼此的心跳。他们在平静中相爱，缠绵悱恻。

在苏子文去世的头一年，她一直觉得她的心仿佛被冰雪冻住，再也没有暖和过。她总觉得自己的丈夫没有死，只是出远门去了。她听到他的名字就会心口疼痛，看到他的照片就会浑身发抖，情感现实逐渐变成心理现实，转化成她的心理状态：冷淡和遗忘。苏哈玲怕母亲看见照片，因思念父亲而伤心，就把家里所有的相册都锁起来。她总是不由自主地侧耳聆听，生怕电话铃声响起，因为自己耳背没有听到；她总是坐在门厅里等着有钥匙在锁孔里转动打开门。有时候，电话真的响了，里面传来的总是哈玲的问候，"老妈，你在忙吗？我没有打扰你吧？"那时候，她多么盼望女儿放下手中的工作，能回来陪她，女儿是她唯一的希望和寄托。后来，苏哈玲把安逸送到了她的身边。那时候，吉日格勒觉得被人需要是她最大的幸福。安逸的意气风发也深深感染了她，她总在说，"年轻真好！好好珍惜！"

苏子文外出时，总穿那身笔挺的"毛服"。那衣服用料讲究，是浅灰色的毛毕叽。呢面光洁平整，纹路清晰，质地较厚而软，紧密适中，悬垂性好。脚穿一双白色的皮鞋，他那双黑色的大眼睛显示出摄影家的风度。因为爱情，吉日格勒在他和巴特尔之间，毫不犹豫地选择嫁给了他。

吉日格勒从与巴特尔、苏子文的交往中深深体会到，世间之苦有两种：一种是得不到之苦；一种是钟情之苦。在你付出努力的前提下，所有的、想得到的都当作一场赌博。胜之坦然，败之淡然。

苏子文去世后，她就不再计算年龄，一切似乎静止在无休止的回忆之中，过着孤身一人的生活。

梦想还是要有的，万一实现了呢

这是一个阴雨绵绵的日子。安逸站在窗前，望着外面细细的雨丝，像牛毛，像花针，像丝线，密密地斜织着成雨网，不远处的高高低低的楼顶上全罩着一层薄烟。想到不知身在何处的吉日格勒，安逸就像换了个人，成天一脸阳光的他，此刻的心情就像外面的阴雨天气，目光游移不定。这段时间他一直很忙，忙得连坐下来喝口水的时间都没有，怎么好意思开口请假。只能一个人站着，望着窗外的雨丝发呆。

柳语凡走过来，站在他身后，他并没有感觉到她的存在。"安逸，遇上什么难事了吗？"安逸转过身来，望着她。柳语凡一头简洁的短发显得脸有些圆，一双睫毛长长的大眼睛，肤色呈小麦色，神态里透着一种野蛮和稚气。她那结实的身躯所营造出来的姿势，给人一种蓄势待发的感觉。"是你呀！家里还好吧？"柳语凡的母亲也是青城人，她比安逸早一年进公司，他俩是同乡，也是最好的朋友，清明节前她请假回了趟家。"还好！你好像有什么心事儿？"安逸并没有说发生了什么事情，只说，"凡姐，我有点急事儿，想出去一下。"柳语凡笑了一下，她的笑容一纵即逝，但却充满了暖意。"去吧，如果有事儿，我打电话给你。"安逸说了声"谢谢！"便向办公室外冲去。

安逸站在大楼门口，望着外面飘着的细雨，像是在门上挂上了门帘，淅淅沥沥的雨声，仿佛召唤他在雨中共舞。"安逸，等一下。"柳语凡一路小跑，来到他身边，"天在下雨，你忘了带伞。"安逸一丝浅笑，"你真的好暖心。谢谢！"

安逸打着那把白色有黑色图案装饰的伞，独自走在林荫道上，他心中的那种感觉连他自己也很难形容，到底是一种怎样的感觉，是担忧？还是无奈？姥姥到底在哪里？路上行人很少，四周很安静，静得只能听到雨水打在树叶上那种沙沙声。他的思绪像断了线的风筝，在空中飘浮不定。在安逸的印象中，姥姥从来没有出过远门，至少在陪他读书期间。她似乎很害怕天下雨，只要天阴沉着脸，就嘱咐他带上雨具。也许是他骑车上学，担心他被雨淋吧。多少次，他上学走时，还是晴空万里。放学时，已是密雨下黑了天地。在他一筹莫展的时候，姥姥总会从车棚里冒出来，给他一个意外的惊喜。姥姥冒雨接他，已经数不清多少次，而他冒雨找姥姥，还是头一次。安逸知道姥姥对北京不熟，走不远，最多在西客站附近的旅馆住下。但他想不明白的是，为什么姥姥来了不给他打电话。安逸这么想着，就走向地铁口。

过道里一位"地铁歌手"弹着吉他，唱着歌，一个用架子撑着的话筒、一个黑色的音响、一个黑色的吉他包放在他前面的地上，便组成了他演唱的舞台。

安逸驻足在他的身边，那歌手微微低下头，十分投入地唱着歌曲，并没有理会他。安逸听完了一曲，感觉他唱得还蛮有味道的。不经意间，安逸发现那个吉他包上放了一堆CD，拿起一张看看，想必是歌手自己灌制的歌曲，上面有标价，便掏出二十元买了一张。歌手唱得很专注，并不在乎你买没买他的CD，只低头唱着他的歌。又一曲结束，安逸为他鼓掌喝彩，他微笑着点点头，仍接着唱下一曲。过道里的人渐渐多起来了，听到安逸的喝彩声，大家开始关注他了，一会儿围了一圈。歌手抬起头微笑着，说："我给大家唱一首CD里的歌吧！"他唱起来，不断有人买他的CD。安逸又听他唱了两首，因为急着去找姥姥，就穿过了那个弥漫着音乐气息的地铁过道。

从地铁口出来，雨下得更大了。安逸仰头，看看灰暗的天空，雨点串成丝，落在地面上像长出许多水痘，又像长了毛，随生随灭，没有半点停歇的意思。他撑起手中的雨伞，慢慢走着。他想，这样的雨天，姥姥会待在哪家宾馆的房间里呢？

安逸看见宾馆就进去问问，居然没有半点姥姥的消息。牛仔裤的裤角已被溅起的雨水弄湿了，运动鞋沾上了泥，他还在不停地走。他在一条小街口停下来，看见一个女孩儿迎面走过来，她上身穿一件兔毛混纺的休闲长款针织衫，胸前有可爱的猫咪女孩图案，不仅能够增添几分小女人的味道，还十分显瘦，下身穿一条休闲牛仔裤。一手拉着旅行箱，一只手遮在头发上，那双穿着韩版高帮系带帆布鞋的脚奔跑着，从他身旁经过。雨水顺着她的披肩秀发流下来，整个人都有些湿漉漉的感觉。

"嘿，MM，请等一下！"安逸冲着女孩子的背影喊道。

"有事儿吗？我赶时间。"女孩儿停了下来。

"把伞给你，淋了雨你会生病的。"

"你也只有一把伞，给了我，你怎么办？"

"我自有办法。"安逸把雨伞塞到女孩儿手里。

"我要回青城去，伞不知何时能还你。"

"不必还。"

"我遇上活雷锋了。"

"雷锋一直都是一切美好事物的图腾，我景仰他，却达不到他的高度，只能是个雷人。"

"能留个电话吗？"

"我家也在青城，如果有缘，我们还会见面的，快走吧！"

"谢谢你！雷人。"

安逸故作潇洒地在雨中甩了甩头发。女孩儿打着伞走了几步，然后回过头来注视他片刻，"我叫福多多，下次见面，我会认出你的。"她这才转身，向前方跑去。

望着福多多越来越模糊的背影，洒在身上的雨，使安逸想起了那首耳熟能详的戴望舒的《雨巷》：

撑着油纸伞/独自/彷徨在悠长、悠长/又寂寥的雨巷/我希望逢着/一个丁香一样地/结着愁怨的姑娘……/她彷徨在这寂寥的雨巷/撑着油纸伞/象我一样/象我一样地/默默彳亍着/冷漠、凄清，又惆怅/她默默地走近/走近，又投出/太息一般的眼光/她飘过/象梦一般地/象梦一般地凄婉迷茫……/象梦中飘过/一枝丁香地/我身旁飘过这女郎/她静默地远了、远了/到了颓圮的篱墙/走尽这雨巷/……

用了一上午时间,他把西客站附近的旅馆找了个遍,只是不见姥姥的踪影。他一路走着,似乎期待着和姥姥的不期而遇,那份激动,他不知道会用什么方式表达。雨越下越大,雨点们仿佛来不及列队,就争先恐后地、没头没脑地落下来。安逸只穿了件T恤,边走边打寒噤,跑几步他就用手擦擦脸上的雨水。

中午时分,安逸接到了朋友巴图的电话,他们约好了在前门的庆丰包子铺见面,一起吃午饭。

前门庆丰包子铺,就在前门大栅栏大观楼影院对面,一座很不起眼的两层灰色的小楼。一层的门头和窗户上,一溜挂着三块黑底、金黄色大字的招牌,中间是"庆丰包子铺",下面还有一条红色横幅"老前门炸酱面";左侧是"北京烤鸭";右侧是"京味小吃"。一位衣服黑、白、红搭配的分外耀眼的迎宾老头站在门口,他头戴黑色瓜皮帽、身穿大红袍子,袖口挽起,露出一截白里子,脚穿黑色老北京布鞋,肩搭一块白毛巾,见安逸走过来,他就点头哈腰地将他迎进门。

安逸在里面转了一圈儿,也没有找到巴图,知道他还没有到,就先去点餐。他点了半只烤鸭、包子、炒肝、卤煮火烧、炸酱面和一些凉菜。

他点完了餐,找了一张靠边的桌子刚坐下,巴图就兴高采烈地走过来。两个人好久不见,勾肩搭背地拥抱在一起,然后面对面坐着,边等菜,边聊天。

"今天,请你品尝一下习大大吃过的'庆丰包子'。"

"我正纳闷呢,北京的快餐店、包子铺有很多品牌,习大大为什么会选庆丰包子铺呢?"

"现在北京的国营快餐店可选择的并不多,集中老字号最多的是北京华天饮食集团公司,旗下有鸿宾楼、烤肉季、同和居、同春园、护国寺小吃、庆丰包子等一大堆传统老字号,其中算得上大众快餐且有影响力的,可能只剩下庆丰包子铺了。"

"包子不同于盒饭、面条,它本身就是具有中国传统的快餐方式,在中国任何地方都具极高的覆盖率,庆丰包子也许更具亲民特色。"

"前年,习大大在北京西城区月坛路的庆丰包子铺亲自排队付账买包子后,各大网站都洋溢着热烈的包子味,庆丰包子火了。"

"习大大在快餐店吃包子,是一次亲民形象的展示。"

"一股亲民之风扑面而来,确实让人为之感动。"

他们说着话,两碗炒肝上了桌。巴图看着这酱油色浓汁状的食物,用勺子搅动了一下,感觉糯糯稠稠。他头一次吃这东西,不知如何下口,他看见安逸整碗端起来抿着喝了一口。"老北京人一看你吃炒肝的姿势，就知道你是不是外地人，他们吃炒肝是不用汤匙和筷子的。"安逸说完，又整碗端起来抿着喝了一口。巴图是蒙古族人，根本吃不惯那种怪怪的味道，但他喜欢吃包子。

包子上来了，他们才谈起了近况。

"好久没见面了，你过得好吗？"安逸问道。

"辞职了。"巴图微笑。

"我们辞职的理由恐怕都一样：钱少事多离家远，位低权轻责任重。"

"这话说到我心里去了。"

巴图从学校毕业，跨入社会后，一共换了四个老板，每一份工作，他似乎都干得有声有色，颇有平步青云的架势，只是终究都没有更上一层楼，便换东家。频繁的跳槽，对他的信誉度有了一些影响，再找不到一个适合自己的工作。来北京之前，他在一家广告公司做销售，他感到这个岗位的发展前景很有限，而且工资也不高，于是他辞了职。他一直处于迷茫状态，不知道接下来该往哪里走。安逸和巴图是同乡。前段时间，巴图和几个同学聚会，听说安逸在北京混得不错，他特意来北京找他，看能不能找到适合他的工作或给他一些好的建议。

"安逸，你过得好吗？"

"忙，在北京混，生活节奏快，工作压力大。"

安逸在一家比较大的广告公司做设计，每月有六千多元的工资，但除了房租和吃喝，也所剩无几。于是，他又找了一份兼职，给参加动漫专业考试的考生做辅导老师，每月有四千多元的收入。每天从早忙到晚，但以现在的收入，他在北京根本买不起房，又不想啃老。他在北京的公司干，主要是为了积累经验，总有一天，他会回青城开自己的公司。

"三百六十行，行行出状元。随着当下网购的火爆，快递行业自然深受欢迎。我的一位朋友在一家规模较大的快递公司工作，他每月的工资底薪一千五百元，加上收、送件的提成，每月的收入和我不差上下，真正步入了'高薪'行列。"安逸感慨万端。

"那活儿没有多少技术含量，我干肯定没问题。"

"你只要不怕丢面子，让人说大学生送快递；你只要不怕每天骑着自行车在外面跑辛苦，你可以试试。"

"这些我都不怕，我觉得，每天跟不同的人打交道，也有利于交际能力的提高。"

"靠谱。我们的目标一致，就是先积累一些经验和资金，再开自己的公司。"

"用马云的话来说，梦想还是要有的，万一实现了呢？"

菜上齐了，巴图也吃了一颗定心丸。吃饭前，他从包里掏出一双用密封袋包着的筷子。

"你自备筷子？"安逸不解地问。

"你知道，我国每年生产八百亿双一次性筷子，相当于砍伐两千万棵生长二十年的大树。据说八百亿双筷子可铺满三百六十三个天安门广场。"

"你这是在进行筷子的革命，以后向你学习。"

这时，巴图才想起问，"安逸，这大雨天，你不好好上班，跑去西客站有何贵干？是不是接送对象？"

安逸摆摆手，"那有你想得那么美，我是去找姥姥的。"

"找姥姥？她来北京了？"

"我妈说，昨天就来了，可是到现在都没给我打电话。我琢磨，她可能就住在西客站附近。"

"昨天来的？我也昨天来的，我在车上遇见一位老人，她叫吉日格勒，让我叫她福姥姥，会不会就是你要找的姥姥？"

"吉日格勒，她就是我姥姥，你知道她的下落吗？"

"下了车，我问她去哪儿，我要送她，她不让。"

"我奇怪的是，她到现在没给我打电话。"

"对，我给了她一张名片，让她有什么事情，给我打电话。"

"太好了，知道她安全到达北京，我这心也能放下了。"

"吃完饭，你去上班，我帮你去找福姥姥。"

这世界上没有安心的人

　　尽管苏哈玲牵挂着母亲一夜睡得很不踏实，但她没有睡懒觉，还是早早起了床。她洗漱的时候，安泰然已经先下了楼。安泰然把旅行箱放在车上，习惯性地用脚踹了踹四个轮胎，发现有一个轮胎有点亏气。肯定是昨天去墓地路不好走，扎了钉子。他这么想着，就从后备厢里找出工具，开始卸轮胎，准备把备胎换上。他正忙着，苏哈玲牵着钻石走过来。安泰然怕她等得麻烦，又要发脾气，对她说："轮胎可能被扎破了，我把备胎换上，再去把换下来的轮胎补好，你先回家去等，我回来接你。"苏哈玲出人意料地没说"啥也指靠不上"，她抬头看了看天，天阴沉着脸，一副痛苦的快要抛下泪水的感觉。"天要下雨了，你抓紧时间，我去门口的超市买些路上吃的东西，这样就不用下高速，找饭馆吃饭了。一会儿，我回家等你。"

　　苏哈玲在超市门口遇到了齐大妈。因为上次她从家里搬出去住，齐大妈像传话筒一样，说了不少坏话，苏哈玲不想搭理她，好不容易挤出一丝笑容来，冲她笑笑就想走开。齐大妈却喊住她，问："哈玲，别急着走，问你点事儿。"苏哈玲有点不耐烦，"啥事儿，快说，我还忙着。"

　　"你有没有亲姐妹，我遇到一个人，和你长得很像，就是个头比你高些。"

　　苏哈玲当时就蒙了，心想：这个老太婆，肯定没话找话。随口说"没有"。转身就进了超市。

　　苏哈玲买完东西，带着钻石回家的路上还在想：我记得，曾有过一个弟弟，后来夭折了，还真没有什么姐姐妹妹的。这个齐大妈，又想生出什么事端来。

　　苏哈玲心里急着去北京，对啥也提不起兴趣，就躺在沙发上看电视。门铃声响了，她以为安泰然回来了，急忙跑去开门，钻石跟在她后面撒欢。她从"猫眼"向外望，来的人并不认识，失望令她的情绪变坏。她打开门，没好气地问道："你找谁？"门口站着一位漂亮女人。她正垂下眼睛看手上捧着的那张纸，长而密的睫毛在雪白的面颊上投下一层浓密的阴影。她抬起头看着她时，眼睛里掠过一抹深沉的乌云，那灵动的眼神，显得深不可测；细长的柳叶眉，眉梢向下带有几分妩媚；鼻梁纤巧挺立，涂着口红的嘴唇，微微颤动着，好像急着有话说不出来的样子。看着她的模样，苏哈玲觉得似曾相识，但又想不起在哪里见过。

"我是来租房子的。"

"这个房子不出租，恐怕你找错地方了。"

"我是按启事上的地址找来的，不会错。"她把自己手上的纸递给苏哈玲。

"还真是我家。"

"我可以进去讨杯水喝吗？"

"你里边请。"

女人进屋并没有坐下，她每个屋都看了看，像在找什么东西。苏哈玲从热水器上接了一杯水，放在客厅的茶几上，请她进来坐。

"你看也没用，我家的房子不出租。"

"你是户主吗？"

"我是户主的女儿，我母亲出门去了。"

"她什么时候回来？我想找她谈谈。"

"我也说不准，谈也没用。"

"你父亲是苏子文吗？"

"是。"

这时，电话响了。苏哈玲接完电话，对那个女人说，"我有事儿要出门，这个小区里，有好多房子要出租，你再去别人家问问。"

那女人只好起身告辞，"我还会来的。"

中午时分，安泰然开着车，从青城入口上了 G6 高速，向北京方向驶去。

为了不影响老公开车，苏哈玲抱着钻石坐在后排座椅上。钻石坐车出远门的机会不多，兴奋地站在她的腿上，使劲昂起头向外张望。苏哈玲怕它摔着，就用双手举着它。安泰然向后坐扫了一眼，"你本来就颈椎不好，不用那么举着它，让它坐下吧。"苏哈玲像对他说，又像在自言自语，"人老了，就和小孩儿一样，说走就走哇。"安泰然倒是不紧不慢，"问题是，她像小孩，还缺小孩的单纯，早找着，早安心。"苏哈玲叹了一口气，"哎，这世界上没有安心的人。祸福无门，唯人自召，就怕没事儿找事儿。"

安泰然没有再接话，他目视前方，专心致志地开着车。天渐渐暗了下来，雨下起来了，一阵比一阵大，雨刷像被人拿着鞭子抽打着似的，不喘气地摆动着。再向前行，他看到不远的前方，有一辆车在他的车前方扭着 S 形。他打着左闪，加速变道超车后，继续向前行驶。

突然传来"哐当"一声巨响，安泰然的车被追尾了。他打起双闪，把车停下，抓起一把雨伞跳下车去。

苏哈玲抱着钻石睡得正香，被那声音震醒，有些迷迷糊糊，"啥情况？"

停在后面的那辆车上，下来一个胖子，拿着一瓶矿泉水摇摇晃晃地向安泰然走过来。安泰然再好的性子，也有些火了，"在高速上，开车无难事，只怕有'新人'，你是新手吗？到底会不会开车？这么宽的路还能追尾，真就奇了怪了。"那胖子满脸堆着笑，有点讨好的意思，"我不是'新手'，我是个二手修理工，请多关照啊！"

苏哈玲把钻石锁在车里，也打着雨伞跑过来，站在他俩旁边。

"敢情你是没活儿干，憋得慌，上高速揽活来了？"听安泰然这么说，胖子一急，跪在路上，裤腿泡在雨水里，用手擦了下脸上的雨水，大喊道，"苍天呀！大地呀！我怎么这么点背呀！"

苏哈玲摆出一副要吵架的架势，说："你有我点背吗？急着去找老妈，居然在这么宽的马路上，还能被人追了尾。这人要走背运，喝凉水都塞牙缝，放屁都砸脚后跟。"听了这话，胖子一骨碌爬起来，"对，你们渴了，请喝水。"胖子把手中那瓶矿泉水递给苏哈玲，她一把推开，"少套近乎。"胖子又递给安泰然，他也没接。胖子拧开瓶盖喝了一口，"假的，一喝就知道兑了大量的水。"苏哈玲一把抢过瓶子闻了闻，说："这本来就是一瓶矿泉水。你喝酒了？醉驾？都什么年代了，还敢以身试法？你不要命了？"胖子哭丧着脸，说："我的命贱，不值钱，我女朋友的命才值钱呢。昨天晚上，她给我发微信说：死胖子，我再等你一天,如果再拿不出堕资,我就找别人去堕落。"苏哈玲有些好奇,"堕资?堕胎用的钱?"胖子一本正经地,说:"当然不是。要真能生米煮成熟饭,我就不用愁了。整个晚上,我拿出十个钱包,来凑足这一大笔钱,结果是只见包不见钱。老天爷你睁开眼睛看看吧,我连她堕落的资本都拿不起呀!"

苏哈玲十分好奇,"那得多少钱,很贵吗?"

胖子更加沮丧,"初夜费,当然贵了。"

苏哈玲恍然大悟,"噢,不是堕胎费。多少钱?"

胖子伸出一个巴掌,"五、五、五……"

苏哈玲也伸出一个巴掌,"五千?"

胖子摇摇头。

苏哈玲说:"五万?真够贵的。"

胖子咽了下口水,清了清嗓子,"五百,还不是美元。"

苏哈玲大喊道,"天哪,你连五百元都掏不起?你还算男人吗?你没有足够的实力,请离爱情远一点,保持一个光棍的节操,别害了人家姑娘。"

胖子受了刺激,突然信心百倍起来,"五百元算什么,谈钱不伤感情,谈感情最 TM 伤钱了。等我有了钱,要为全国人民完成三件大事,再捎带办三件小事。"

安泰然不满地看了他一眼,"别吹了,你还是想想怎么给我修车吧。"

胖子唾沫星子飞溅,"还真不是吹,你先听这三件大事儿,给珠穆朗玛峰装电梯、给长城贴瓷砖,给飞机按倒档。"

苏哈玲撇撇嘴,"这都是哪年的皇历了,吹这些,你 OUT 了。"

胖子一看没震住苏哈玲,又接着吹道,"好,大事儿咱也办不了,先办三件小事儿:给蚊子戴口罩,给苍蝇戴手套,还有就是给你修车,我没钱。"

安泰然指指他的车,"没钱,把车卖了。"

胖子有气无力,声音小得像蚊子哼哼,"车?借的。我要有钱,早买辆火车了。"

苏哈玲气不打一处来,"还吹,是想钱想疯了?"

胖子挠了挠头发,"火车当然买不起了,我买五十辆奥拓,用钢丝链住,在高速上当火车跑。"

安泰然苦笑着,"上高速干吗,在你这张嘴里跑就行了。我刚打过电话了,你就等着处理吧。"

苏哈玲这才想起自己的正事来,"这林子大了,啥鸟也有,北京去不了,这不要急死人了吗?"

安泰然怕她着急，说："天无绝人之路，先回去再想办法吧。"

处理完事故回到家，安泰然去厨房做晚饭前，先打开电视，让苏哈玲躺在沙发上看电视。电视机里播放着《封神英雄》，苏哈玲惦记着孤身在外的母亲，躺在沙发上，望着天花板愣神……

天上阴云密布。苏哈玲跪在地上，哭着说："姜丞相，把你的天书借我一用，帮我找到我的母亲。"大片乌云散去，姜子牙踩着一朵祥云现身。姜子牙居高临下，望着她，"看你寻母心切，孝心可鉴，待我打开天书一看。"姜子牙把天书悬在空中，万丈金光闪闪，空中闪现出几行金字。苏哈玲一个字也不认识，她大哭起来，"姜丞相，我虽然大专毕业，但生不逢时，现在就是个睁眼瞎，那上面的文字，我一个也不认识，求你指点迷津，让我能安心。"

姜子牙把天书收起，"天机不可泄露，愿望本身就如同召唤，她说走就走，也会说回就回，不必担心，不必自责，凡事不可强求。"说完，他腾云而去。苏哈玲跪在地上，放声大哭，"姜丞相你别走，你别走……"

手机铃声把她惊醒，她起身接电话。电话是安逸打过来的，"妈，你们走到哪啦？"

苏哈玲一听儿子的声音，眼泪就流下来了，她哽咽着，说："在家哪！"

安逸听出自己的母亲在哭，有些着急，"妈，你怎么哭了？出什么事儿了？"

"早上你爸的车在高速路上被追尾了，车送去修了。"

"我正在外面找姥姥呢，你们就先别来了，等我找着了，来接就行了。"

苏哈玲终于停止了哭泣，她觉得儿子突然之间长大了，"我正在梦想奇迹出现呢，好吧，等你的好消息！"

苏哈玲放下手机，心情好了一些，就又躺在沙发上胡思乱想。苏哈玲的本领仿佛在于永远有办法使自己忙碌不停，她自己制造一些家务问题，然后去解决；搞砸一些事情，之后，再去纠正。这种病态的勤奋，使人想起她母亲年轻的时候。在苏哈玲的记忆中，母亲是一位精打细算、开朗豁达的明白人，更是一位会生活的人。她在外地上班的时候，每每回家几天，帮老妈做做饭，洗洗碗，总会被拒绝。"不用你，快歇着吧。"每年春节苏哈玲回家，对母亲而言就是盛事。母亲会使出浑身解数，变着法地为她做好吃的。汉族有句俗语，"好吃不如饺子"，蒙古族有句话说，"好吃不如馅饼"。在吉日格勒看来饺子和馅饼是同等的上乘佳品。在她家的餐桌上，除了这两样东西，还有她最拿手的手扒肉和奶茶。苏哈玲离家的那天尤为隆重，母亲像"齐天大圣"一样，从不大的厨房里变出大包小包的东西让她带上，回去以后慢慢吃。苏哈玲难以想象的是内心犹如奶茶般恬淡、纯净、安宁的母亲，随着年纪的递增，变得像个小孩儿了，任性到来一场说走就走的旅行，着实让人牵挂。苏哈玲想的是，"老妈，您劳累了一辈子，该享清福了。"想着想着，她又想到了装修房子的事情。装修房子本身就是母女俩争吵的导火索，她不明白为什么装修房子，会对在这所房子里生活多年的母亲带来那么大的冲击，只是上了年纪的人怀旧？她怕东西被挪动了，会使原本有序的生活变成一团乱麻，找不到头绪吗？母亲选在清明节这天离家出走，是想告诉我什么？

是我执意要装修的后果吗？整个晚上，苏哈玲都在寻找答案，也许这样做才能消除母亲离家出走带给她的焦虑和不安。

婚姻是两把烧出来的灰

因为惦念着母亲，苏哈玲晚上的睡眠，宛如糯米粉做的面条，没有黏性，无法拉长。她的忧愁和担心从梦中冒出来，处于半梦半醒之间，母亲的面容不停地在眼前晃动，母亲的声音在耳边回荡。天快亮时，她才朦朦胧胧睡去，再醒时，天已大亮。

屋子里死一般沉寂，想必是安泰然已经去遛钻石了。苏哈玲并没急着起床，她盯着屋顶上的那盏吸顶灯，想着心事儿：北京暂时不用去了，车送修理厂了；这些天总在下雨，舞跳不成，公园也不用去了。两个人待在家里发愁，还不就剩吵嘴？安泰然总会让着我，打不还手，骂不还口，一个人吵不起来，有啥意思？何不趁母亲不在家，赶紧把房子装修一下，来个先斩后奏。想到这儿，苏哈玲像打了鸡血，一骨碌坐起身来，跑进卫生间去洗漱。她在镜子上照了照，也许是昨天哭得多了，加上一晚上没睡踏实，浓浓的黑眼圈，有点像国宝大熊猫，脸颊上居然长了几颗痘痘，看上去面色憔悴、脸色蜡黄……这个黄脸婆是我吗？一直以来，苏哈玲生怕自己沦为"黄脸婆"，并对其由来做过一些考证。古时候女性所用的化妆品落后，搽脸用的粉就含有铅的成分，有毒性，长期使用就导致了脸色变黄。年纪愈大的女性，受害时间愈长，受害愈深。所以，一些年龄大的女性就会呈现"黄脸婆"的症状。现代的"黄脸婆"与古代有所不同，它不仅指女人因各种原因导致的肌肤表面老化，黄黑色素的生成，细胞沉积，也是男人对妻子的贬称，是男方厌倦女方、婚姻出现危机的前兆。"黄脸婆"一词对于苏哈玲有致命的威胁，它不仅意味着她的皮肤已濒临"崩溃"，而且也给她的青春打上了重重的"休止符"。她常想，这世界上没有丑女人，只有懒女人，女人就要活得精致一些，哪个男人不希望自己的女人漂亮出众？哪个男人希望回到家里看见的总是那张黄脸？照镜子时，自己都觉得漂亮，还会有谁不喜欢你呢？

洗完脸，苏哈玲将半汤匙白醋、一汤匙食盐，用冷开水融化后浸湿化妆棉，敷在有痘痘的部位。据说一天一次，长久坚持，既能去除痘痘，又能美白肌肤。之后，她又将一小勺蜂蜜和一个蛋黄搅匀，加入适量橄榄油，涂抹在脸上，找了个鬼脸面膜纸用冰水泡开，贴在脸上，她自认为这种润肤除皱方法，效果还是蛮不错的。比起马莲通过手术去掉身上衰老的痕迹和皱纹来，既省钱又安全，还不会变成僵尸脸。敷上了面膜，她才拿了纸和笔，躺在客厅的沙发上，筹划装修房子的事情。

安泰然带着钻石回来时，手上还提着买来的早点。他在卫生间给钻石清洗

了嘴巴和蹄子，给它喂上狗粮。把碗筷在桌子上摆好，喊苏哈玲出来吃饭。

安泰然和所有的男人一样，最害怕的事情就是"麻烦"，而苏哈玲像所有的女人一样，最爱制造麻烦。苏哈玲仰着贴着面膜的脸，坐在餐桌旁的凳子上，就发起火来，"啥也指靠不上！你就不能自己做顿早餐，又是油条、豆浆。"

安泰然一听她那么说，心存不满，还是压了压火气，"外面下着雨，买别的离得远，怕把钻石淋湿了。这家的油条不错！"

苏哈玲把筷子拍在桌子上，"少拿钻石说事儿，你不知道，每年有三百五十万吨的地沟油回流餐桌，没准这油条就是地沟油炸的。地沟油含致癌物质，和三聚氰胺一样存在监管问题。"

"老板说了，他的油条比别家的贵，保证不用复炸油，怎么会用地沟油？"

"说的一套，做的一套，用了你也不知道，要吃你吃，我就是不吃。"

安泰然再好的性子，也有点儿火了，"正像老妈说的，这个家里面，从来没有哪个人像你一样，不讲道理、不分场合随意发脾气；也没有哪个人像你一样，

整天在大街上又蹦又跳。老妈为什么要离家出走？你自己好好想想吧！"

安泰然的一番话，像一根美容针刺到了苏哈玲心里去，她早已感到自己过分专横，却不知道如何弥补，因为她越是想方设法，越是束手无策。

"你知道情商不高的表现吗？就是对陌生人毕恭毕敬，对自己的亲人随意发脾气。"

苏哈玲一听安泰然说自己情商低，又拿出自己的"撒手锏"放声大哭起来，"安泰然，你今天长本事了，敢气我了。我更年期你也不让着我！"

安泰然没有半点让步的意思，"你也别拿更年期说事儿，除了一哭二闹三上吊，还有啥招？出哇，我接着。"

苏哈玲从未受过这样的委屈，她的牢骚和怨气终于像一股不可抵挡的、决了堤的洪水爆发了。刚开始，怨气像吉他奏出的单调的叠句，随着声调越来越高。她在地上走来走去，一副要把满腹苦水倾泻一空的架势，她说得最多的是，"啥也指靠不上，金玉其外，败絮其中。你整天仰卧在床上，等着天上掉馅饼。我每天从早忙到晚，累断腰背，拼命维持着一个用大头针支撑起来的家，总有干不完的活儿。可是从来没有人问过我，哪怕是出于礼貌，问问我，为什么脸色那么差，为什么醒来的时候眼圈发黑。要不是我宽宏大量，这个家早就毁在那个'狐狸精'身上了。"

安泰然一听，苏哈玲又要翻旧账了，赶紧打断她，"老狗不忘千年账，你声音小点吧！"苏哈玲不但不听，反而大声喊出来，"我干吗不说，谁不爱听，谁滚蛋！"要在平常为了结束夫妻间的争吵或防止矛盾激化,安泰然都会提醒自己，算了，让着她吧，好男不和女斗。或者说上一句，这件事情以后再说。其实，他压根就不愿意再谈这件事情，这种"冷处理"就像是告诉苏哈玲，为了鸡毛蒜皮的事大吵大闹根本不值得。然而，今天他再也按捺不住了，他慢慢地站起身，好像要舒展一下腰身似的。然后，他以一种恰到好处的勇气，从容不迫地抓起茶几上的玻璃杯子，向地上砸去。这一举动，把苏哈玲吓坏了，她不知道自己的话里面含着这么大的威力，一切都太晚了，不可弥补了。

安泰然拉开门走了出去，结婚之后，他还从来没有发过这么大的脾气，主要是苏哈玲的话戳到了他的软肋。"狐狸精"在汉语神话中指狐狸修炼成仙，化为人形与人来往。而现代"狐狸精"指善于运用各种手段勾引男人的"风骚""浪荡""无耻"女人。苏哈玲口中的"狐狸精"名叫方可，她聪慧、漂亮、极具气质，有自己的服装店，用现在的话说就是"白富美"。安泰然和她在朋友的婚礼上认识的，那时他俩各有家室。交谈中，安泰然的某个眼神被方可捕捉到了，那是一闪即逝的占有欲。占有欲强烈的男人是有魅力的，加上他相貌堂堂，举止大方得体，对方可产生了出乎意料的吸引力。婚礼正在热热闹闹地进行，新郎新娘还没有来敬酒，酒桌上的人们已不甘寂寞，端起酒杯串桌去了。安泰然也想去给几个关系好的同事敬敬酒，方可却趴倒在桌子上了。安泰然只好重新坐下，伏在她的耳边问，"你是不是喝多了？"方可说她是缺铁性贫血，有点犯晕，让他送她回去。安泰然也没多想，就扶她出去，让她坐在自己的自行车后座上，送她回家。等到了她家，安泰然才知道，方可的老公成年累月在外面做生意，她孤独一人没人照顾。从那以后，方可家里的体力活，如换煤气、下菜窖、擦玻璃……都是安泰然来做，为了照顾好这个病人，他以家里有事为名，经常向单位领导请假。那时还没有手机，方可有事儿，就给他单位打电话，不允许她给家里打电话，毕竟生活的圈子太小，关怀问候的话多了，会使感情生出无聊的苔藓，最主要的是安泰然怕老婆知道，引起不必要的麻烦。那时，安泰然和苏哈玲结婚才四年，儿子不满三岁，他不想离婚。自从认识了方可，安泰然也感觉到自己的变化。他完全可以做到的，尽管想方可的时候总是躁动不已，可这并没有影响他跟老婆的一切习惯。想起老婆的时候少了，但关心她的时候却多了；想方可的时候多了，但跟老婆上床的次数也多了，让他体味到了一种宁静牢固的幸福，可这幸福并不长久。有一天，恰逢方可的生日，安泰然买好生日蛋糕和生日礼物前去为她庆祝。烛光晚餐之后，方可喝了点红酒，她哭着说，这也许是她在世上的最后一个生日了，没准哪天她就命归黄泉了，坚持要他留下来陪她一个晚上，这不算过分吧？安泰然的酒喝多了，也放纵了自己一回。他没向老婆请假，就一夜未归。苏哈玲一夜未睡，把她能想到的朋友家都找了。人未找到，但她知道了这个叫方可的女人的存在。世间没有不被评说的事情，也没有不被评说的人。别人的嘴，谁也无法控制，但自己可以以一颗淡然的心去看清一切纷扰。第二天，苏哈玲将安泰然的衣服装入一个旅行箱，一早就送到了方可家。那时，安泰然正在厨房给方可做早餐。面对苏哈玲的哭闹，安泰然沉默不语，这更激怒了她，"这日子没法过了，离婚！"听到离婚，方可先是高兴，接着就有些沮丧。尽管自己装病，引起了安泰然的同情，以此来接近他。但通过昨天晚上的彻夜长谈，她知道，安泰然是个责任心极强的男人，他可以极尽所能来帮助她，但绝对不会和老婆离婚。破坏别人的家庭或者自己的家庭被人破坏，不论从哪个角度上来讲都将是一场悲剧，聪明的人可以因为预见悲剧而防患于未然。方可当着苏哈玲的面，说她利用了安泰然的同情心，自己有心，他却无意。安泰然是个好男人，也不是个随便的人，他们之间是清白的。安泰然拿出一团绳子扔在苏哈玲面前，她惊呆了，过了半晌才回过神来，"你这是让我上吊？"安泰然看上去面无表情，"离婚就离婚，房子是你的，孩子是你的，我也是你的，现在你就把我从这里绑走吧。"苏哈玲一听，老公居然以幽默来结束一场尴尬，她又不是真想和他离婚，只能见好就收，"你怎么肯向我低头？"安泰然笑笑，说："我一米八，你一米六，哪次说话，不是先向你低头！"婚是没离，但他那场疑似"婚外冲浪"成了苏哈玲手中的把柄，动不动就旧事重提。从那以后，安泰然的心里长了茧子，再不敢有同情心和爱心了。

安泰然想苏哈玲母女让他受够了，还是找份工作，以打发多余的时间，日子也许好过些。来了青城之后，他就常到街上去，看哪家店铺的门窗上贴上了招聘启事，好选择一个合适的工作。他对周边的店铺都了如指掌，就好像在这个城市生活了好多年。可是他已年过半百，没有人肯用他。他长得端正，看上去像个大干部，谁还敢用。出于无奈，他给战友郑栓柱打了电话，让他帮忙找个工作。

郑栓柱在青城从事房地产开发多年，如今已成了大老板，这点小忙肯定能帮上。

安泰然生气走了以后，苏哈玲停止了哭泣，有气无力地坐在沙发上，嘴里嘀咕着，"走吧，都走吧，这有多清净！"她想起自己要做的事情，打开电话本，给早已看好的施工队打电话，自己一个人拉开了装修的阵势。

安泰然接到苏哈玲的电话，回到家里，装修已经开始了。苏哈玲做梦也没有想到安泰然干活会这么卖力气，所以她看到他干活的样子，便觉得他的本性原来就是勤勉，并不是好吃懒做。因此，她为自己往日信口开河的刻薄责骂感到痛心和内疚。但是安泰然并不想得到她的同情，也不想与她和解。他告诉她："古人爱老婆，怕老婆是最高境界，平时让着你，并不是怕你，而是因为爱你。"

他们只用了三天时间，就使家变了模样。苏哈玲并没有按自己原来的想法堵门凿墙，她觉得母亲反对自然有她的道理，这也是她对母亲做出的让步。只把原来的木质窗户换成了白色铝合金的，将地板上的缝隙进行了勾补，将墙壁进行了粉刷。当然改造的重点是厨房和卫生间，都按她设想的进行了改造。厨房里的抽油烟机、燃气灶、水池和厨柜等，全部换成了新的；卫生间里换了洁具和坐便器，装上了热水器、花洒和浴帘，在家随时可以冲淋浴。从此，结束了一家人，定期去公共浴池洗澡的历史，也使小强们没有了藏身之处。

苏哈玲还在阳台上定做了两个货架，把用不着的被褥、衣服、鞋子和一些杂物，打好包整整齐齐放在上面，空间得到了有效利用。母亲的房间，原来是家里最洁净的地方，现在却有一种让人难以忍受的陈腐味道，成了清理的重点，不仅粉刷了墙壁，修补了地面，还将那张床板已断裂、塌陷的木板床，换成了木质底座，上面放着软硬适中乳胶床垫的大床。从床下清理出几袋杂物，先放进了楼下的凉房，等征得母亲同意后，再一并清理。

房子装修完了，苏哈玲坐在沙发上估算了一下费用，她吓了一跳，"天哪，居然花掉了这么一大笔钱。"足足用去了她半年的退休金。这些钱她要在广场上坚守差不多一年才能赚回来，但是她并不后悔。在她看来，她居住的房间正是她自身的折射。大扫除看似一场简单的体力劳动，实则内蕴深深的人生智慧。譬如"妇"的繁体字，便是女人手持一把笤帚。直到今天，在许多地方端午节还要为小孩子们缝荷包、扎彩线，并且送把小笤帚给他们，从小培养孩子们热爱劳动。打扫的过程就是处理、选择、扬弃的过程，苏哈玲在与环境的互动后，把从房间里清理出的十多条蛇皮袋的垃圾统统扔掉。令她惊讶的是，随着家里恢复整洁，她的心情一下子清爽了许多。安泰然调侃道，"财神爷也喜欢住干净明快的地方。"从那以后，每当有烦恼的事情，心情不好的时候，苏哈玲就动手打扫家，哪怕是安泰然刚收拾过的。家变得清爽了，人住在里面自然舒坦，幸福感也自然增强了。

苏哈玲相信，母亲回来住在这样的房子里，也不会怪怨她的。突然，一个念头冒了出来，"老妈离开家，难道是为了阻止我装修房子？"她终于明白：母亲跟人世间的隔绝到了何等地步！没有外力的作用，她就不会自己从孤寂中走出来的。

要生存就要进取，
要成功就要坚强

  安逸已经习惯了日出而作、日落而息，大部分时间还要披星戴月，最起码从表面上看来，他在北京的一切都已步入正轨。他像蚕一样，为自己做了一个"茧"，将自己完全封闭起来，因为他没有多少时间和外界接触，幸亏柳语凡对他关心照顾。那天，安逸回到公司，看见在电脑前忙碌的柳语凡，才想起忘了买把伞还给她，只说，把雨伞送给了更需要的人，他一会儿出去，买一把还给她。柳语凡笑了笑，说："不用还。"安逸觉得她的笑，还是那么暖心。

  安逸坐在电脑前，试图将心思放在设计图上，然而不到片刻，他一手捋过浓密的头发，另一只手离开电脑，推开椅子站起身来，他的动作十分敏捷、优雅。他手边的工作，是给一所学校教学楼做更新设计，过几天就要代表公司参加招标，可是他脑子里到现在什么灵感都没有。事实上，恐怕姥姥找到之前，他很难对任何事情集中精力。他站起身本想找公司领导请假，想想手头未完成的工作，只好重新坐下。他的思绪又回到了五年前。那是一个周末，他放学回家，因为父母有事，他们没有回来，而那天，连他自己都忘了是自己的生日。姥姥摆好一个蛋糕，又端来一盘手扒肉和几碟安逸喜欢吃的小菜、奶茶，都是她精心制作的。"安逸，请闭上眼睛想象一下，现在我们在五星级的饭店里，准备吃大餐，为你庆祝生日。"安逸睁开眼睛时，蛋糕上插上了蜡烛，那年他十七岁。在安逸的印象中，姥姥一心一意照顾他，从不抱怨什么。她尽心尽力从基本社交礼俗，如吃、穿、说话怎样才算得体，到鼓励他好好学习，将来像他姥爷一样，开创自己的事业，是姥姥给了他自信。

  晚上十点多钟，安逸才回到出租屋。为了能腾出时间去找姥姥，他加班做设计，连晚餐都是在办公桌上解决的。累了一整天，他希望有一个静谧的夜晚来疏解他的疲惫。所以他一回来，就先洗了个热水澡，换上舒适的睡衣。躺在床上，想起在地铁过道买的 CD，又起身拿出来看。发现上有签名和联系方式，他的 QQ 签名很干净，只有一行字：我的原创音乐，后面是一个网址。安逸想，他一定在等星探发现他，然后过红极一时的生活。他想到一句话：要生存就要进取，要成功就要坚强。

天空的雷声如刚刚起飞的客机，轰轰隆隆地响个不停。安逸躺在床上难以入睡，姥姥的身影、雨中奔跑的女孩身影在他脑海里闪现，还有那个"地铁歌手"的网页。他真的是贫困潦倒吗？他为什么要在地铁过道里唱歌？在太多的

为什么的诱导下，他打开电脑，上了那个网页。他听了几首"地铁歌手"的原创作品之后，和他在 QQ 上聊起了音乐。没想到他的名字就叫万一，家也在青城。他是家里的独生子，父母都是公务员，在青城他自己也有一份稳定的工作。父母的愿望就是让他成家立业、生儿育女，安居乐业。可万一最怕这样一成不变的生活模式，所以在父母逼婚的前夜，他一路逃到北京。刚来北京时，他一连几周都以盒饭度日，最后看到温乎乎的盒饭时，"光闻味道就想撞墙"。但一想到为了音乐，就是那个终日不见阳光的地下过道，也比那种"上班等回家，回家盼上班"的日子好过。他省吃俭用，拿出几千元灌制了自己的第一张 CD。

虽然不够精致，但毕竟是自己的原创作品。

"你在北京感到孤独吗？会不会因缺少朋友而难过？选择过这种漂浮不定的日子后悔吗？"

万一发了一个微笑表情，说，"从未有过，再苦再难，我也要沿着这条路走下去，为了音乐。"

"你在 CD 上留下电话号码是想让星探发现你吗？"

"当然不是，我只想听听那些听过我音乐的人内心的感受。哪怕在凉风习习的过道里，只要有人听我唱歌，我就很知足了。"

"你一定要上一次星光大道，好多歌星都是从那里走红的。"

"红不红无所谓，我只想让更多的人听到我的原创音乐。

安逸被万一的纯粹感动了。他在想，一个"地铁歌手"尚能在一种纯粹、平淡的生活中，无怨无悔地坚持着自己的梦想，自己有什么理由不去努力呢？想想近日缠绕着他的烦恼，不就是因为找不到姥姥吗？不能让焦虑的情绪影响自己，姥姥一定会找到的。

巴图帮安逸找吉日格勒，始终没有找到。他来北京的第三天，同学打来电话，说给他在一家快递公司找到了工作，让他回去面试。巴图临走的那天晚上，安逸请了柳语凡和新朋友万一去后海玩。都是青城人，他想介绍柳语凡和巴图认识。

转过故宫美丽的角楼，在一片古色古香的建筑群中，就是闻名中外的后海酒吧一条街。走进后海，仿佛进入了另外一个世界，人声鼎沸，歌舞升平。酒吧、饭店、咖啡厅、舞厅……各种娱乐场所应有尽有。他们几个人先在街上逛了逛，感觉百年老街依旧固执地释放着老北京的市井味道。路边小店里，一个街头画家画得很不错，大伙就让柳语凡坐下画一张。那人的画功还真不错，惟妙惟肖的。巴图看了心里喜欢，就付了钱，说自己要收藏。柳语凡虽然有些不乐意，看他是安逸的好朋友，也只能作罢。遍地的酒吧，他们也不知去哪家好，安逸想起巴图喜欢吃肉，看见一家门口的火锅有一人多高，就带他们进了这家涮肉坊。坐定后，安逸点了苦咖啡和冰镇啤酒，又点了几个京味小吃，火锅还没上来，先聊着天。巴图知道柳语凡还没有男朋友，问她将来找男朋友的标准是什么。柳语凡随口说："和英俊的男人握握手，和深刻的男人谈谈心，和成功的男人多交流，和普通的男人过日子。"安逸有意从中撮合，接着说："巴图就是普通男人中的好男人，男人再帅，担不起责任，照样是废物；女人再美，自己不奋斗，照样是摆设。我看你俩就很般配。"音乐响起，巴图就拉着柳语凡去跳舞。柳语凡的线条很优美，加上一件质地很好的纯白色连衣裙，舒适而随体，使人觉得很飘逸。

安逸和万一并排坐着聊天。万一说，他最佩服的人是褚时健。他的人生大起大落。牛逼哄哄的一个大企业家，一夜之间身陷囹圄，从监狱出来，他七十多岁，开始重新创业。带领家乡父老种植冰橙。橙子挂果要六年，那是七十五岁的他，在期待八十一岁的成功，这个故事真酷。记住一句话：命是弱者的借口，运是强者的谦辞。与其抱怨，不如完善自己。安逸告诉他，这边的合同期满了，准备回青城当"创客"，创办自己的公司。

酒吧里，歌手们竞展歌喉，人们忘情欢呼、跳舞。爵士乐、摇滚乐、流行歌曲、英文歌曲，甚至还有肚皮舞。在安逸他们三人的强烈要求下，万一也上去献了一首自己的原创歌曲，爆发出一阵阵的喝彩声。

四个人正热烈地聊着天，酒吧的老板走过来，邀请万一来这里当歌手。安逸他们也希望他有个稳定的工作，万一同意试试。安逸说，他是一个音乐天才，是金子总会发光的。总之，在这里，中外游客汇聚一堂，共同赏美景、品美酒、喝咖啡、上网、聊天、看表演。在流光溢彩的后海，吃喝什么并不重要，重要的是心情。

停了很久的细雨又悄悄地下起来了，在潇潇雨声中他们离开了后海。清凉的夜，在这湿漉漉的深夜，街道寂静而空旷，安逸牵挂着姥姥的心，又一次收紧，呼吸着那古老而充满活力的空气，他找到了心跳的感觉。

这个白天注定不安分

在这个旅馆住到第四天，吉日格勒才发现这儿比起自己的家来太拥挤了。因为在这间屋子里除了她自己，还住着一个既不是小孩子，也不是动物的东西，它叫失望。她一连几天都在半睡半醒之间，主要原因是怕自己睡着了，错过了听"天神之声"指点迷津。在她无数次的自言自语之后，她终于有了一种失望。失望对她来说没有轮廓，看不见，摸不着。偶尔，她怀疑起自己来，难道真是自己胡思乱想出来的吗？她很快又给予否定，不可能，绝对不可能。

早上起床后，她像往常一样，从旅行箱里拿出一小包速溶奶茶粉。嫁给一位汉族老公，在城里生活久了，唯一延续下来的就是喝奶茶。在家里，她都是自己亲手用砖茶和牛奶熬制，只有喝奶茶的时候，她才想起自己是蒙古族。她喝着奶茶，吃了几块蔬菜饼干，一顿早餐就解决了。她在想，不能在这里坐吃山空，先找个力所能及的活干，找人还得从长计议。

出门前，她站在窗前向外张望，看不到蓝天白云。再仔细一看，天正下着小雨。天公不作美，每年的清明前后，总是阴雨霏霏，北京也不例外。于是，她打消了外出的念头。这屋子小，只有电视柜、床和床头柜，别无他物，只能坐在床上自言自语：人这一辈子，总是在过节，小的时候过"儿童节"，长大成人了过"青年节"，成家立业了过"父亲节""母亲节"，上了岁数了，过"重阳节"。一辈子走到头了，还要过"清明节"。过个"清明节"也感天动地的，不光亲人们扫墓落泪，老天也挥泪如雨。她微微闭上眼睛，不让泪水流下来。稍一停歇，失望又缠绕在心头。她睁大眼睛，等着失望离去，可是它就是不走，它靠在她身上，用重如泰山的分量挤压着她。她忍无可忍，只能和失望对话："你啥时候跟着我来的？你打算待多久？"

失望闭着嘴，不回答她的问题。

她起身走了几步，只有失望像影子一样跟着她，"就这么来到北京，我是不是有点冒失？”

　　“冒失！”似乎失望在回答。

　　“北京这么大，没有'天神之声'的指引，我不可能找到他。”

　　“不可能找到他。”

　　“难道是我自己要来的？”

　　“自己要来的。”

　　“已经三天了，一点儿音讯也没有，我现在该怎么办？看电视。”

　　“看电视。”

宾馆

　　“对，看电视。既来之，则安之。”

　　吉日格勒从电视柜上拿起遥控器，坐到床上开始选台。

　　“以前没有电视，日子照样过；现在要是没有电视，日子肯定没法过了。”

　　“没法过了。”失望似乎十分忠诚地陪伴着她。

　　“你是失望吗？”

　　“不，我是希望，失望是我的孪生兄弟，被我关起来了。”

　　“你希望我做什么？”

　　“收拾东西，打道回府。”

"还是回去吧！"

吉日格勒沉默了好一会儿，她仿佛悬浮在水中，透过无数颤动的水流相互注视着对方，她坚持着，不愿随波逐流。

她想起了在火车上丢失的手机。在她看来，手机最主要就是用来打电话、发短信的。后来发展到能照相、听歌、上网、玩游戏，而这些娱乐的功能，只会耗电！费时！想到了手机，又想到了送给她手机的外孙子，心里掠过一丝喜悦，对，安逸在北京。很快她又深入失望之中，都怪那手机，号码都用姓名存在里面，一点电话就通了，害得她连一个号码都没记住。手机丢了，她就和外界"失联"了。她自言自语道："我不能坐以待毙，要挣些钱，买部新手机。"她终于有了新目标，便迫切地投入到一天的活动中。

吉日格勒戴上阔边眼镜、口罩和纱巾，挎上那个印着"为人民服务"的草绿色挎包，充满朝气和活力地走出房门。很快，她苦恼地发现，失望跟着她下了楼梯，准备陪伴她度过这个白天——或许是她的余生。她做出一个决定，在北京多待几天，绝不放弃初衷。

生活的轮子就这样旋转起来，日子像全新的一样，尽管时时有失望陪伴着。失望试图在光天化日之下立足，吉日格勒不由暗自感叹有趣，恰好太阳躲在厚厚的云层后面。在阴云密布的日子里，不快乐会像一位体重超标的胖子一样不受欢迎，她突然快乐起来。快乐在于自己，能令自己快乐的也只有自己。调节自己的心态，就能一天快乐；每一天都快乐，就是一生的快乐。

吉日格勒装出一副很快乐的样子，走向一家宾馆的服务台。

女服务员正低着头，在电脑上打字。

吉日格勒清了清嗓子，以消除自己的紧张，招呼道："小美女，你好！" 女服务员抬起头吃惊地看着她，问道："老奶奶，您住宿？"

"你们宾馆招聘人吗？"

"不招，您有事吗？"

"我住在你们宾馆附近，来找人的，手机在火车上被偷了。我想找个洗洗唰唰的活儿，挣点钱，再买部新手机。"

"年龄不饶人，穿得再水灵，这脸上的皱纹就是用超人挂烫机也熨不平了。这么大年纪，还出来打工，儿女不孝啊！"

"你是看衣服行事——狗眼看人。找你们经理来。"

"我就是经理。我们这庙小，盛不下你这尊大菩萨。"

"就你这人，财神爷到了门前也会绕道而行，招我也不干了。"

吉日格勒转身向门口走，女服务员冲着背影喊道："走好，老奶奶。祝你好运！"

失望跟着她出来，她还是装出很快乐的样子，向公交站牌走去。她想：离这儿远点，再去碰碰运气。

吉日格勒在马路旁的公交车站点等了一会儿，一辆公交车来了。公交车上人不太多，她坐在靠后门的空位上。

公交车停了，上来一群人。一位白发苍苍的老人，穿过过道上的人群，站在吉日格勒身边，她急忙起身让座。

"老大爷，你坐我屁股上吧。"

全车人哈哈大笑。

"你叫我老大爷，我看你也比我小不了几岁，早过了给人让座的岁数，还是你自己坐吧。"

吉日格勒起身，把老大爷按在座位上，"您坐，我站会儿。"

旁边座位上的一个女孩子站起身，"您都是奶奶级的人物了，还让座？来您坐这儿！"

女孩子的话音刚落，一个小伙子抢先一步坐下了，头也不抬玩着手机。

女孩子怒气冲冲地，说："你有点素质好不好，站会儿，会死人吗？"

小伙子抬头看了吉日格勒一眼，不满地说："她哪是在让座，是在作秀！"

女孩子说："抢坐？好意思，你？"

小伙子没好气地说："你一边待着去，3月5日早过了，学雷锋呢有点过时了！"说完又冲着吉日格勒说："你们这些人，不在家好好待着，有事儿没事儿地往外跑，敢情就为了坐车不要钱。"

"我看你是半拉瓜子——不算个仁（人）。"刚坐下的老爷爷，生气地骂了他一句。

小伙子继续说："最可恨的是你们一上车，硬往人身边蹭，就等人给让座，倚老卖老。"

吉日格勒忍无可忍，她已经好多年没和人红过脸、吵过架了。今天，也不知道哪来的勇气，她说道："失去良心的人，像泥神一样，空有一副架子。"

老大爷脱下一只鞋，大喊一声："看我非打你个小兔崽子不可。"抓住小伙子就打。小伙子抱着头向前门蹿，边躲边喊："你个棺材瓢子，想'碰瓷'没门。"

吉日格勒拉住老大爷，让他坐下，说："年轻人不懂事，犯不着和他生气。"

女孩子说："不讲公德，真给北京人丢脸。"

老大爷感慨地说："北京是祖国的心脏，每个公民都要讲文明礼貌。"

吉日格勒说："我好久没出远门了，这一路走来，感觉还是好人多，北京也大变样了。"

　　吉日格勒在街上漫不经心地走着，在一家婚纱摄影店门前停住了脚步。她回想起苏子文在世时，他忙不过来，她也常去照相馆帮忙。她勤奋好学，掌握了拍照片、冲胶卷、洗照片等技术。苏子文退休后，在青城开了一家婚纱摄影店，她也曾在那里收银，直到苏子文生了病才盘出去。想到这里，她陡然生出几分自豪感，拍照片，她可以说是得到高人指点的，肯定与众不同。但她不知道，现在已进入数码时代，如今拍照片这件事情已经全民化了。对于抱着"玩"的心态拍照的人们，用手机比用相机拍还方便快捷，也不用耗材，想拍什么就拍什么，想拍多少张就拍多少张，只是动动手指而已。回来存到电脑上，有兴趣的再用图片处理软件 PS 一下，选几张满意的，再在微信、微博上晒一下，多惬意啊！

　　吉日格勒推门进去，失望也跟着她进去。门边是一个大柜台，上面摆着各种照相器材。柜台的对面是一排红色的塑料椅子，几对坐在上面等着拍婚纱照的新人，目光齐刷刷投向了她。

　　女老板热情地迎上来，问道："老奶奶，您找人吗？"

　　"我最烦老字号，别叫老奶奶。叫我福姥姥。"

　　"哎！一老变两老了，福姥姥，您有事吗？

　　"我来看看，你们这儿缺不缺人手？"

　　"您什么意思？"

　　"我是说我喜欢拍照片这个工作。"

　　"是吗？我这儿有许多喜欢这份工作的人。"女老板大声喊道："帅哥、靓妹们，出来一下。"她的声音刚落，就出来两个脖子上挂着相机的小伙子。他俩的眼睛都像一小团火苗似的闪耀跳动，显得精力过人。接着出来几个年轻的模特，她们二十岁左右的模样，像一个模子刻出来的。都是高高的个子，苗条而不瘦削；鹅蛋形白皙的脸上，长着一对乌黑的大眼睛，晶莹剔透得宛若两潭积水，长长的睫毛柔软地覆盖在眼睑上，不时随着眼睛的启合微微眨动，使人感到一种纯女性的脉脉含情的娇美。

　　吉日格勒进门前鼓起的勇气，像气球被针扎了个洞，顷刻泄光了。她不敢再提找工作的事情，只说想看看婚纱照都有什么价位的。

　　女老板只好吩咐众人散了，只留下一位摄影师。

　　摄影师很负责任地回答着她的提问，说："有室内的，也有风景照。价位不等，低的三千至五千元，高的八千至一万多，您给谁照？可以先预订。"

　　"我要给自己照。"吉日格勒没话找话地说。

"您照的时候，用侧光、逆光，还是全光？"

"啥光都行，就不能走光。"

"那是银婚，还是金婚照。"

"什么呀，要拍就拍新婚照了。"

"您是初婚？还是再婚？"

"初婚，和初恋情人照。"

"您、您、初婚？您是齐天大圣（剩）？还是抓紧时间的尾巴，留给您的时间不多了。"

吉日格勒大声说："你怎么说话呢？这不是诅咒我吗？"

几对新人围了过来。

摄影师劝她说："还是带上您的初恋情人，来这儿拍吧，我们老板给你打折。"

"能打多少折？"

女老板戏弄她，说："你脸上有多少褶子，就打多少折。"

引起哄堂大笑。

摄影师给她一张名片，说："在哪里拍都行，我随叫随到。"

吉日格勒并没有用手去接，她转身走出来。风声灌满了她的耳朵，像在每一个耳孔里扎进了一根针，疼痛难忍，这时失望彻底地控制了她。

她坐在一家店铺门前的水泥台阶上，从包里掏出巴图给她的名片，这是她唯一的与外界联系的方式了。在失望的驱使下，终于改变了早晨出门前所做的决定。她无论到什么地方去，都不会忘记，回忆是一条没有归途的路，过去的一切都是假的，以至所有的美好都无法复原，就连那最狂乱、最坚韧的爱情，归根结底也不过是消纵即逝的现实。

巴图坐城际列车到了青城刚下车，居然接到了吉日格勒打来的电话。巴图喜出望外，问清了她住的地方，让她在房间里等，说马上去找她。

巴图挂了电话，就给安逸打电话，说自己回来早了。安逸假也没顾上请，就去约好的旅馆找姥姥。他看到姥姥的一刹那，以为自己在做梦。他悬着的心终于落下，埋怨道："姥姥，为了您，我们都快急死了，您怎么能……"不等他把话说完，吉日格勒就用拇指和食指做了一个举枪的动作，"安逸，暂停，我这不是好好的吗？"安逸只好气咻咻的，把后半句话咽进肚子里。

当安逸知道姥姥的手机在火车上被偷，自己又一个电话号码没记住。他觉得应该好好谢谢巴图，他帮了大忙。

安逸忙得实在回不去青城，就给母亲打电话，让她过来接姥姥。安逸请了一天假，陪着姥姥去了天安门和故宫。

尽心了，无论结果如何都可以

　　"谢天谢地，一切都结束了！"苏哈玲登上火车的一刹那，头脑里首先这么想。她坐在软卧车厢，同自己的母亲吉日格勒在一起。吉日格勒在北京只待了六天，但对苏哈玲来说，好像过了半个世纪那么漫长。接到母亲后，苏哈玲急着回去，因为买不到当天返程的硬卧票，安逸从网上给她们买了两张软卧票，尽管比硬卧贵出许多，她想花钱买个安心。她在车厢昏暗的灯光中向四周环顾，对面下铺上坐着两位中年妇女在聊天。苏哈玲并没用心去听她们聊天的内容，只管想着自己的心事。她十分庆幸，老天爷做主！明天就可以到家了，我又可以照老样子去广场跳舞，又可以过安稳日子了！

　　苏哈玲虽然还没有消除几天来的劳累和更年期带来的身体不适，但找到母亲的喜悦，又激起了她的意志。上车前，她就安排好了这次的旅途生活，她用灵巧的双手打开旅行箱，拿出一条枕巾，铺在下铺的枕头上，要扶自己的母亲躺下。吉日格勒虽然因为自己这次"说走就走"的旅行，心生愧疚，但她也没有很温顺地听女儿的指挥，她执意要到上铺去睡，苏哈玲只好扶她上去。苏哈玲明显感觉到母亲的畏惧，就脸上堆着笑，拉开叠得方方正正的白色被子，盖在母亲身上，嘴里说着，"什么都别想，好好睡一觉，天亮就到家了。"母亲来北京，对苏哈玲来说始终是一个"谜"。究其原因，吉日格勒只说，"这趟北京没白来，见到了我的宝贝外孙安逸。"

　　吉日格勒在上铺躺下，闭上眼睛。苏哈玲才在下铺坐下，和对面的两位中年妇女敷衍了几句，感觉对她们的谈话不会有什么兴趣，就拿出平板电脑玩起了"明星三缺一"麻将游戏。

　　软卧车厢比其他车厢的人相对少一些，嘈杂的声音和过往的旅客自然也少一些，打扰也少一些。火车启动后，身穿制服的乘务员来换票时，吉日格勒已经在打瞌睡，几天的提心吊胆和着急等待，再加上一连几天都没有睡好觉，她感到从未有过的疲倦。乘务员走后，她好像想起了什么，突然坐起身来。苏哈玲急忙放下手中的平板电脑，起身端起小桌子上晾好的白开水，递给她。吉日格勒接过来象征性喝了两口，就让哈玲将杯子放在桌子上。她解开纽扣，脱掉灰黑色的长款薄羊毛风衣，挂在了衣帽钩上，才又面冲里侧身躺下。

　　对面的两个妇女停止了谈话，看看吉日格勒，问苏哈玲："是不是我们的说话声，吵到你母亲了？"苏哈玲也看看自己的母亲，说："没关系，我妈吃饭可以凑合，但是穿衣服很讲究，她怕弄皱了衣服。"两个中年妇女继续着她们的谈话，但声音明显小了许多。吉日格勒上了岁数的人，确实累了，没过多久就沉沉地睡去了。

　　苏哈玲也没有再玩游戏，她被火车的响动所吸引，生怕吵醒刚刚入睡的母亲。她起身把窗帘拉好，这才看到了顺着玻璃向下流淌的雨水，她自然而然想起自己这几天的哭泣。她望着母亲，一种莫名的喜悦突然涌上心头，她差点笑出声来。在上车前，她的神经像琴弦一样在弦轴上绷得很紧。现在突然放松，她又感到了疑惑，她不知道火车究竟是向前行，还是向后退，还是根本就停在原地未动。乘务员推着售货车从门前经过，不断传来"花生、瓜子、矿泉水"的叫卖声，接着一阵尖叫的轰隆声，仿佛有人被撕裂了。

　　苏哈玲站起身，清醒了。她明白火车滑向了一个车站，她背上挎包，整整身上的风衣。"你要下去吗？"对面的一位中年妇女问道。"是啊！我下去换换气，车厢里太闷了。"她走到车门口，风雨扑面而来，一股要封锁出口的气势。风雨快乐地呼啸着，想要把她掠走似的。她抓住冰冷的门柱，按住衣服，走到站台上。离开了那节车厢，风被停在站台上的车厢挡住，雨便肆虐不起来，变得轻微了些。她舒畅地、深深地吸了几口被雨水无情鞭笞的空气，站在车厢旁边。环顾着站台和灯火辉煌的车站。有个女人打着电话在她身旁走来走去。那女人看上去不满三十岁，五官像巧手雕刻的，非常精致。长长的凤眼透着爽直而热烈的目光，在微张的嘴角两旁有一对小酒窝，全身都充满一种生命的活力。苏哈玲多看了她几眼，吃惊地瞪大眼睛，叫了一声，"梅青？"女人挂了电话，回过头来，迟疑了一会儿，马上欢快地叫着，"哈玲姐，你怎么在这里？"

"我找着老妈了，来接她回去。你怎么也在这车上？"

"去接我婆婆，车快开了，我们进去再说。"

苏哈玲拉起梅青的手，抓住门柱，走进车厢。

梅青看见吉日格勒面朝里睡着，就问苏哈玲，"福姥姥，身体还好吧？"苏哈玲笑了一下，"好着呢！我应该去看看你婆婆，她好吗？"

梅青压低声音，"她睡了。"说完，她俩面对面坐在铺上。

苏哈玲和梅青是在广场上跳舞认识的，因为性格相投，就成了好朋友。

前段时间，苏哈玲就听梅青说要接婆婆，没想到她这么快就去接了。梅青因为长得漂亮，嫁了一个有钱的老公。一切都很好，每个月五万元的家用钱，存在两个人的联合账户里。房产证上有她的名字，出入有司机，家里有阿姨，看上去很不错吧，可是她没有现金。她自己每月收入五千元，就在老公集团公司旗下的分公司挂闲职，因为不上班，所以不能给得太多。今年开春，她和闺蜜们出国玩，老公给她一张卡，她刷了二十万元回来。老公的钱花多了，也觉理短。她每天给老公按摩，讨老公欢心，夹着尾巴做人。二十万毕竟不是小数目，而且她自己根本没有这个消费能力。她每次拿着名牌包包，心里边爽，边难受。爽的是哪个女人不喜欢名牌包嘛，爱虚荣又不是错；难受的是不背这个包会死啊！我为什么要花这个钱，每天小心翼翼看着老公的脸色。花男人的钱好像是接到通知台风天不上班偷来的爽；而花自己的钱，是知道一连放七天假，天天睡懒觉，正大光明的爽。梅青想，花别人钱，永远不要挥霍；花别人钱永远要看别人脸色。梅青的公公过世以后，婆婆一直和她的小女儿住在河北的农村老家，身体一向很好。可是清明节前，不小心摔坏了腿，老公的公司忙，分不开身。梅青为了讨好老公，主动要求去接婆婆回家侍候。听她这么说，苏哈玲为她捏着一把汗。

"你别忘了，中国的婆媳关系向来是家家难念的经，婆媳永远是天敌。"

"哈玲姐，你放心，我婆婆很开明，我会处理好我们之间的关系的。"

"绝对没有灵丹妙药，也没有一点通的绝招，全凭你的头脑和智慧去解决这个难题了。"

对面铺上的两个女人似乎听到了她们感兴趣的话题，也加入她们的谈话中，焦点集中在"婆媳"两个字上。她们谈的最多的是处理婆媳关系时最常犯的错误。最骇人听闻的是"老婆和父母不和，最终导致离婚"。解决之道落在了"你的家庭你做主"上。被她们这么一说，梅青也提心吊胆，再也乐观不起来了，只说，"尽心了，无论结果如何都可以。"

被母亲的事儿撕扯着，苏哈玲躺在铺上直瞪着车顶上的那盏灯。她想：退休后，我每天都在认认真真地过着自己的日子，生活中再也没有混乱、懊恼、悔恨和无所适从的感觉。要不是母亲的这次"说走就走"的旅行，至于母亲为什么这样做，她并没有问，她不想给已经悔悟的母亲添堵。人活着就这样，谁也不会预知下一秒钟将要发生什么，我们能尽力做自己认为对的事情，就已经足够了。天快亮时，她才打起瞌睡来；醒来时，天已经大亮了。

火车驶进了青城车站。有关家庭、母亲、丈夫、儿子和今天以及往后的种种琐事，立即涌上她的心头。

火车一停，她就扶着母亲，拖着旅行箱下了车。等了一会儿，才看到梅青扶着挂着单拐的婆婆下了车。苏哈玲赶紧上前帮忙，吉日格勒也很热情地上前扶住梅青的婆婆，两个人聊得很开心。

在出站口，苏哈玲看到了等在外面的安泰然。

首先引起苏哈玲注意的是安泰然的脸，"天哪！你一脸的疲惫通宵没睡？是不是去哪儿鬼混了？"安泰然一看老婆情绪不错，也幽默起来，"你多情的丈夫盼你归来，都望眼欲穿了，能围着你转就是我的荣耀。"苏哈玲笑着，打了他一拳，"小样！"

安泰然接过苏哈玲拉着的旅行箱，和她调侃着，"只要老婆大人的心情好了，我的心情自然也不错。"

梅青老公的公司里有事儿，派司机来接了。两家人说了再见，先送梅青和她婆婆上了车。

东方开始亮了，朝霞挂满了天空，一轮朝阳优哉游哉地从天边升起，它的壮观和美丽，瞬间打消了吉日格勒所有的疲惫，生命中注定是要等待的，她暂时可以不去想她的愿望是否能实现，她的日子是快乐的，还是忧伤的。

上车前，苏哈玲望了望天上的那片彩霞，她在想，我没有梅青那样有福气，嫁了个有钱的老公。我要想过上好日子，就得不停地折腾。但我现在真的不知道，除了循规蹈矩过日子，每天去广场组织跳舞挣点小钱外，还能做些什么？

在车上，安泰然告诉吉日格勒，"老妈，我找到工作了，上一天班，休两天，钱虽不多，也够养家了；还不误给您老人家做饭，是不是两全其美。"

吉日格勒一听，心里乐开了花，"太好了，我再不用看着你无所事事而烦心了。"

人老并不可怕，可怕的是心老

吉日格勒一打开房门便明白，她离家才几天，屋子风格的改变超出了她的预料。"我的天哪"，她喊了起来，高兴胜过愤怒，"瞧，我这个败家女儿，把家整成什么样子啦！"

苏哈玲生怕母亲生气，赶紧上前安慰，"老妈，您的东西原封不动，只给您换了一张新床。"她扶着母亲坐在新床上，"这床一个人睡浪费，不过坐着挺舒服的。"吉日格勒脸上露出笑容说。

"老妈，你要同意，我再把立柜里边收拾一下。"

"你忙你的，歇几天，我自己来。"

苏哈玲苦笑了一下，她知道母亲像在柜子里藏着什么宝贝似的，是不会轻易让人动的。她讨了个没趣，回自己房间去了。

从北京串门回来，吉日格勒一连几天都无法休息。日子过得颠倒过来，白天昏昏欲睡，晚上倒又清醒过来。失眠的时候"天神之声"会从远处飘过来。她想，从有了"那个愿望"之后，"天神之声"似乎也发生了变化。它不仅和她聊天解闷，有时候还会发号施令，控制她的思想和行为。想睡觉，就得吃去痛片。睡眠本来是人的自然本能，现在居然被这些小小的药片左右，她便悲伤、害怕起来。

那天，天大亮方醒，听到窗外树上的鸟叫声，她无厘头地高兴起来。结束了多日来等待的失望，人似乎也减轻了负担，直升上去。而这欢喜是空的，就像用线牵着升到空中的气球，便会爆裂归为乌有，留下来的只有怅然若失。她坐卧不安地想要活动，却颓唐使不出劲来，好比"杨花柳絮在春风里飘荡，万里身轻无力，终究飞不出去多远。"

吉日格勒起身打开卧室门，钻石像听到了召唤的勇士，蹿上前来，两只后蹄着地，伸直了前蹄爬在她腿上。她蹲下身子，用手抚摸着钻石的头颅和脊背。

钻石感觉到舒服，就四脚朝天躺在地上，等着她更大面积的抚摸。她一边给钻石抚摸，一边和钻石说话，"这次姥姥出门，谁也没想，就想你这个小宝贝了。好多地方，都不让你进去，要不就带着你去玩了。数你最乖，每天陪着姥姥，就像我那个宝贝外孙子，也不知道他那天回来。姥姥吃了早餐就带你去散步。"

母亲回来了，了无牵挂。苏哈玲上午没啥事儿，又可以赖在床上睡懒觉。在她看来，睡懒觉既能感受幸福，又有利于美容。"昼来卧听风雨声"，这是她最喜欢的一种幸福，比热恋有过之而无不及。早上懒觉睡到十点，舒舒服服地自然醒，忽就听到滴滴答答的雨声缠着微微的风声在窗外放肆地冒出来。不紧

不慢的节奏感到睡床变成了摇篮，人仿佛也回到天真无邪的童年，顿感浑身通透。这个时候，微闭上眼睛，四肢舒展开来，在床上摆个"大"字，深吸几口气，整个人生最原始的惬意就在甜甜的懒觉中或浓或淡地荡漾开来了。一寸光阴一寸金，寸金用来克地心。苏哈玲认为，女人衰老的根本原因，就是克服不了地心引力的作用。当人站着，受重力作用皮肤一天天被拉松；而躺着，受地心引力作用少，多睡些懒觉就能较好地克服这个人老珠黄的魔咒，也不用像马莲那样去整形，花钱找罪受了。

安泰然倒是早早起床，晨练回来，买了夹肉饼和豆腐脑。吉日格勒多年来一直对这个女婿不满意，她没和他说几句话。在她的印象中，好像努力赚钱养家，从来都不是女人的事情。女人嘛，就是要嫁个好老公，相夫教子，孝敬老人，勤俭持家，做个贤妻良母。她常常发自心底深处为女儿叫屈。一脸福相的女儿，居然嫁了这么没用的老公。现在好了，女婿有了工作，挣钱多少不说了，

能承担起养家糊口的责任了，这才像个男人嘛。

从北京回来后，吉日格勒有的是时间和平静的心境留神家里的生活，因此，是她第一个发现了安泰然的隐私。她发现只要安泰然不去上班，哈玲不在家，他就会在电脑前有说有笑的；哈玲一回来，他便关了电脑，跑到客厅去迎接，延续着他的有说有笑。

前段时间，安泰然被苏哈玲母女俩的事情闹得心里很烦，又无处述说，竟迷上了 QQ 聊天，他以前就看见安逸和同学聊天。安逸还给他注册了一个 QQ 号，网名是"玉树临风"。一开始聊，他只打字聊，但他打字速度慢，没有人愿意和他聊。那天苏哈玲去跳舞，一个网名为"清风丽影"的女人加他。打字聊了三次以后，他们比较熟悉起来，那女人也是无聊才上网的，说打字聊得不过瘾，要和他视频聊天。他拒绝了，只同意语音聊天。苏哈玲不在家的时候，他们每天都在语音聊天，环境促使说话就乱了套了，说的那个激情，那个刺激。原来清风丽影就是从小三斗败原配才上位的。她的老公是一家大公司的老板，为了讨老公喜欢，她拼命讨好他，但他天天加班，回家的次数越来越少了。安泰然知道，清风丽影不像那种一直饱受婚姻折磨，心里想出轨的那种女人，她追求的就是刺激。

吉日格勒不想在他们夫妻间挑起事端，把早餐端进自己的房间，静静地吃完，就带钻石出去了。走出楼道门，一股热浪扑面而来。她知道，这种闷热一般是下雨的前兆。小区内桃花、丁香花开得正好，太阳暖暖地烤着花香浓得呛鼻子。吉日格勒好像闻到了年轻时用的胭脂味道，也许是多年不用，有点倒胃口。她急忙拉起钻石，穿过马路，抄小路向公园走去。钻石"静如处子，动如脱兔"，有一对下垂的铃铛似的耳朵，温柔文雅的表情，细长的腿和坚定的结构，这些特点使它成为犬中的贵族。虽然它的祖籍德国，但现在也有中国户口。它最好的朋友是一条土狗，浑身的毛呈金黄色，四条腿短而粗，是小区里看车棚的老夫妻捡回来养的，取名叫虎虎。那一年，虎虎还是条流浪狗，成天在街上跑。有一天，被一辆汽车撞伤，肠子流了一地，看车棚的老头把它抱回家，把肠子塞回去，用缝衣服的针将肚子缝上，悉心照顾了几天，虎虎奇迹般地生存下来了，从那以后就一直养在家里。如今，虎虎的毛很顺很亮，见了它喜欢的人，就两条后腿竖立起来，两个前蹄抱在一起作揖。两条狗一碰面，就并驾齐驱，四处撒欢。吉日格勒生怕虎虎把钻石拐跑了，总是用绳子拴着它，限制它的自由。钻石一边颠着小碎步向前跑，一边选择合适的地方，翘起一条后腿撒一泡尿。因为空气污染的问题，人们推迟了晨练的时间，有许多人在公园里跳舞、唱歌。吉日格勒躲开人群密集的地方，专拣人少的地方走。钻石尿拉得差不多了，她才牵着它来到一个凉亭小憩。

凉亭里，秦老师正在给几个孩子讲故事。

秦老师讲完了故事，孩子们散开玩去了。

秦老师一回头看见了吉日格勒就过来打招呼，"福姥姥，你出门回来了？"

"我出门和谁都没说，是不是那个'豆腐西施'又嚼舌头根子？"

"不是，是哈玲找我问过。"

"你不知道，从他们住进这个家，我就没有好日子过了。整天啥都管，我都成失去自由的人了。"

"齐大妈倒是自由了，让你去你干吗？"

"'豆腐西施'她去哪啦？"

"养老院。"

"啥时去的？"

"昨天。"

原来，齐大妈和老公以卖豆腐为生。儿子李继生三岁的时候，齐大妈丈夫生了重病，卧床不起，为了给丈夫治病，花光了辛辛苦苦卖豆腐攒下的钱，还借了不少外债，病没治好。去世时，给她留下一个儿子、一个豆腐坊和一屁股的债。齐大妈年轻守寡，带着儿子，靠卖豆腐苦苦度日，还清了外债，含辛茹苦把儿子拉扯大，得了个外号"豆腐西施"。当年儿子考上大学的时候，街坊邻居都说齐大妈有福气，生了个好儿子，有了依靠。儿子大学毕业后，齐大妈拿出全部积蓄给儿子买了房子，娶了媳妇。有了孙子时，她年纪也大了，就把经营几十年的豆腐坊关掉，住在儿子家里一心一意带孙子。李继生还说服母亲将原来的房子卖掉，又在他家附近买了一套房子，并把房产归在自己名下。后来，孙子大学毕业找了对象，要结婚了，李继生就将后来买的房子给了自己的儿子。有一次，齐大妈因为房子的事和儿子吵起来，老人急了说了句"你们都给我滚"。这下可惹火了儿媳妇，"这个家哪点是你的了？你住的房子还是我们的，应该滚的是你。"儿媳的话使她十分震惊，她悔恨自己当年糊里糊涂地就让儿子把自己的房子卖掉，到如今两手空空，落到无钱无房的地步。齐大妈逢人就说，"俗话说，养儿防老，我养了一只白眼狼。" 话传到儿子和媳妇的耳朵里，媳妇就撺掇老公，来和婆婆大吵一场。无奈之下，生性刚烈的齐大妈用法律手段来解决与儿子的财产与赡养纠纷的问题。她向法院起诉要回本应该属于自己的那份房产，用变卖的资金住进养老院养老，走了以房养老这一步。

吉日格勒和齐大妈是多年的老街坊了，齐大妈也向她提起过，没想到她是真走了这一步。尽管吉日格勒后来对齐大妈心生芥蒂，但她佩服齐大妈的勇气。

想着齐大妈的遭遇，她也为今后自己的日子担起心来。有儿子的人家都走了这一步，自己没有儿子，将来又会怎么样呢？俗话说：久病床前无孝子。将来自己行动不方便了，养老院是她的归宿吗？从知道齐大妈进了养老院那天起，将来是否会被送进养老院，就成了吉日格勒的心病。她的神态、她的自理能力，都使人觉得，她已经很自然地被古稀的年纪所压倒。她没有心情看电视，就关了电视机，目光久久地停在窗外，看马路上车来车往、人流涌动，似乎她要找的人随时会冒出来。想起巴特尔，她总拿出那张照片和马头琴，坐在床上仔细端详。因为孤独筛洗了她的记忆，烧尽了她的怀念——那是生活聚集在她心中的垃圾，而同时又精炼和升华了另外一种痛苦的回忆，并使之永存于脑海中，那就是她的初恋。

有时候，她实在无事可做，就把衣服上的纽扣拆下来，再重新缝上去，以致使百无聊赖的等待不过分漫长和六神无主。那一天，她写了一篇有声有色的文章，评说着在遥远的地方和颠三倒四的时间里发生的事情；那一天，她恐怖地大喊"失火了"，吓得苏哈玲拉她向外跑，可那是她五岁时看到的一次草原上的火灾引起的。她把过去和现在混淆起来了，谁也搞不清楚她说的是当时的感受，还是在回忆过去。因此，当苏哈玲从公园回来或是吃饭的时候，常常看到她坐在床上自言自语，仿佛在迷宫中迷失了方向，找人问路一样。

吉日格勒常挂在嘴边的一句话，"老了，忘性大了，不顶事了。"家门的钥匙刚打开门放入挎包里，出门时却怎么也找不到，结果从枕头下面找到了。她明明把剪刀放在床上，可是花了很多时间，到处翻了个底朝天，末了却在厨房的一个架子上找到了，但她相信自己没有去过厨房。放在抽屉里的筷子，突然间一根也不见了，最后在水池里找见了几把。有一次，她的珍珠项链不见了，怀疑是安泰然偷的，开始监视他。她把东西放在他经过的地方，想趁他移动东西的时候抓住他，但他除了去厨房和卫生间以外，从不离开自己的房间，再说他又不是喜欢拨弄是非的人。于是，吉日格勒终于相信是幽灵在淘气，她把东西放在固定的位置，问题并没有解决。她坐在床上缝鞋垫，可是手中的线已经短得不够用了。

吉日格勒向苏哈玲说起这些小事上的异遇，女儿回敬她，说："别大惊小怪的，是你的记性变差了。" 她想，事实也应该如此。长期单身的人记忆力仿佛特别"脆弱"，年老后很轻易出现比较严重的记忆受损或者失忆症状，罹患老年痴呆的风险也较高。

吉日格勒对窗外哗哗的雨声早已习以为常了，这雨声就成了一种新的寂静，她固执地认为，唯一扰乱她孤寂的是进进出出的女儿，于是，她总是把门关上。

她感觉孤独的时候，或拿出一些书翻看，常把从书上看到故事联想成发生在自己身上的；或去厨房煮了一锅奶茶，然后盛上一碗放在床头柜上，坐在苏哈玲给她新买来的大床上。这床比以前她睡的那床，尤其比外边小旅馆的床舒服多了。然后放任自己的思绪回溯一些过去的时光。她想，这辈子只做了两件事情：一是追求婚姻自由，义无反顾地嫁给了苏子文；二是把哈玲和安逸培养成了大学生，圆了自己的读书梦。

她年轻的时候，没有一件事情是持续不断的，没有一件事情是固定不变的，有时相似，有时相异，交错而已。就说上学吧，她的老师曾夸奖她有艺术天分，尤其擅长唱歌、跳舞、绘画。谁承想学上得好好的，突然父亲生了重病，她只能退学回到草原上，帮助父亲放牧，帮着母亲挤奶，上音乐学院成了一场永远无法触及的梦。年轻是一个幻想和梦想的年龄，也是一个多变的年龄。今天有满脑子的宏图大业，明天可能是满脑子的空白；今天的兴趣和嗜好，可能明天是厌恶和唾弃……，似乎只有在变化中、矛盾中，才能寻得自我的均衡。

人的一生总要经历诞生、成长、成熟、衰老和死亡的过程，最终是要老的，这是不可抗拒的自然规律。百岁老人冰心说过：人老并不可怕，可怕的是心老！心老的人容易死。吉日格勒最看不起的人就是那些刚年过花甲就暗示自己老了的人，他们自嘲为"血管硬化、知识老化、思想僵化、等待火化"的"四化"老人。整天情绪低落，郁郁寡欢。在吉日格勒看来，真正让人悲观和衰老的，不是年龄增大，而是信心和希望的减少，所以千万别让心老。人常说，心老人不老，不老也老；人老心不老，老亦不老。

现在，她对"天神之声"的唯一祈求，就是不要让巴特尔死在她前面，来惩罚她。她等待着，仿佛等待着一封远方的来信似的。

家家都有本难念的经

午睡后，苏哈玲才走出家门，一想起要去公园跳舞，身心为之振奋。苏哈玲觉得还没有抛弃她的梦想，而且没有这些梦想她就不能生活。无论她是在单位上班，还是退休在家，她的梦想一定要实现。在家里，她不停地上网查歌、录曲子、编排动作，有时候停下来，听喋喋不休的母亲一个人唠叨，听得耳朵里快长出茧子来了，同时，脑海里断断续续地浮现出拼命挣钱和未来家庭生活的种种景象。她觉得，在她的内心深处有一种东西在确定和调整后，已经固定下来，那就是买一所能容纳她们三代人乃至四代人的大房子。但现在的一切都得从头做起，一定要经过自己的努力让家人生活得比现在更好，用当地话讲，就是"芝麻开花节节高"。去北京这些天，都是黄师傅在帮她放音乐，打扫场地。她知道他最喜欢喝酒，就从家里拿了两瓶酒，准备送给他，表示一下感谢。她这么做也是为了以后有事儿，再请他帮忙做铺垫。

她从一楼的楼道里推出那辆几天没动过的自行车。这辆自行车呈粉红色，别看它娇小得如同没发育好的小女孩，可是它载得动苏哈玲有些丰满的身体、方方正正的音箱和虽不大但很沉的电瓶。在苏哈玲眼里，它就是载着她风里来、雨里去，收获每天的愉悦和风趣的伴侣。车把上还有一个黑色的车筐，里面放着一个自制的账本和一支中性笔。她把在广场上跳舞的每个人缴的钱都记得清清楚楚，当她担心有人没有缴钱时，可以看看账本，使自己的心平静下来。办事认真，账目清楚，是她在发电厂当女工委员时练就的本领，没想到退休后还能派上用场，一想起这些她就有些沾沾自喜。

蓝色的天空，神秘的树木。苏哈玲在耀眼的阳光下骑行，体验着生活的充实和丰富多彩。只有到跳舞的广场上去，她才能暂时忘掉母亲和家里的烦心事，才能忘了更年期带给她的病痛，活出一个全新的、神采奕奕的自己。

四月，别的树刚吐出嫩芽，桃花却不知趣地开了，它的花朵淡得几乎没有了颜色，也没有绿色的叶子衬托，惨淡地占据在马路边上，并不怎么夺目。

苏哈玲只顾着一路观花，差点闯了红灯，一个急刹车，使她的身体蹿到了车把上方。一阵风吹过来，似乎告诉她不能再冲着树骑、不能在水马龙的路上骑。此刻，她置身在一个十字路口，即使信号灯由红转绿，而她又站在最前面，却只能和所有等着过马路的行人，继续站在斑马线的终端一步也不能前行，只因要左转弯的车一辆接着一辆，不曾间断地经过她的面前。"哎，青城的堵车都快赶上北京了。"她专注地骑了一会儿，一种担心再起，"老妈为什么要去北京？我不在家的时候，她不会再一次离开家吧？"接着苏哈玲有些释然，"往事是不

可能重复的，有了这次教训，老妈绝对不会再来一次相同的经历的。"后来她又想到，"老妈是不是生了病，最好还是带她去看病。"一路胡思乱想着，她来到了广场。

苏哈玲跳舞的时候总是走神，就像精灵逃离了关着它的瓶子，飘浮在虚幻之境，直到她踏错了鼓点，迈错了脚，踩了舞伴的脚，才回过神来。

好不容易跳完了一曲，她就坐在广场边上的长椅子上，舞曲再起时，她坐着没有动。她望着那个崭新的音箱，就想起了马莲，不知她的脸恢复得怎样，她送我这个音箱，还一次没来广场上跳舞，应该给她打个电话；她又想起了火车上梅青接回婆婆的事情，婆媳处得好吗？梅青没来跳舞，她想，也许以后她也没有时间来跳舞了。本想打两个电话，可是广场上很吵，只能作罢。

在广场上跳舞的，大多是上了年纪的人。这些老头、老太太们，没有几个身材好的，从边上看，像充满了弹性的泥团在动弹着，也像游来荡去的鱼儿。那个帮她放音乐的黄师傅，如今已是花白了头发。年轻时，也是风流偶傥，他结婚没几年就爱上了别的女人，和老婆离了婚。那女人并不是真的爱他，两个人外出旅行还没结束，就在一天夜里，掏光了他身上所有的钱，一个人先走了，害得他连回家的路费都没有了。幸好前妻大发慈悲，给他寄了钱。他回家后，

前妻提出复婚，他却不肯，只是离婚不离家。前妻又住进他的家里，和他共同照顾患了阿尔茨海默病（Alzheimer disease，AD）的老妈。这种病是老年痴呆症最常见的一种类型，是一种中枢神经系统变性病。起病隐袭，病程呈慢性进行性，主要表现为渐进性记忆障碍、认知功能障碍、人格改变及语言障碍等神经精神症状，严重影响社交、职业与生活功能。哎，家里有个病人，真的很麻烦。苏哈玲正这么想着，看见一个女人从广场边上走过来。尽管她戴着口罩，苏哈玲一眼就认出，她是黄师傅的前妻老糖。其实大家都不知道她姓啥，因为身患糖尿病，就都跟着黄师傅叫她"老糖"，她也从不生气。老糖坐在苏哈玲的身边，细声问，"你回来了。"苏哈玲望着她的眼睛，"你怎么有空出来。"老糖的眼泪便流了出来，弄湿了口罩。老糖照顾老黄的母亲多年，每个月两千多元的退休金全部倒贴不说，自己落了一身病没钱看。老黄的母亲只要看到老黄在家，就一个劲喊饿，她吃东西又不知饱。吃得多，拉得就多。老黄嫌脏，成天待在公园里。老糖一天到晚，只落得端屎端尿洗裤子。最近，她在为一件事情犯愁。自己的房子给他们的儿子结婚用了，她名不正言不顺地住在老黄家。老黄的妹妹做生意，把房产证抵押贷款了。老黄有心脏病，万一有个三长两短，她只能落个无家可归。她想让苏哈玲帮忙劝劝老黄，早点和她复婚，也能名正言顺地待在这个家里。苏哈玲明明知道"清官难断家务事"，但她不想让她失望，还是答应试试看。望着老糖远去的背影，苏哈玲想，都是女人，自己比她幸运，该知足了。

有些人这样概括当今城市的广场，低头是草坪，平视见喷泉，仰脸看雕塑，台阶加旗杆，中轴对称式，终点是机关。在苏哈玲看来，广场虽然大同小异，但它们确实是老百姓的舞台，体现了人们对大自然的亲近与回归。

那天，苏哈玲挥动扫帚，刚打扫完场地，音响便响起来了。她回头一看，是明珠帮她放的。苏哈玲对她太熟悉了，明显感觉到了她的变化。她脸色苍白，一副憔悴的面容，原本丰满的身体消瘦了许多，眉宇间能看出她的忧郁，目光中充满一个年轻女性失望后的痛苦与怨气。脸上没有化妆，金色的长发随意地扎在脑后，有几缕散乱的头发搭在脸上，她的外形是沉静的。

苏哈玲穿过跳舞的人群，坐在椅子上，一边用湿毛巾擦手，一边想，没有丑女人，只有懒女人。不化妆从不出门的明珠，怎么会变得如此懒散呢？明珠并没有跳舞，走过来坐到了苏哈玲身边，像秋天的傍晚轻轻飘落在地上的树叶。

"明珠，有段时间不见，都快认不出你了，遇到不顺心的事啦？"苏哈玲关心地问。

"没什么事儿？"话音刚落，她的泪水便顺着脸颊流了下来，"我以为我已经变得很坚强。"

明珠姓叶。她之所以叫明珠，是因为她一生下来父母就把她视为掌上明珠。在中国，有"重男轻女"的传统，但他的父亲却喜欢女孩儿，常听人说，女儿是父亲的贴心小棉袄。是说，女孩儿有着先天的温柔、细腻的情感，对父亲的情谊更加贴心、醇厚，将来女儿如同"小棉袄"一样温暖父亲的心。她的父亲是公路段的领导，母亲是一家国有企业的高级管理人员。她的父母一直记着传统的"穷养男孩，富养女孩"的说法。他们不仅在物质上满足她，还带她去最好的餐厅吃西餐，去国外旅游，特别是为她请各种家教，教她弹钢琴，学声乐、学跳舞，不断提高她的品位，所以她长得算不上漂亮，但也是亭亭玉立。没上大学前家里管她很严，不让他和任何男生交往，上了大学后因为没法一直看住她，交了男朋友。她从小娇生惯养，样样都要最好的，稍不顺心就耍公主脾气。大学毕业后，父亲动用各种关系，把她安排到一家合资企业工作，也算是顺风顺水的，后来嫁给了一位警察。好景不长，娶回个公主谁也接受不了，公婆不怎么待见她；倒是老公对她不改初衷，恩爱有加。次年，生下一女儿，给一心想抱孙子的公婆当头一击，对她更加冷淡。幸好她和老公在外面另住，夫妻俩恩恩爱爱过着甜蜜幸福的生活。令叶明珠没有想到的是，半年之中，她经历了丧母之痛和父亲再婚风波。刚刚退休能回家共享天伦之乐的母亲，突然得了一种怪病，高烧不退。发病当天就在当地的大医院进行了治疗，没有丝毫好转，后来转院去了北京的大医院，仍查不出病因。她的母亲感觉到自己大限已近，强烈要求回家。前后一个月，就一命呜呼。失去母爱的明珠，似乎懂事了许多。明珠忍受丧母之痛，心疼的是自己的父亲。父亲马上面临着退休，失去妻子，再失去工作，他怎么能承受得了？母亲走时，让父亲再找个伴，好好过自己的后半生。明珠知道，父亲的内心是很害怕孤独的，他希望有个伴，陪伴他走完人生之路。他渴望安稳、幸福的晚年生活，并希望得到女儿的支持和祝福。俗话说，少是夫妻老来伴。现在有多少子女成人后能和父母住在一起，成年累月陪伴在父母身边呢？老年人再婚不仅仅是为了给自己寻找幸福，也是为了给子女减轻负担。叶明珠着手促成父亲的婚事，经过再三斟酌，将母亲生前最好的姐妹屈阿姨介绍给了父亲。

屈阿姨的老公去世已有两年，也是一个人孤单度日。现在这个年代也不像以前，一个女人可以抱着一个贞节牌坊过一辈子。两个孤单老人一拍即合。结婚手续都没办，就共同过起了日子。明珠给自己选定的这位后妈进门没多久，就撺掇她的父亲卖掉现在住着的别墅，说把房子变成钱，一来可以减轻他对亡妻的思念之痛；二来可以和她去鹿城再买套房子，过快乐舒心的日子。她之所以想去鹿城，是因为她唯一的儿子在那里。老叶现在住的别墅当初买的时候，房产证上的户主就是叶明珠，不经过明珠的同意，他怎么能卖掉。明珠得知这件事情后，举家搬进了母亲留给她的别墅。为此，和她信任的屈阿姨闹翻了脸。屈阿姨见一计不成，又心生一计，让老叶卖掉了单位分的另一套房子，两个人拿着钱去鹿城买了新房子共筑"爱巢"。明珠父亲的再婚也许像初婚一样幸福美满，一次也没有回来看过她。明珠长这么大，除了上大学那些年，她从未离开过自己的父母亲。半年之内，母亲过世，父亲弃她而去，她痛彻心扉，常常在睡梦中哭醒，常常在梦中与父亲、母亲相见，诉说对他们的思念之情。父亲走后，没有给她打过一个电话。她打电话过去，父亲居然不肯接。昨天晚上，她和朋友聚餐，心里烦，借酒浇愁，喝了不少酒。她用朋友的电话打给父亲，尽管是陌生电话，父亲居然接了。她哭着央求父亲回来看看她，她说她想他，想去看他。她这样的祈求被父亲一次次无情地拒绝了。在她的放声痛哭中，电话突然被挂断了，明珠知道是那个狠毒的女人所为，知人知面不知心。半年之间，叶明珠从父母的掌上明珠变成了一个无人疼、无人爱的孤儿。由于她的喜怒无常，好脾气的老公也常常躲着她，不肯回家。她只有带着女儿，艰难度日。

"儿女不孝顺老人的，会遭到人们的谴责；再婚老人如此对待自己孩子的，又算什么？"明珠抱怨地说。

苏哈玲听了叶明珠的哭诉，更是义愤填膺，"怎么介绍这样的女人给你父亲，你这是自作自受。"刚才苏哈玲还在想，父亲去世时，母亲才六十岁。那时，她也想给母亲找个伴，可是母亲死活不肯。原来，老人再婚也没有她想的那么简单。

广场是一个可让人们聚会休息的空间，同时也是人们逃离城市喧嚣的地方，它总是为"老百姓"所有的。苏哈玲庆幸自己能在广场的一隅有一席之地，这是多少来跳舞的人求之不得的。刚来广场组织跳舞时，常有人来捣乱。他们拿着大音响，把音量开得很大，和苏哈玲唱起对台戏，企图把苏哈玲挤走。苏哈玲一看他们人多势众，怕动起手来自己吃亏，就先发制人。她跑过去把他们的音响关了，坐在地上哭天喊地的。那些男人一看，"好男不和女斗"，也就乖乖举手投降。这一天，又有人故技重演。苏哈玲还没使出"撒手锏"，一位看上去不满六十岁身穿白色 T 恤和浅色长裤、戴着太阳镜的男子为她解了围，然后过来邀请她跳舞。苏哈玲本不想跳，一来为了感谢他；二来看他比较眼生。一问才知道是新来的，接着，他们以蛙泳般的姿势挤进了跳舞的人群。

苏哈玲没有想到，这个人居然会跳舞。虽然舞步有些老旧，但他知道怎么扭动，而最重要的是，他知道不要动作过大。跳了一会儿，苏哈玲十分肯定，他是一位曾经经常跳舞的人。她在音乐声中，附在他的耳边把自己观察到的告诉他，他承认这是真的。

"不过时间不长。"

"什么时候？"

"二十多岁的时候，在医院的舞厅里学的。"

"你在医院工作。"

"我姓曾，是附院精神科的主任医师，刚退休。"

"你看上去不像到了退休年龄的人。"

"不过被医院返聘，每周三上午坐诊。"

"太好了，正想找个精神科专家为我老妈看病。"

由于说话，他俩的距离拉得很近，曾医生的手指放在苏哈玲的腰上，他认为，一个人一生中不管触摸过多少人，第一次的触摸，不论在什么场合下，都是非常有趣的。

曾医生被苏哈玲优美的舞姿所吸引。她虽然只有一米六的个头，又有些胖，但她的动作协调性好。苏哈玲的舞跳得好，是跳广场舞的人们公认的。

广场舞结束时，苏哈玲和曾医生已经十分熟悉了。苏哈玲有一种说不出的喜悦，"我也有心想事成的时候。"曾医生给她一张名片，欢迎她带着母亲前去就诊。现在能给母亲看病的医生有了，但苏哈玲面临的问题是，怎样才能获得老妈的同意，带她去看病！

晚上回到家里，苏哈玲躺在床上，考虑再三，决定叫母亲的心肝宝贝安逸回来一趟，也许能搞清楚母亲离家出去的真正原因，也好说服她去看病。

有一种缘分叫安排，有缘自然相见

这次安逸是请假回来的，而且母亲给他安排了任务，就是弄清楚姥姥"为什么要离家出走"。

一早起来，吉日格勒就亲自动手，煮了她认为"安逸最喜欢喝的奶茶"，蒸了"安逸最喜欢吃的包子"。安泰然拌好几碟小菜，一家人坐在一起吃了早餐。从北京回家以来，吉日格勒不和他们一起用餐，总是把饭端进自己房间去吃。安逸回来后，她又和他们一起吃饭了，这使苏哈玲异常高兴。

吃完了饭，安逸牵着钻石，扶着姥姥去逛公园，他们边走边聊，十分开心。吉日格勒说得最多的是安逸高考前的事情。那时候，不管吉日格勒什么时候进房间，总是看到安逸在埋头苦读。她常对他说，"苦干的人汗水多，贪吃的人口水多。"安逸深深懂得，高考就是一座改变无数人命运的独木桥、跳跳板，是"自古华山一条路"，你考不考，它都在那儿。焦灼在这头，悲喜在那头。十年寒窗，含辛茹苦就是为了在高考的那一刻能过关斩将，金榜题名。他的口号是，"不像角马一样落后，要像野狗一样战斗"。他感觉到了自己的压力和悲哀，当汗水化为泪水，梦想化为泡影，他又该何去何从？高考虽然是自己的事情，但同样考验着父母亲。考得好坏，直接关联着父母的颜面。在安逸看来，如果考不好，给父母丢了脸，那就是最大的不孝。每天早上起来，吉日格勒都给他煮奶茶、蒸包子；每天中午，给他做手扒羊肉、鱼香肉丝、烧茄子，这些是安逸最爱吃的。

公园有三个门，正门在南边。西门离吉日格勒家最近，穿过两条小街就到了。进了西门，有几只拖着长长尾巴的喜鹊，欢叫着向树上飞走了。公园像被镶嵌在一个绿色的大伞里，春色葱茏。正对着门是用梅花砖铺就的三条蜿蜒小路，路两旁参天的槐树，像哨兵似的耸立在那里。树下是绿茵茵的草地。每一丛树荫下，都放着一把长条椅，供游人走累了歇歇脚。

钻石异常地兴奋起来，它在前面颠着小碎步，边跑边蹿到树下嗅着，时不时翘起一条后腿，冲着树干撒尿。安逸和姥姥边走边聊着天。他没费多少口舌，就弄清了姥姥离家出走的原因。原来是她听到了"天神之声"的召唤，去北京找自己想见的那个人，而且还有那个人的照片。吉日格勒还答应回去拿照片给他看，但唯一的条件是不能告诉苏哈玲。

　　再向前走是一片桃林。桃花开得正艳，粉的、白的，颜色各异，千姿百态。

　　"姥姥，我们来得正是时候，我给你拍张照片。"

　　吉日格勒抱起钻石站在桃树下，脸上堆着灿烂的笑容，仿佛年轻了许多。

　　"姥姥，您笑的时候真美，以后一定要多笑笑。"安逸看着手机里的照片说。

　　"笑一笑，十年少。我懂，安逸，你要能天天陪着我，我就特别开心快乐了！"吉日格勒一看到她的外孙子就喜上眉梢。

　　"快了，等合同期满了，我就向公司辞职，回来陪您。"安逸胸有成竹地说。

　　"你回来了，好好找个对象，早点抱上重外孙，我就幸福了。"

　　"姥姥，你站在桃花下说这些话，要是让桃树精听到了，没准还能让我走个桃花运呢。"

　　"我的外孙子这么帅，必须的。"

　　再向前走，一圈人在一个凉亭里吹拉弹唱。手拿麦克风领唱的是一位女士。她苍白的头发，衣着比较考究，唱得字正腔圆，有花腔女高音的音色，大概退休前是文工团的独唱演员。一位老头在旁边拉着手风琴伴奏。他那一头蓬松的、灰白的头发，盖着一副瘦削的、呈小麦色的、戴着眼镜的脸，上身穿一件质感很好的 T 恤衫，给人文质彬彬的感觉。参加合唱的人们，有的穿着时尚，有的穿着休闲，但大家还是齐心协力，只一味地、很投入地唱，乐在其中。安逸感觉这是一个平等的世界，无论你以前是官员、老师、职员、商人、农民工，只要加入了退休者的行列，就没有了高低贵贱之分。

安逸陪在姥姥旁边，听了一会儿。吉日格勒说："安逸，那个拉手风琴的老头，退休前是一名中学老师，大伙叫他秦老师。没事他就在这给一帮孩子义务辅导功课、讲故事，吹拉弹唱样样精通。"

"姥姥，你唱歌可好听了，你要是参加秦老师他们的合唱团，肯定把他们震 High 了。"

"我哪里会唱歌，唱不好，会被人笑话的。"吉日格勒笑着说。

安逸还是不肯罢休，"我听过您唱歌。那时我刚转来青城上学，因为和同学们还不太熟悉，周六、周日我就待在家里。一天中午，你在厨房给我做饭，你唱了一首《鸿雁》，声音优美动听，有点儿德德玛老师的范儿，好听极了。"

吉日格勒矢口否认，只说安逸听错了。安逸说服不了她，只好随着她，牵着钻石向前走。

前方，一位老人在晨练。只见他左腿站直，右腿架在树干上，有齐胸高。老人白发飘飘，身穿白色衣裤，看上去十分洒脱飘逸。

"这位老爷爷的腰腿真软，一看就常做运动。"

"我年轻的时候，腿一抬能超过头顶，又能劈成一字形，现在是鞋上去了，腿脚上不去了，不服老不行啊！"

"这位老爷爷看上去，年龄比你还大呢，人家照样天天练功。"

吉日格勒笑着摇头。

练功老人的后方有几副单、双杠，有两位看上去五十多岁的男人在吊单杠。那位瘦的手抓杠杆，前后荡动，身体几近水平；那位腆着大肚腩的胖子，只能做到双脚刚刚离地，没拉几下就弯下腰，喘着粗气。

"姥姥，你看胖子和瘦子的差别有多大。"

"安逸，你过去秀几个动作，给姥姥看看。"吉日格勒说着抓过安逸手中的牵狗绳。

安逸跑到一个单杠下，弹跳了几下后，抓住杠杆，先做了引体向上、卷身上、单立臂上杠等几个简单的动作，就引来好多人的围观。

接着他正手，先引体向上拉起来，然后再直接往上冲，手拉的姿势改为撑起，上半身全部过单杠。他的这个高难度动作，引来了一片掌声和喝彩声。他虽然穿着和其他男孩子一样的运动服，可已成了所有人的焦点，人们都在说：

"这小伙子，好帅！"

安逸从单杠上下来时，一个顾长的身影闪入他的视线。那个女孩儿和他对视了一眼，就低下头走开了。安逸望着她的背影，没有挪动一下脚步，心想：好像雨中邂逅的那个女孩儿？她怎么会在这里？

吉日格勒走过来，拍拍他的肩膀，"哎，安逸，看上那个 MM 啦？"

安逸不好意思地低下了头，"姥姥，你……"

吉日格勒急忙把牵狗绳塞到他的手里，"你在这儿等着，看我的。"说完就一溜小跑，向着女孩儿离去的方向追去。

安逸这才回过神来，喊道："姥姥，您慢着点。"

安逸牵着钻石走在人工湖边的小径上，他一边感受着春天芬芳的气息，一边观赏着小径两旁的桃花。桃花，小而粉白，有点像刚才那女孩儿粉扑扑的小脸。整个桃树上，只见花，不见叶，像一团团云。一阵微风吹拂，桃花的花瓣便随风飘落下来，飘到了他的头发上，飘到他的袖口里，这种感觉别有一番诗意。

这城市对安逸来说是熟悉的，但他对公园却是陌生的。他在这里上学时，从不来公园玩，有时间或去网吧打游戏，或去打台球，尽管学校规定不让进网吧。他玩的第一款单机游戏就是《仙剑奇侠传》，那个网吧里有十几台电脑，常常人满为患。那天去时刚好空着一台电脑，当时还没有 WIN 系统，看到的是一个一个的游戏名，点一下就可以进入游戏了。游戏不多，只有十几款，当时看到《仙剑奇侠传》就喊老板，他要玩这个。因为他从小就喜欢武侠，一看名字就来了兴趣。一个女孩儿走过来，她教他按方向键移动，按空格键对话。他到现在还记得，当时拿着李逍遥围着客栈不停地转，不知道怎么将剧情继续下去，特别是遇到酒仙后，老觉着玩不下去了，后来女孩儿又跑过来，教他走到码头去，当时他年纪小，老记不住路，费了好多周折才找着灵儿。至今他还记着那份感人至深的仙剑爱情。今天他第一次进公园，要真是又遇到了那个，令他看一眼就终生难忘的女孩儿，会有一场游戏里一样的爱情吗？

安逸想着心事，慢慢向前走，钻石不紧不慢地跟着他。穿过小径，是一大片草坪，上面有一个"文化之旅"生态角，由植物、水平台、水草的多样组合的休闲式庭院，给人一种自然、舒适的南国风情的体验。

一阵悦耳的手机铃声响起，安逸急忙接电话，电话里传来一个女孩儿甜美动听的声音："喂，你好！你是安逸吗？"

"你好！我是安逸，你是谁？找我有事吗？"

"我是谁并不重要，重要的是你姥姥在公园里迷了路，让我打电话给你，你能来接她吗？"

"你告诉我具体位置，我马上就过去。"

安逸挂掉电话，蹲下身对钻石说："姥姥，真有办法。走喽！"他举起钻石原地转了个圈，然后牵着钻石一路小跑。

远远看见一个造型十分奇特的凉亭。亭子很大，和柱子相连的一圈栏杆，可以当椅子用。吉日格勒和女孩儿前后排站着，甩着手。甩了几下，女孩停下来，给她指导，俩人聊得很投机，不知道的人还以为是祖孙俩。

安逸走近看时，那女孩儿正是他从单杠上下来看到的那位。起初她的身材引起他的注目，现在又被她的美貌所吸引：高挑的身材，长长的棕色卷发轻轻地撒落在肩上，深深的双眼皮，长长的睫毛自然上卷，嘴唇小巧圆润，涂上淡粉已近无色的唇彩更显晶莹动人。尤其是那双会说话的大眼睛，再加上淡粉色的套裙，浅粉色的高跟鞋，真是一个有明星范儿、光彩照人的大美女。

安逸只看了她一眼，女孩儿就当场沦陷了。这不就是刚才玩单杠引人注目的男孩子吗？太炫目了！他俊美的脸庞曲线像古希腊神话中的美少年纳喀索斯一样圆润完美，笔挺、秀美的鼻子和桃花般的唇色，嘴唇的弧度给人一种随时会笑的表情，这种微笑，似乎能拨云见日的阔空而温和，整个人都带着超凡脱俗的气质，完美得让人不敢相信自己的眼睛。

吉日格勒悄悄从安逸手中接过牵狗绳，走到凉亭外的草坪上。

他俩对视着，都忘了说话。她那张脸舒展的像绸缎般，光闪闪的。她笑的时候嘴角上翘，变成一个弯月牙，满脸绯红，像一朵盛开的桃花。他的眼睛里闪烁着被信心和勇气燃烧着的异彩，眉梢、嘴角都绽放着笑意，得意的神情在脸上跳舞。

女孩儿突然感到自己的失态，羞红了脸，低下了头。

安逸也不好意思起来，伸出手，"你好！我们认识一下。"

女孩儿也伸出手和他轻轻握了一下，"你好！"

"我是安逸，动漫专业毕业的大学生。现在北京一家广告公司做设计。"

"我是福多多，护理专业的学生，来附院实习没多久。"

"福多多，你不记得我了，在雨中，我……"

"我想起来了，你是借伞给我的雷人。"

"我们真是有缘，又见面了。"

虽然是第二次见面，但第一次在雨中来去匆匆。此刻，彼此的那一双谜样的眼睛，都感觉让他们亲近了好多，仿佛前世就曾相识过一般。一句话从安逸的脑海闪现：有一种缘分叫安排，有缘自然相见。

"你的声音真好听，柔和又清脆悦耳，加上你的美丽，我都有一种晕晕乎乎的感觉。"

"你才是真正的少女杀手，太可怕了。"

"是可怕，不是可爱吗？"

每次安逸同福多多说话，她的眼睛里就闪出快乐的光辉，她的樱唇上也泛出幸福的微笑。她仿佛在竭力克制，不露出快乐的迹象，但是这些迹象毫无保留地印在她的脸上。

吉日格勒不知道什么时候已站在了他们的身后，"你们俩站在一起简直就是金童玉女啦，很般配的。希望你们以后在一起快乐多多！福气多多。"

"我姥姥的蒙古语名叫吉日格勒，汉语意思是幸福，你俩加一块是福上加福。"

三个人的笑声在凉亭的上空传开，安逸上大学走后，这还是吉日格勒第一次开怀大笑。她觉得自己神清气爽，好像三伏天洗过冷水澡一样。笑过之后，她觉得自己似乎比进来公园以前年轻了许多，心想要是安逸和福多多，能天天陪在她的身边，她就不会再感到孤独寂寞了。

钻石站直了两条后腿，伸直两条前腿，直立着爬在福多多腿上，和她打招呼，福多多这才看见了它。她蹲在地上，抓住它的两个前蹄，"好萌、好可爱的汪星人，它叫什么名字？"

"我们光顾说话，忽略了它，它叫钻石。"安逸笑着说。

"钻石？好金贵的名字。"

"当初买回来，觉得它对我来说很珍贵，在我的印象中，没有什么比钻石更珍贵了。"

告别了福多多，安逸在回家的路上，对吉日格勒说："姥姥，认识福多多的事儿先别告诉我爸妈，省得他们天天问，等八字有一撇了，我自然会说的。"

吉日格勒觉得安逸真的长大了。

在茫茫人海中，冥冥之中总有一个人在未知的地方等你到来，而你来到这个世间也只是为了遇见他，与他牵手，成就一世情缘，这就是缘分。缘分就好似一个圆圈，没有起点、没有终点，也逃不出去。不要想着如何跳出这个圈，因为不可能跳出去。你永远都生活在一个圈中，只是你没有意识到。你只要按照圈内的规则去转，你就会转到你的缘分，转到你的机遇。

回到家里，安逸就让姥姥拿出那张照片给他看。吉日格勒进了自己的房间，用钥匙打开立柜，从里面取出一个方形的首饰盒。她抱着盒子坐在床上，用一把小钥匙打开，从里面取出一个红布包，"安逸，你过来看。"

安逸从北京回来后，就住在客厅的沙发上，晚上把靠背放倒，就是一张床，睡着还比较舒服。他一进门，给钻石洗完了蹄子，就拿出自己的笔记本电脑，刚接好电源，听见姥姥喊他，就一个箭步跑进姥姥房间，生怕她反悔似的。

安逸和姥姥并排坐在床上，接过姥姥手中的照片。照片是黑白的，一个身穿蒙古袍，扎着腰带的小伙子，眉毛浓密而整齐，一双大眼睛炯炯有神，微笑着露出一口微白的牙齿。他端详了一会儿，"姥姥，我看他很像姥爷年轻时的样子。"吉日格勒笑着拿过照片，"他不是你姥爷，他就是我要找的人。"安逸有点丈二和尚摸不着头脑，"你们之间还有联系吗？"吉日格勒无奈地摇了摇头，"我和你姥爷成亲之后，就再没有联系了。"安逸追问，"没联系，你怎么知道他在北京？"吉日格勒并没有急着回答他的问题。在安逸的再三追问下，她才吞吞吐吐地承认，"我能听到天神之声，去北京是得到了它的指引。"安逸拿出了她妈苏哈玲那种"打烂砂锅问（纹）到底"的劲头，"您所说的'天神之声'是何方神圣？"吉日格勒爽朗地笑了，"你是大学生都不知道，我又怎么能知道？他好像是个神人。"

她还举例说明，一部老电影里有一位"三仙姑"，她是后庄于福的老婆，每月初一、十五都要顶着红布摇摇摆摆装扮神人。

安逸还是不信，说："就算有神人，为啥常人都听不到他说话，只有你能听到？不合情理。"

听他这么说，吉日格勒有些恼火，说："我把你当成最亲的人才和你了说这些，你要敢告诉别人，特别是你妈，我还得离开这个家。"

安逸一看姥姥真的生气了，心想，姥姥肯定是生了病，还是让妈妈带她去医院看看吧！于是，他换上一副笑脸，仿佛什么都没发生过，"姥姥，你过来，我也给您看点儿东西。"

吉日格勒坐在客厅的沙发上，安逸把鼠标递到她手里，指着电脑桌面上的一个"姥姥漫画"图标，"姥姥，你点一下这个。"图标打开了，出现一幅漫画：吉日格勒坐在一个只有三条腿的红色圆椅子上，穿着一双红色的细高跟鞋，跷着二郎腿，拿着一面小镜子，翘起兰花指在涂口红。画面上的她惟妙惟肖，年轻漂亮，最引人注目的是那张夸张的、性感的红嘴唇。

看着漫画，吉日格勒"咯咯"地笑了起来，"安逸，像极了我年轻时的样子，你怎么画出来的？"

"我见过您年轻时的照片，美丽动人。"

安逸给姥姥画的漫画有十九幅，吉日格勒看了乐得合不拢嘴，"安逸，你画得太好了。"

"姥姥，您要是喜欢，我给你放在手机上，经常拿出来看看，多笑一笑，对身体好。"

"笑一笑十年少。"吉日格勒说完，突然脸上的神情严肃起来，"安逸，你千万别把刚才我和你说的话告诉你妈，好吗？"

"姥姥，您放心！我会保密的。不过我认识福多多的事儿，你也要保密！"

"好的，来拉钩。"

他俩各伸出右手小指，嘴里念着，"拉钩上吊，一百年不能变。"还把大拇指对着碰了一下，"盖章生效"，完成了这个"中国式的约定"，两个人才大笑起来。

"福多多是个好女孩儿，又漂亮又善良，要和她好好相处。"

"姥姥，我下午就回北京了，等我从北京回来再考虑吧。"

在无所事事的日子里，
苟且地活着

苏哈玲骑着自行车，她熟悉经过的每一条街道，这些街道她已经走过无数次。如果有人问她，什么是记忆？她会这么说，你第一次面对桃花盛开，所站的那条街道。她此刻正在这么一条街上，伴随着飘落的每片花瓣，她浸润在熟悉的气味中，脑海中回忆着以前的事情。她感到一阵刺痛，就像牙神经暴露时，敏感牙齿的感觉。她不知道能不能说服母亲去看病，如果母亲不去，她该怎么办？如果去了，母亲真有病，能不能医治？她长这么大还从来没有为母亲担心过。今天她提前回去，就是要看看母亲一个人在家究竟做些什么？

苏哈玲希望自己能够沉浸在这些交织着过去与现在的虚构中，可是她已经来到家门前。她把耳朵附在门上，听听里面没有什么动静。她要不惊动母亲回家，第一关就是钻石，它的耳朵格外灵，只要门外有个风吹草动，它就会等在门口。幸好无论动静多大，它都不会在家里叫一声。她用钥匙轻轻打开了门，钻石扑到她腿上，她蹲下身把它抱在怀里，用手抚摸着它的头。

母亲的门留着一条缝，没有关死。苏哈玲向里望了望，吉日格勒正在地上走着"猫步"，走几步还摆个"POSE"，然后自言自语，"我还没有好好活，怎么就老了。"她又来回走了几步，"我只能在无所事事的日子里，苟且地活着。"再走几步，"要是有面镜子就好了。"屁股扭了扭又走了几步，"还是赶紧找到他吧，等到走不动了，这心愿也就没机会去实现了"。听到这里，苏哈玲把钻石放在地上，走进母亲的房间，站在背后看着她。吉日格勒感觉到后面有人，"你在看我吗？"她为女儿的突然出现感到很不好意思，但她相信，陪伴着她的天神，也在看着她。她让自己平静下来，把手放在突突乱跳的胸前，并且腹式呼吸了几下。

苏哈玲一步蹿到她的面前，盯着她的眼睛，"老妈，你没事儿吧？"

沉默了许久，吉日格勒松了口气，说："今天你这么早回来，准有事情？说吧！"

　　苏哈玲拉着母亲坐在床上，把手放在她的膝盖上。苏哈玲才年满五十岁，手上已有几块茶垢似的肝斑，"老妈，看来你心里压着许多事情啊！"

　　吉日格勒冲她笑了笑，把她的一缕乱发拢到脑后，和电视上亲密无间的母女关系一模一样。"没事，能有啥事。"

　　"你是不是又想去找那个人？"

　　"找哪个人？你别瞎猜。"

　　"老妈，明天我想带你去看病。"

　　"我没病。不去，要去你自己去，你才有病。"

　　"好，我俩都去，医生说谁有病，谁就有病。"

　　"我就是不去。"

　　"不去也得去，绑也得把你绑去。"更年期的苏哈玲，突然来了一股无名火，她不是说话，而是吼叫起来，"怎么越老越不懂事了？给你看病，是为你好，又不是要害你。"

　　"我上法院告你去，虐待老人。"

　　"去医院给老人看病，谁敢说是虐待老人。有病不给看，才应该受到谴责。"

　　"别废话，让我去医院，除非太阳打西边出来。以后，你少管我的事儿。"

　　苏哈玲的坚持和母亲的抵触，又成了家里的麻烦事儿。于是，两个人再一次发生了公开的家庭战争。

　　双方的冲突拖了几天，也很激烈，所有调停的人，都卷入了言语之争。就连吉日格勒最信任的秦老师，也是两手空空无功而返。事情明显陷入了僵局，连势力范围都划分出来了：吉日格勒只待在自己的房间里，偶尔出来上厕所；苏哈玲广场也不去了，整天坐在客厅里看韩国电视剧，看到伤心处，眼泪哗哗地流，纸巾扔了一地。

两个人的房门紧闭，对话已彻底结束。安泰然是个很有良心的反对者，他只能夹在中间，像钻进风箱里的老鼠——两头受气。他做好了饭，就分别端进她俩的房间去吃，等她们吃完了，他再进去收拾碗筷。

有一天夜里，忍无可忍的苏哈玲准备开展深夜袭击，她实在无计可施，才出此下策。她最了解自己的母亲了，她躺在床上睡觉的时候意志最薄弱，疲劳让她神志不清，可以说是一求百应。她小时候的好多愿望都是在这个时候实现的，比如零用钱、晚点儿上床睡觉、新自行车……扰了母亲的好觉，这是她小时候常用的伎俩。现在用起来，虽然有点小儿科，可是她想不出更好的办法，还是准备试一试。

苏哈玲把门厅所有的灯都打开，然后把吉日格勒的房间推开，让灯光把屋子里照亮些。

吉日格勒把头从枕头上抬起来，说话口齿有点儿不清，"真要命，现在已经半夜了，你想干什么？"说完把助听器塞入耳朵眼。

"老妈，我想和你谈一谈。"

"睡吧，求你了。我这几天总睡不好觉，现在有点困了。"

"老妈，只要你答应明天跟我去医院，我马上出去。"

"我说过多少回了，我没病！"

"我也希望你没病，看过医生我就放心了。"

"治病比生病难受多了，我不想受那个罪。"

"老妈，你能不能坐起来，我们好好说话，你说的话我听不清楚，好像我一个人自言自语似的。"苏哈玲说话时的腔调怪怪的，也许是这几天韩国的肥皂剧看多了，受了影响。

吉日格勒翻了个身，背对着窗户，一言不发。

"老妈，你答应我，明天去看医生，好吗？"

苏哈玲激动起来，一抬手撞翻了母亲放在床头柜上的玻璃杯子，冷水顺着她的脚趾头渗到拖鞋里，她倒吸了一口凉气。就在这个时候，苏哈玲产生了一种奇怪而恐怖的感觉，她被什么东西咬了一口。

"妈呀！"

"噢，你怎么了？"苏哈玲的一声尖叫，令吉日格勒清醒过来，她摸索着，拧亮了台灯。

"半夜三更的，你闹什么闹？"吉日格勒有点儿忍无可忍。

苏哈玲低头去看痛的部位，一排东西，正卧在她的脚上。她出于害怕，一抬脚把它踩在了脚下。

"哎呀，我的假牙。"吉日格勒看到床头柜上被撞倒的杯子，叫喊着跳到地上，从苏哈玲的脚边抓起了自己的牙齿，左右看看，然后放在床头柜上。"被你踩坏了，我还怎么戴？"苏哈玲并不清楚，母亲满口洁白的牙齿是什么时候光荣退休的。此刻，她感到很内疚，这么多年，她每天都能看到母亲一口白白的牙齿，她还逢人就夸母亲有一口好牙齿。假牙的事情，吉日格勒从没有向任何人提起过，因为那等于是让别人看到她的衰老。"妈，对不起！明天看完了病，我给你镶一口更好的牙齿。你别担心了。"

"这下你满意了。"

"妈，您终于同意去医院了，来拉钩。"

苏哈玲扶母亲坐在床上，向母亲伸出右手的小指。吉日格勒也像小孩儿一样，伸出右手的小指。她的双手苍白，手背上印出条条青筋，左手中指上戴着一个金指环，上面镶嵌着一块同心的红宝石饰物。苏哈玲知道，这是父亲生送给母亲的银婚礼物，母亲一直戴在手上。母女俩的小指勾在了一起，苏哈玲嘴里念念有词。"拉钩上吊，一百年不许变。盖章。"母女俩的大拇指还碰了一下。这是小时候，母亲教她的"中国式约定"，现在反其道而行之，用在了母亲的身上，母女间似乎有了许多年前的那种默契。

第二天上午，下了出租车，苏哈玲扶着母亲向医院走。吉日格勒走了一会儿，就在了路边停下。

"哈玲，妈真的没有病，我不想进去。"

"老妈，来都来了，进去查一下，没病，我就放心了。"

"去，也行。我有个条件。"

"什么条件？"

"先找个饭馆，让我好好吃一顿；然后再找个酒店，让我好好睡一觉。再去医院。"

"这算什么条件，还没到饭点儿。看完了，再说。"

"你把我送进去，我就出不来了。你骗不了我。"

"妈，这是附院，又不是监狱。我们只是来看病的。"

"那好，进去。"

走进医院大厅，一股来苏水味直扑口鼻，苏哈玲找了个空位让吉日格勒坐下等，她自己去排队挂号。没想到挂精神科的人会这么多，她挂的正是曾医生的专家号。

精神科门诊室前，排起了长队，进去一个病人好半天都不出来。吉日格勒等了一会儿，就有些心烦。苏哈玲起初不敢告诉她，和医生约好的，怕她说是合伙骗她，现在又怕她执意离开医院，只好打电话给曾医生，问能不能提前进去看病。

苏哈玲和母亲坐在走廊的椅子上，又等了一会儿。

一位女护士从门诊室出来。她身穿护士服，护士帽罩住乌黑的短发，让人感觉到温柔可爱。她微启红唇，喊道："吉日格勒，在吗？"

吉日格勒听到喊自己的名字，马上跑过去，拉住女护士的手，她吓了一跳，张开嘴喊："你想干什么？"

"干什么？你在叫我呀！"

苏哈玲为母亲的冒昧向女护士道了歉，然后带吉日格勒进去。

曾医生坐在一张白色的桌子后面，见苏哈玲扶着母亲进来，示意吉日格勒坐在对面的椅子上，苏哈玲站在母亲旁边，"曾医生，我母亲最近总是胡思乱想，是不是得了抑郁症？"

吉日格勒急忙辩解，"我没抑郁，别听我闺女瞎说。"

曾医生笑笑，"有没有抑郁，要先做一下测试题。"

吉日格勒很不情愿地，"我老眼昏花的，字都看不清，还怎么做？"

苏哈玲想了想，问道："做多少道题？用什么做？"

曾医生说："五百道题，在电脑上做。"

"题量太大了。您和她聊聊不行吗？"

"好吧！老大姐，平常总一个人在家吗？"

"别叫我老大姐，最好叫我福姥姥。"

"福姥姥？"

"是呀，认识我的人都这么叫。"

"噢，明白了，福姥姥，平常总一个人在家吗？"

"不是一个人，有钻石陪着我呢。"

苏哈玲怕曾医生不明白，马上解释，"钻石，是我家养的宠物狗。"

吉日格勒露出一副很天真的样子，"钻石好萌，我每天喂它，还带它散步，陪它玩。"

"除了它，还有谁？"

"还有就是……"吉日格勒突然沉默了。

无论曾医生怎么问她，她都一言不发。

苏哈玲只好做了如下描述：我发现她经常不分场合地自言自语，特别是对着窗户说话，似乎与一个看不见的人进行对话，一边讲话，一边比画着手势。

曾医生问吉日格勒，"那个声音让你做什么？"

"你真高明，才几句话，你就知道了，那个声音我叫它'天神之声'。"吉日格勒知道自己说漏了嘴，赶紧捂住嘴，不说话了。

苏哈玲劝说道："妈，为了弄清你有没有病，配合一下，好吗？"

"前段时间，就听见'天神之声'叫我去北京。"

"你去了吗？"

"去了，可是什么也没做成。"

"它是什么时候开始命令你的？"

"春节以后。"

"你能不能违抗它的命令。"

"不能。"

曾医生对苏哈玲，说："作为女儿，你首先不要揣测你母亲的病情，她是否发生过刺激性的事件而导致病症。"

"似乎没有受过什么刺激。"

"你母亲听力怎么样？"

"她耳聋多年，戴有助听器。"

"去做一个 EFG 脑神经递质检测，然后再分析病因。"

苏哈玲吉日格勒做完了检测，找曾医生看结果。

曾医生通过电脑看了传输的彩色成像，在病历上龙飞凤舞写完后，递到苏哈玲手里。她看到病历上的一片片字迹，满头雾水。每个医生都是草书"大师"，他们不用喝酒、不用吃药，一挥笔便是满纸云烟，使人"不识庐山真面目"。苏哈玲觉出自己的肤浅，居然一个字都不认识，小心脏跳得咚咚的，只好向曾医生求证，说："曾医生，我妈究竟得了什么病？这开的又是什么药？"

"初步诊断为幻听症，是一种知觉障碍。对于幻听患者来说，辩论、心理疏导都无济于事。你母亲属于耳聋引起的命令性幻听，目前最有效的方法是药物治疗。以前吃过抗抑郁的药物吗？"

"没有吃过。"

"那好，一定要让她按时服药，治疗需要漫长的过程，做好心理准备。"

"除了服药，还应该注意些什么？"

"最重要的是保持好心情，多进行有氧运动，这样会好得更快一些"。

曾医生对吉日格勒嘱咐道："福姥姥，你得了幻听症，不太严重，回去后一定要按时服药，每天睡觉前，用温开水送服一片。"

吉日格勒问道："是药三分毒，这药，有啥副作用？"

曾医生说："多少有些，并无大碍，关键是能治好你的病。"

做自己认为对的事情，就已经足够了

吉日格勒整天无所事事，总觉得自己在"坐吃等死"，她觉得这样活着真没意思。一连几天，她都带着钻石在街上转悠，想看看除了那些跳舞、下棋、打扑克的事情，其他上了年纪的人还在干些什么。

青城的早晨，太阳还没有露脸，新辟的街道很宽敞，两排整整齐齐的道旁树郁郁葱葱，能听到无数辆自行车轮在潮湿的柏油马路面上嘶嘶碾过去的声音。钻石欢快地颠着小碎步，在前头跑，吉日格勒抓紧手中的牵狗绳，生怕过往的车辆，或者突然蹿出一条流浪狗来伤着它。

吉日格勒的眼睛不住地向路两边张望，聚焦在那些年龄和自己差不多的老年人身上。突然，一个和自己年纪相仿的老太太引起了她的注意。她快步跟上去，仔细观察老太太的装扮。她头戴用细毛线手工纺织成的暗红色帽子，上身穿一件深红色的夹袄，下身穿一条洗得有些褪色的黑色裤子，脚上穿一双看不出颜色来的运动鞋。她双手戴着帆布手套，左手拿着一个编织袋，右手拿着一个把子很长的黑色铁钩子。这老太太只要看见垃圾箱，就不慌不忙地走过去，用铁钩子从上到下翻一遍，然后把矿泉水瓶、易拉罐等，用手装入编织袋，这是一位拾荒的老人。吉日格勒把这一切都看在眼里，记在心上。在她的印象中，只有那些无人抚养的老人和无家可归的流浪汉才会去拾荒的，难道这位老人也是孤独无靠？吉日格勒想走过去和她搭话，远远地就被垃圾箱的酸臭味熏得喘不过气来，她捏住鼻子，屏住呼吸，向后退了几步，站在离垃圾箱两米远的地方。钻石看见垃圾箱，颠着碎步冲过去，被吉日格勒扯回来，"别过去，脏。"老太太正从她身边经过，脸像一张扑克牌，一点儿表情也没有地看了她一眼。吉日格勒冲她微笑了一下，说："老姐姐，你每天都出来捡垃圾？"老太太从上到下打量了她一番，又盯着钻石看了一会儿。吉日格勒以为她也像自己一样耳背，就提高声调，"你靠拣垃圾维持生活吗？"老太太头都没抬，有点不耐烦地，说："捡垃圾怎么了？肚子都填不饱，哪有闲工夫成天惹猫逗狗的。"说完头也不回地走向下一个垃圾箱。吉日格勒被噎得半天才回过神来，心想，我不惹猫逗狗，也去捡垃圾，那不抢了你的饭碗。

　　吉日格勒牵着钻石继续向前走，一个念头从脑海闪过，这活儿我也能干。她的脑海里出现一幅画面，自己用钩子在垃圾箱里刨垃圾，拣到一个矿泉水瓶，脸上露出欣喜的笑容。一阵熟悉而悦耳的音乐声，打断了她的思路：

　　鸿雁天空上/对对排成行/江水长秋草黄/草原上琴声忧伤

　　鸿雁向南方/飞过芦苇荡/天苍茫雁何往/心中是北方家乡……

　　居然是她家乡的歌曲《鸿雁》，吉日格勒停住脚步，寻音望去。一位骑着三轮人力车的拾荒老人，胸前挂着一台小小的放音机，那美妙的、令人振奋的旋律从那里涓涓地流淌出来，沁人心田。老人看到马路牙子上有一个矿泉水瓶，就停了车下来。他六十多岁，中等身材，不胖不瘦，上身穿一件半旧的灰色 T 恤，下身穿黑色短裤，显得干净整洁。在他弯腰捡瓶子的时候，吉日格勒走到他的身边，"我经常看见你到我们小区收废品，我想用我外孙子安逸常说的一句话来形容你：忙，且快乐着。"

老人转过身来，可能是风吹日晒的原因，他的脸晒得黝黑，眼睛不大，十分慈祥。岁月的沧桑和生活的沉重染白了他的双鬓，但磨不掉他自然流露出来的、发自内心的平静、轻松和坦然。老人笑着说了一句"理解万岁"！吉日格勒好奇地问道："钱不够花吗？"老人笑着说，"我有儿有女，每月还有三千多元的退休金，生活过得不错，就是在家里闲得难受，每天出来收收废品，凭自己的双手创造美好的生活，美化城市的环境。"说完老人上了三轮车。

鸿雁北归还/带上我的思念/歌声远琴声颤/草原上春意暖

鸿雁向苍天/天空有多遥远/酒喝干再斟满/今夜不醉不还……

老人骑着三轮车渐渐地走远了，而美妙的歌声却在吉日格勒的心里萦绕、盘旋，涤荡、净化着她的灵魂。她似乎对人生有了新的感悟：何必过分地渲染生活的艰辛和不易呢，平和、顽强、快乐地生活，才是人生的本色。

整个白天她都激动不已，这些年除了"天神之声"的陪伴、召唤和指引，她从来没有自己的意愿，今天她似乎面临着转变。

晚上，她早早进屋，边看电视，边想着心事。

电视上正在说，九十一岁的拾荒老人十四年间抚养了十八个弃婴。她捡到的最后一个孩子，和啤酒瓶一样大，不足三斤，身上还留有一节脐带，他被装进鞋盒，扔在医院的垃圾箱里，身上没有一件衣服。半边脸是黑的、一条腿是黑的，已经没有什么气息。老人用八个月的时间治好了这孩子的病，也花光了老人靠着捡破烂不知攒了多久的两万多元钱。

记者问老人："你连养活自己都困难，为啥还要养活这么多别人的、有病的孩子？"

老人说："我们连垃圾都捡，何况是人呢？"

这个新闻像一只猫，声情并茂地穿过了吉日格勒的夜晚，让她在睡与梦的边缘不停地挣扎着。沉寂的黑夜，孤冷的破晓，窗外沉闷的雨声，有节奏地敲击着她的心房。她自言自语，"那个老太太九十一岁了，我比她年轻二十一岁，她靠捡破烂养活了那么多条生命，她死的时候，脸上挂着微笑，有那么多人来送她，这才是不白活一回啊！"

雨停了，在黎明前的最纯粹的安静中，"天神之声"给她送来了一瓣心香，"做自己认为对的事情，就已经足够了。"

一连几天，吉日格勒都早早出门，也不带钻石，总是神神秘秘的，苏哈玲并没有在意。她想，老妈能把精力放在做自己喜欢的事情上，我也可以省点儿心。

吉日格勒家住的是老式楼房，只有六层。因为楼房盖得早，家家户户都配有凉房,可以放些暂时没用的杂物。吉日格勒走出楼道门,便拐向凉房。她用钥匙开了门,从货架上拿出一个袋子,换了一身行头。

几分钟后,她走出凉房时,头戴黑色的短发头套,可能是充当帽子吧。戴着墨镜和口罩,整个脸被遮掩得严严实实的,身穿一件崭新的蓝色大褂,手拿一条编织袋和一根坏了的不锈钢条帚把子。她站在墙角望望,确定没人后,才快步向小区大门口走去。

吉日格勒知道,要想让自己的神秘行动进行下去,就必须到远离自己居住的小区,这里人多眼杂,一旦被人认出来,让哈玲一知道,将会前功尽弃。她一路前行,不敢回头,偶尔看到躺在路边的塑料瓶、废纸、铁钉子……,她便弯腰拾起放入编织袋。每天无论捡多少,她都转手给收废品的那个老头,从不把那些废品拿回家。她十分小心地,保证在苏哈玲跳舞结束前回家,省得被她撞上。如果苏哈玲知道自己的母亲拾荒,她又会作何感想呢?

在吉日格勒看来,捡破烂有两种:一种是一部分另类老人的爱好;但是大部分是另一种,因为生活所迫。一般情况下,人们不会对老人捡破烂投入太多的目光和关注。其实,捡破烂也挣不了几个钱,想靠它致富那简直是天方夜谭。对吉日格勒来说,只是用作消磨时间而已。电视上报道很多有钱人的父母,也走出去捡破烂,似乎儿女越有本事,老人才越会去捡破烂,因为钱太多,花不光;儿女没本事,老人也不会那么聪明,会知道捡破烂能赚到钱。生活中,当你看到老人捡破烂时,他说是爱好,又有谁会信呢?你看他们的面孔承载着多少疲惫和沧桑,迫于生活的无奈。

不知从哪天起,捡破烂成了一种职业,被称作"拾荒",还有了"破烂王"的电视剧。从知道"拾荒"这个词之后,吉日格勒就不再认为自己在"捡破烂"了,她用"拾荒"来命名自己的秘密行动。她在不同的地域捡拾不同的废品,每发现一个都有一份惊喜。似乎她捡拾的不是废品,而是快乐,然而这种快乐并没有维持多久。有一天,她走到一个用蓝色的彩钢板围着的建筑工地,里面有一个坡地,上面长满了乱蓬蓬的杂草、几棵不起眼的小树和密密麻麻的荆棘。她鼓足勇气向上攀,不时用不锈钢管拨开挡在前面的荆棘,意外地看见不远处有几个丢弃的瓶子,她像猎人发现了猎物,欣喜若狂,开始小心翼翼向那边迈过去,放稳了第一脚,才踏出第二脚,她机械地运动着。俗话说,人有失手,马有失足。由于坡陡,再加上她的左腿受过伤,不太灵活,结果一脚踩空,就从上面那道坎,一下子摔到了下面的一块石板上,落入了荆棘丛中。她的假发掉了,鞋子不见了,更可悲的是脚崴了,膝盖磕破了皮流出了血。她挣扎着,想站起来,都以失败而告终。不知道过了多久,她终于爬出了那个地方,已用尽了全部的力气。正在她孤立无援、不知如何是好的时候，苏哈玲和安泰然出现在她面前。她像一个淘气的孩子，知道自己做错了事儿，胆怯地低下了头。苏哈玲被眼前的景象惊呆了，一向衣着讲究的母亲，居然会坐在垃圾堆上。她并没有向她发脾气，只是跑过去，蹲在地上，捧起肿得像馒头一样的脚，说了句，"老妈，我送你去医院吧。"眼泪就像断了线的珠子掉下来。吉日格勒回过神来，问道："你们怎么来了？"安泰然边弯下腰扶她起来，边说道："早就发现你不对劲，今天一直远远地跟着你。"

　　苏哈玲要送母亲去医院，吉日格勒执意不肯。她是怕自己狼狈不堪的样子丢了女儿的脸。他们只能先回家，再做打算。

　　安泰然把车在楼下停好，背起吉日格勒上楼。这是女婿第一次背她，也是她第一次觉得女婿也不像女儿挂在嘴上的"啥也指靠不上"。

　　进了家，苏哈玲就急忙打开电脑，查崴脚的护理方法。在广场上跳舞，也曾有人崴过脚，但她没留意过别人是怎么做的。不过现在有了网络，只要动动手指头，想了解什么，就有什么，方便快捷。她不知道离开了网络，人们还将怎么生活。方法很快查到了，经过筛选，她确定的最佳方案是：伤脚要少运动，不要用力去揉脚，把脚垫高；前二十四小时内，每隔半小时用毛巾冷敷一次；第二天再用热水泡脚或热敷，并用正骨水或红花油揉脚。

　　苏哈玲先用冷毛巾给母亲敷脚，安泰然从药店买了红花油回来，就进厨房做午饭了。

　　苏哈玲又在母亲脸上看到了去北京接她回来时的表情，她不忍心去触动她的软肋，但事情到了非说不可的地步。如果再不说，听之任之，还不知道会发生什么事情。母亲无厘头地去捡破烂，她首先想到的是太丢人。在她看来，捡破烂的是穷人干的事情。家境不好的、没有其他的谋生技能的、更惨的是老人没有儿女或儿女不孝顺的，才会去捡破烂。

　　"老妈，你想过吗？你去捡破烂，别人会怎么看我们？"

　　"谁管你？我化了装的，没人能认出来。"

　　"掩耳盗铃。别人认出你来，会笑话我们做儿女的不孝顺，不尽抚养义务，不缺钱谁会去捡破烂？"

　　"你脑子进水了，谁说拾荒都是穷人？有好多人和我一样，找点力所能及的活干，消磨时光。还有好多人是为了做好事。"

　　"说得冠冕堂皇，力所能及的活，能崴了脚吗？想找事干就和我去公园跳舞，比捡破烂快乐多了。"

　　"跳舞能创造出价值来吗？你去跳舞能收别人钱，别人能吗？要我看你做的事和乞丐差不多，只知道伸手要钱，还不如拾荒自食其力，有什么值得炫耀的。"

苏哈玲一听母亲居然瞧不起她，就坐在地上大哭起来了。

听到哭声，安泰然从厨房跑进来，想扶老婆起来，说："要哭就坐在床上，地上凉，会生病的。你病了谁来照顾老妈？"

苏哈玲甩开他的手，说："我就没见过，你这种当妈的，从来不为儿女着想，我都怀疑是不是你亲生的。"

安泰然悄声对吉日格勒说："老妈，你别生气，她更年期。"

听他这么说，苏哈玲"飕"的一下站起身来，抽出一张纸巾擦了擦脸上的泪和流出来的鼻涕，愤愤地说："明明是去捡破烂，还硬要说是拾荒，我要是改不了你捡破烂的坏毛病，我就是你捡来的！"

镜子是个有魔力的东西

　　吉日格勒拾荒崴了脚，在家休养数日，终于可以下地活动了。尽管拾荒是她喜欢做的事情，但年龄不饶人，她决定放弃。

　　有一次，几个女人在跳舞之余闲聊，都说人活着健康是第一位的，没有了健康，就什么也没有了。所以，女人一定要对自己好一些，一旦累死了，就有别的女人花你的钱，住你的房，睡你的老公，打你的娃。最近，苏哈玲格外忙，她又多了个挣钱的门道，梅青给她推荐了一种 LZY 保健品，她买了几种搭配服用，结果对更年期反应还真是挺管用，整个人都比以前精神了许多。苏哈玲觉得自己是受益者，决定把这个品牌推荐给更多的人，让它真正成为中老年妇女的伴侣。她最先想到的是给母亲服用，吉日格勒说什么都不肯，她说，"是药三分毒。"苏哈玲说她脚之所以扭伤，是因为缺钙，就让她服用其中的"钙软胶囊"。吉日格勒想，人老了，补点儿钙有益处，也开始服用了。

　　生，容易；活，容易；生活却不容易。每天待在家里的吉日格勒，感觉自己就像一只趴在玻璃上的苍蝇，前途一片光明，但又找不到出路。有一天，苏哈玲没有出门，早早起床，在网络上下载歌曲。因为她这段时间，上午推销 LZY 保健品，下午跳舞，还要照顾母亲，实在挤不出时间，只能缩短了睡懒觉的时间。吉日格勒拄着拐杖从自己的房间走出来，对正在电脑上忙活的苏哈玲说："给我网购个穿衣镜，好吗？"苏哈玲一听就发起火来，"你买什么不行，非买一面镜子？啥东西都可以网上购物，估计这东西没有，一碰就碎，谁会做赔本生意。"说完有点后悔，母亲从来没有张口要什么东西，再说母亲节快到了，还是先上商城看看。不看不知道，她随手一查，居然出来了各种材质和风格的镜子。她快乐地叫母亲来看，最终选中一款适合在卧室里用的，简约、无框全身试衣镜，壁挂粘贴，包邮才一百一十八元。苏哈玲十分高兴，"老妈，就算送您的母亲节礼物吧。"顺口问母亲，"为啥要买一面镜子？"吉日格勒居然说出一句很时髦的话来，"有穿衣镜的家才女人。"

一天下午，苏哈玲跳舞刚出去不久，门铃就响起来了。吉日格勒嘴里唠叨着，"准是忘带钥匙啦。"打开门一看，站在门口的是一位小伙子，抱着一束玫红色康乃馨。

"福姥姥，祝您母亲节快乐！"

"谢谢！你是？"吉日格勒接过花问。

"您不认识我了？"小伙子惊讶地瞪大了眼睛。

"我连我自己都快不认识了，怎么能认识你。"吉日格勒不太高兴地回答。

"我是巴图，你忘了去北京的火车上。"

"哎哟，你看我真是老糊涂了。小老乡，你怎么来了？"

"花是我替安逸送的，我送来的还有哈玲阿姨订的镜子和安逸给您和他母亲的礼物。"

"快进来。"

吉日格勒没有想到，巴图这个文质彬彬的小伙子竟然是一名"风里来，雨里去"的快递员。她有点担心，"这是体力活，做得很辛苦吧？"

"这活儿是安逸启发我做的，我很喜欢，因为它自由，而且工资比较高，我忙完回到家里，吃得香，睡得也踏实。"

原来从北京回来后，巴图就在朋友开的快递公司当上了快递员。他那积极向上、整齐的外表似乎是人类努力的化身。他聪明能干是吉日格勒最佩服的人。如今，在城市的大街小巷中穿梭着的快递员，已经成了一道流动风景线。每天天一亮，他就开着家里给他买的面包车，挨家挨户去送快递。无论送件还是收件，他都热情周到，每送到一户就送上一张安逸专门为他设计的、很精美的卡片——长方形的片子上面不光有他的联系方式，还有一句很温馨的话，如"只怕心老，不怕路长，活着一定要有爱、有快乐、有梦想。""再美的东西如果没有灵魂，也不过是一个提线木偶。"他渴望通过自己的努力，把快乐像快递件一样传递出去。他对自己负责的区域已经了如指掌，谁家的老人行动不便下楼，谁家的年轻妈妈照顾孩子脱不开身……。每当遇到这样的客户，不管楼层有多高，东西有多重，他都会把快递给搬上楼送到门口。他每送一个快件，都要先打好电话核对，从来没有送错过，人们亲切地叫他"快递小哥"。

巴图对自己的工作很满意。刚毕业时，心浮气躁，找工作眼高手低，一直找不到理想的。上次去北京见了安逸，转变了观念。现在的工作虽然辛苦，但他总是微笑着面对生活和工作。一分汗水一分收获，付出就有回报的感觉真好。

巴图把一个小纸箱子递给吉日格勒，又把一个长方形木板箱搬进家，放在吉日格勒的房间。他先把小纸箱子打开，里面是两条真丝围巾。内附两张卡片，一张上写着：祝姥姥母亲节快乐！另一张上写着：祝妈妈母亲节快乐！

吉日格勒笑着合不拢嘴，"我们的安逸，真的很懂事！"

大箱子里面是苏哈玲订购的那面镜子，巴图怕镜子有破损，就打开包装，动手把镜子装好。房间里显然东西很拥挤，一张大床占去了半个房间，只有门到衣柜之间有一个空隙，只能把镜子装在那面墙上。

巴图边装镜子，边哼着歌，十分快乐的样子。

吉日格勒去厨房，给他煮了奶茶。

巴图干完活之后，吉日格勒陪他喝奶茶。

"福姥姥，你煮的奶茶，能喝出草原家乡的味道。"

"在城里住的时间长了，只有喝奶茶的时候，才感觉到自己是蒙古人。"

"多久没回过草原了？"

"父母过世后，就再也没回去，有三十多年了。"

"我下次回家的时候，顺便带你回去看看。"

"太谢谢你了，你认识家了，有时间常来坐坐。"

巴图告辞出门之前，拿出一张卡片送给吉日格勒。她接过一看，上面写着：你每天要做的三件事情：笑、微笑、哈哈大笑。

巴图说："福姥姥，你以后对着镜子，就可以做这三件事了。"

巴图走后，吉日格勒对着镜子想心事。自从苏子文卧病在床，她不小心撞碎了那面穿衣镜，就再也没有心情照镜子了。买了这面镜子，十多年来，吉日格勒第一次看到自己的被孤独寂寞的岁月毁损了的脸庞，她惊讶地发现这面容同存储在记忆中的形象是多么相似。

吉日格勒把安逸送的围巾搭在肩上，在镜子里照来照去，一下子没有了信心，总觉得自己已经老得不成样子了。接下来的几天，她很害怕看到镜子里的自己，她以为买回了一面哈哈镜，镜子里的自己不再苗条漂亮。

有时，苏哈玲撞见母亲在照镜子。她想：年轻女性大多喜欢照镜子，可一旦韶华逝去，"晓镜但愁云鬓改"。很多老年人就再也不愿意与镜子为伍，人老了皱纹多了，头发白了，从心里害怕见到镜子记录下的岁月痕迹，刻意回避照镜子，我都很少照了，老妈这是怎么了？她上网查了一下，才知道镜子是个有魔力的东西，照镜子也是有效的身体保健良方，老年人多照镜子对身体健康更是好处多多。他们每天站在镜子前，可以仔细观察自己的影像、衣着、表情、姿态，感觉自身的变化。人有病不一定会有发烧、疼痛等症状，人的面色、发质、舌苔等变化都可能是有病的表现。每天照镜子，可以掌握自己的一些健康状况，仔细观察脸上的蛛丝马迹，还可以提前发现疾病的征兆呢。从春秋时期开始的"望闻问切"就是中医诊病的原则，其中又以"望诊"为首，也就只是通过看面部和舌头，就能在一定程度上判断其病情。人在照镜子时，通过镜子反射而来的极低量辐射对人的细胞、器官和身体等发生影响。总之，她知道了，多照点镜子可以保持健康，延缓衰老，在别人面前留下一个最好的印象！那么，母亲想给谁留下好印象？

有一天，吉日格勒带着钻石在街上散步，看见一个女孩子对着一辆轿车的反光镜搔首弄姿，一会儿用手理理刘海，一会儿做个鬼脸，如入无人之境。突然有人发动了引擎，车里的男子摇下了车窗，疑惑地看着她。女孩子才恍然大悟，捂着脸跑开了。爱美之心人皆有之，大多数人都像这个女孩子一样，喜欢照镜子其实是为了自我欣赏，从中获得一份愉快感。她想起自己年轻做家务时，仿佛不经意间在镜子前晃悠。她从外面回来，一进门也要照半天镜子，然后对镜子里的人说：我回来了！今天过得好吗？我遇到了一些烦心事儿。那时，镜子成了她最好的介质，她可以看着自己说话。

吉日格勒回到家，再次站在镜子前面，就感觉到心里有个人和自己说话。她觉得这样很好，虽然和一般人一样，也许真是精神分裂的前兆，但是她不害怕。她希望自己保持这种状况，因为这样她就不再孤独寂寞，她也要微笑着面对生活。她翻出年轻时所有好看的衣服，在镜子前比画着。显然她已经胖了许多，这些衣服穿不上去了，但她似乎从镜子里看到了自己年轻时的身影。她对自己说，不要让负面情绪将你击倒，对着镜子练习微笑。镜子是个有魔力的东西，你对它微笑，它也会对你微笑。

有一天，苏哈玲有事儿从公园提前回来。她看到的并非那个一天到晚昂首挺胸、目不斜视的老太太，而是一个美丽得出奇的女人。她身穿红底金黄色图案的蒙古袍，头发高高地盘在头顶，脸上涂了 BB 霜，嘴唇上涂了口红。苏哈玲怕母亲难为情，称赞道："老妈，您神采依旧，仍然身材笔直，体态苗条，精力充沛，要不是颧骨有点发硬，一点儿也不显老。"

　　自苏子文去世后，吉日格勒就很少化妆了。其实，自从她找出这件嫁衣，已经偷偷试穿了好多次，任何人看到她站在镜子前扬扬得意地穿着这件衣服，都会以为她疯了。可是她并没有疯，她只是把这件衣服变成了一架回忆的机器。她年轻时，在错误的时间遇到了一个对的人，她义无反顾地嫁给了苏子文，而伤害了另外一个深爱着她的人巴特尔。

　　人到老年，喜欢回忆，奇怪的是记住的磨难总比幸福时光多。暮年的吉日格勒觉出了自己的自私，她想得最多的就是一定要找到巴特尔，对他说一声"对不起"。哎！一辈子的亏欠，是一句"对不起"所能弥补得了的吗？她多次在梦境中，看到巴特尔从草原深处向她走来，他还是那么英俊健壮。她感觉到自己的衰老，感觉到离一生的美好时光越来越远了。因为，她总去怀念她记忆中最不幸的年月，这时她才发现，忧伤已慢慢变成一种恶习，侵蚀着她的快乐。在长期独居生活，对外界的缺乏了解以及俯首从事的习惯，早已使她内心反抗的种子萎缩了，她的性格也变得温和了。

老人如我，向往外面的世界

在苏哈玲的悉心照料下，吉日格勒的脚很快就好了。在家里待了几天后，走出家门她才发现，去北京的旅途中所感到的莫名其妙的恐惧和兴奋消失殆尽了。在一成不变的生活习惯和生活环境中，她感觉到的只有束缚，没有多少自由和快乐。在吉日格勒看来，她为这个家操劳了半个多世纪，如今女儿退休归来，她该休息了。多年来，她把自己当成家里的保姆，她似乎从未对这一地位感到不快。她总是把屋子打扫得一尘不染。苏子文去世后，吉日格勒那种超人的勤快和令人吃惊的精力开始衰退了。这不仅因为她年老体衰，也不是因为房屋陈旧，而是因为没有了精气神。她感觉出了自己的失败，她穿上自己喜欢的衣服，穿上苏哈玲买给她的新鞋，把几件换洗的衣服装进旅行箱。

"我服输了。"她对苏哈玲说，"我这把老骨头，也应该出去走走了。"

"你又想走？"苏哈玲问她准备去哪里，她做了一个含糊的手势，似乎她自己也不知道会在哪里落脚，"如果不出去走走，你以为这就是世界。"自从她的父母去世后，她没有和家乡的人接触过，也没收到过书信什么的，更没听她说起过有什么亲戚。苏哈玲不准她自己走，"我现在有忙不完的事情，等我不忙了，带你出去旅游。"

吉日格勒也没想好，究竟想去哪儿，就暂时作罢。

因为她觉得自己一无牵挂，似乎生活又把她带回到她父母的世界中，那时她不必为日常的事务操心，一切问题在她的预见的想象中就解决了。她有意识地记一些日子，但苏哈玲问她今天星期几时，她说，"我只知道白天和黑夜，星期几对我来说没有任何意义。"

吉日格勒通过和秦老师的交谈隐约知道，一个幸福晚年的秘诀不是别的，而是与孤独寂寞签订一个体面的协议。每天早上，她五点钟就早早起身。在厨房里喝过那一碗永远不变的奶茶之后，整日把自己关在屋子里，看电视、读书或和她的"天神之声"对话。直到下午四点，才提着一个小马扎经过楼道，既不看楼道里堆着的杂物，也不看堵在门口的松狮犬，然后就坐在临街的小区大门口，直到蚊子无所顾忌地向她袭来。她仍沉浸在对往事的回忆中。

有一天，吉日格勒依然坐在小区临街的大门口，一个女人打破了她的孤寂。

"您好！阿姨。"她走到门口对吉日格勒说。

"就这样，"她回答说，"在这里坐吃等死呢。"

"我想向您打听一个人。"

"我连自己都快不认识了，哪还能认识别人。"

"苏子文，您连他都忘了？"

"你……是谁？"

"我是他前妻生的女儿，我叫苏秀玲。"

"你们终于找来了，太迟了，他已经过世了。你母亲她还好吗？"

"她也过世了。我们母女俩有个约定，她活着的时候，不许我来认自己的父亲。"

"天色已晚，你和我回家，认不认你，还得听我女儿哈玲的。"

苏哈玲打开门，猛然看见母亲身后站着一位女性。她肤色较白，最吸引人的是那双美丽的大眼睛。这位迟暮佳人口角眉目间微笑的神情，苏哈玲觉得似曾相识，但想不起在哪见过。苏哈玲向母亲问道："她是谁？"吉日格勒没有回答，径直带那女人走了进来，在沙发上坐定。苏哈玲突然想起那个来租房的漂亮女人，"我说过，我家的房子不出租，你怎么又来了？"

吉日格勒说："哈玲，她不是来租房的。她是你同父异母的姐姐苏秀玲，认不认她，全由你做主。"

苏哈玲恍然大悟，对自己无缘无故多了个姐姐，有点喜出望外。她拉着苏秀玲的手，左看右看，"我说哪，第一眼看见你就觉得面熟，你长得像极了咱们的老爸。"

"你不觉得，我俩长得也很像吗？"

"我说呢，前段时间，齐大妈说见到一个人跟我长得很像的。"

"幸亏她去了养老院，要不然又要说三道四。"吉日格勒像在自言自语地说出这句话。吉日格勒本来是想拿苏哈玲当挡箭牌，不认这个女儿的，没想到她表现出了足够的热情。苏哈玲从来都没听说过，自己的父亲是二婚，"老妈，凭我的直觉判断，她就是我的姐姐。您就别钻牛角尖了，老爸不在了，姐姐还愿意认你当妈，多个女儿在身边多好，我也多个伴。"

原来，苏子文和苏秀玲的母亲离婚的时候，她才三岁，她被母亲带回了青城。后来，她考上了大学，毕业后就去了海南。她在海南结了婚，生下女儿后，就接母亲去海南同住。她母亲生病后，执意回到了青城，说是要叶落归根。临终前，她母亲拉着她的手，"你终于可以去找你的父亲了，他也在青城。"母亲去世后，为了寻找父亲，她带着唯一的女儿柳语凡回到青城，在老房子里住下。在长达六年的海南、青城的奔波后，她终于找到了父亲的家。并以租房为由，上门认亲，没成想父亲却不在人世了。

苏哈玲说等安逸回来，举行一个认亲仪式，她多了个姐姐，安逸也多了个姐姐。

苏秀玲走后，苏哈玲问母亲，"你到底还有多少秘密，没有告诉我。"

原来，苏子文年轻的时候，做梦都想有一家自己的照相馆。可他孤身一人在内蒙古，最亲的人就是他的师傅。师傅只有一个女儿，名字叫香儿，从小娇生惯养。师傅一直把他当儿子看，香儿一心想要嫁给他。为了尽快实现自己的梦想，他很快就和香儿结了婚。面对一场世俗的考量，他放弃了自我。那年，他二十一岁，香儿大他一岁。他属狗，香儿属鸡。民间流传着"鸡狗不宁"的说法，是说生肖属鸡的人不适宜与属狗的人婚配，否则，不会安宁和太平。还有人作了顺口溜，"鸡配犬，用刀砍；犬遇鸡，必相欺"。起初，苏子文并没有把这些话当回事儿，一心想好好过日子。他以为自己可以和那些"过来人"一样"过日子要什么感觉"，也不过是"柴米油盐酱醋茶"。可是日复一日，他与"过日子"无关的精神需求越来越多，而这些都是娇生惯养、飞扬跋扈的妻子无法满足的，"格格不入"的婚姻状态如削足适履，绑架了他所有的自由和好心情。那时，他们已经有了一个女儿，在家庭责任感与自我压抑的无解矛盾中，他束手无策地陷入了婚姻危机。经过长达四年的"家庭战争"，最终，香儿以性格不合为由，带走女儿和他分道扬镳。之后，苏子文打消了再婚的念头，只想自己安安静静过一生。直到在草原上遇见了吉日格勒，他的心才死灰复燃，窜出了爱情的火苗。这时，他才明白"自爱方可能爱人"。婚后几十年，苏子文对吉日格勒恩爱有加，他们只吵过一次架，红过一次脸。

先是因为苏哈玲要认姐姐，吉日格勒嘴上不说什么，可是心里不痛快；后又因吃药的问题，苏哈玲又给母亲发了脾气。

那一天，给母亲看完病，从医院回来，家里仿佛发生了一件大喜事儿。苏哈玲站在母亲身边兴高采烈，吉日格勒也装出很高兴的样子。从那以后，她几乎天天都装得很高兴，苏哈玲天天都对她说，"老妈，你现在真的好多了。"

苏哈玲还是担心母亲不好好吃药，每天晚上左手端一杯水，右手拿一片药，亲眼看到她把药吃下去，才肯离开。吉日格勒吃完了药，躺在床上看电视，想到自己的伎俩，居然偷偷笑出声来。

有一天，安泰然上班了，苏哈玲有了兴致，开始收拾家。如果安泰然在家，是不用她动手的。进了母亲的房间，看见母亲躺在床上睡着了，她顺手拿起垃圾桶，准备把垃圾扔掉。吉日格勒一个"鲤鱼打挺"跳下了床，说自己去倒。苏哈玲觉得垃圾桶里有问题，就和母亲争抢，结果袋子破了，垃圾撒了一地，苏哈玲低头仔细一看，有几粒白色药片，正是她每次看母亲吃下去的药。

"我说这药吃了，怎么不见好，原来……，老妈，你给我一个解释。"

"我没病，吃什么药？"

"都到医院检查过了，你得了幻听症，你还不相信。"

"是药三分毒。我去问过了，这药都是处方药，药店里不卖。抗抑郁的药都有激素，副作用大，所以我不能吃。"

"这么贵的药，你居然扔掉，好心当成驴肝肺。"

"我的事儿，不用你管。"

吉日格勒的镇定自若，遇上了苏哈玲那种冰冷的自信，就像镰刀碰到了石头上，擦出了火花。苏哈玲看到母亲毫无悔改的样子，越想越气，一屁股坐在地上放声大哭起来。眼泪就像一种必不可少的润滑剂，缺了它，母女俩谈心的机器就不能正常运转了。苏哈玲一哭，吉日格勒就有些心软了，她把女儿扶起来，并保证以后一定要好好吃药。

在这件事情上，虽然吉日格勒做了让步，但她产生了一种不快的感觉，就像一个口渴的要死的人，好不容易看到一条河，却发现一头猪在饮水，把河里的水都搅浑了。背着女儿，把藏在舌头下的药吐掉，在她看来本来是一种乐趣，如今却变成了痛苦。

一天下午，她正在房间里给钻石缝垫子，突然产生了一个奇怪的想法，她要去找巴特尔。但是她很迷茫，这么多年不见，去北京未找见，还能去哪里找呢？也许是"日有所思，夜有所梦"。在半梦半醒之间，她又听到了"天神之声"："你不是一直有个未了的心愿吗？他在鹿城，去找他吧。"这次吉日格勒没有上次那么盲目，她像被凉水激了一下，猛地醒过来，眼睛蹿出了火苗，坐起身，跪在床上，双手合十，"他在鹿城何处？求您指引！"她隐约听见，"在你熟悉的地方，心诚则灵。"

几天后，吉日格勒戴着宽边眼镜和宽边凉帽，化了淡妆，穿一件黑底上有红黄花的连衣裙，挎着一个咖啡色和黄色相间的休闲包，脚穿咖啡色平跟皮凉鞋，透着一种不服老、不知老、不畏老的"年轻"老人的朝气和活力。她行走在青城通往鹿城的110国道上，疾速行驶着的大、小客车，大、小货车，车水马龙，川流不息，从她的身边驶过。

看见一辆车头放着"青城——鹿城"牌子的大巴车过来，她拼命地招手，边跑边喊，"别走！停下！等等我！"

大巴车停在了路边，车门打开了，吉日格勒急急忙忙上了车。

"哎，慢点儿，别急，请扶好，别摔着。"司机语气温和地说。

"快点儿！快点儿！早干啥去了？"一个打扮入时、浓妆艳抹的女售票员不耐烦地冲她喊。

吉日格勒气喘吁吁站在车门口，"总算赶上了。"

"后面还有一个座，你去坐吧。"司机语气温和地说。

吉日格勒在靠过道的空位上刚坐下，女售票员走过来，"买票。"

吉日格勒掏出老年乘车证，递给女售票员。女售票员接过来，看了一眼，扔给她，"乘车证不管用，拿钱买票，去哪儿？"

"去终点站，多少钱？"

"三十元。"

女售票员找了钱，回到自己的座位上。

吉日格勒摘下眼镜和帽子，正了正假发，看着窗外，她那深邃的目光里影映着沿途的风光。远处正在引爆的山头，正在推倒的大树，正在被推平的旧屋，正在修建的楼房和厂房。

吉日格勒从终点站出来，漫步似的在街道上转悠，她拿着那张照片逢人便问，"你认识这个人吗？"人们或是以诧异的目光望着她，或是看看照片，摇摇头离去。吉日格勒一边走，一边自言自语，"我总想这座城市过去的样子。"她指的是她和苏子文结婚后，因工作需要，她和丈夫从西山咀镇来到这里生活了好几年。现在的城市让她感到陌生，原来的旧房子全部拆迁了，她看到的是一座新型城市，她已经找不到自己曾经住过的地方。

临近中午时分，吉日格勒走累了，就在路边的摊位上随便买了一个煎饼果子，随身携带的保温瓶里有自己煮好的奶茶，就坐在公园的长椅上吃了起来。吃完了，就打起盹来。从那天晚上听到"天神之声"后，她几乎夜夜难眠。今天早上，安泰然带着苏哈玲回家看老妈去了，她才有机会从家里跑出来。

下午，公园里的热火朝天愈发增加了她的疲倦感，野餐、孩子、草地、喷泉，天呐，让我离开这里吧！吉日格勒动了动坐得有点麻木的身子，向四周望望，衍生出漫步其间的兴趣。不远处的树荫下，有两个老头在下棋。吉日格勒打了个哈欠，走过去，站在旁边观看。

"跳马。老高头，屈老婆子好长时间不陪你了。"

"吃卒。她怕你吃醋泛酸，总输棋。"

"挪炮。你也别藏着掖着了，我看你俩有戏。"

"支士。哎，老李头，我配不上人家。人家出个门，都是儿子用宝马接送。我只有一辆破自行车，除了铃不响，上下哪都响。"

"挪车。倒也是，你人没我帅，个儿没我高，也没我有钱。你还别说，我就一个'高富帅'"。老李头说完，摆了一个 Pose。

"踩车。谁让你落在我的马道上，让你嘚瑟。"听到老高头的笑声，老李头急忙把那个 Pose 转过来。

"哎哟，你怎么吃我的车，还我，不还不玩了。"

老李头上去抢老高头手里的棋子。

"玩起不？玩不起别玩。叫你穷嘚瑟。"高老高握住那个棋子不放。

"行，别以为少一个车，就赢不了你个臭棋篓子。继续玩，跳马。"老李头坐下，动了一个棋子。

"飞象。"老高头也不示弱。

"打卒。你和屈老婆子走得很近？"老李头又转到刚才的话题上。

"将军！哈哈，老李头，你的梦中情人，早让人抢跑了。"

"挪将。就那个从青城来的死老叶头，一张麻子脸，到太平间走一圈，一半的死人都被吓跑了。"

"那另一半呢？"

"吓活了，又吓死了，吓得死去活来的。快走。"

"跳马。你这是羡慕嫉妒恨。"

"将军。那还不如让他把我也吓死得了。"

"落士。吃不到葡萄说葡萄是酸的。"

"再将。"老李头兴奋地跳起舞来。

"啊!"老高头望着棋盘,目瞪口呆。

"是谁帮咱们翻了身哎?是谁帮咱们得解放哎?是亲人解放军。……"老李头边唱边跳,手舞足蹈。

吉日格勒走到老李头跟前,"大哥,别美了。看在你和我臭味相投的份上,就问问你吧。"

"谁,这么不知趣?你想问啥?"老李头很不情愿地停止了动作。他们发现一个身材高大,长着一对高颧骨的女人,她神情忧郁地望着他们俩。

"我问好多人了,都说不认识,你认识这个人吗?"吉日格勒递上那张旧照片。

"这照片也太小了,我眼花,看不清楚。"

"来,我看看。"老高头接过照片,离眼睛很远地端详着。

"这照片可有年头了,这是在苏大哥开的照相馆照的。哎,这不是苏大哥年轻时的照片吗?"

"你认识照片上的人?"吉日格勒一阵欣喜。

"不对呀!他怎么穿着蒙古袍?这人早没了,听说留下老婆和一个女儿,也不知去哪了。你找他做什么?"老高头把照片还给吉日格勒。

"他不是你们说的苏大哥,他没死。"吉日格勒生怕他弄错了。

"这人真有福气,死了还有人惦记着。"老高头有些羡慕。

"俗人好聚,知音难寻。有人认识他,说明我找对地方了。行了,就住这了。大哥,附近有房子出租吗?"吉日格勒觉得这次没白来,总算有点盼头了。

"有,屈老婆子家的房子准备租出去,我们带你去。"老李头收起棋盘,和老高头一起带着吉日格勒去租房子。

他们来到屈老婆子的家里,那是一所阴暗的房子。之所以说阴暗,是因为这房子在一层。房间里弥漫着皮革气味和散装茶叶的芳香,一个高颧骨、薄嘴唇、体态稍胖的女人看到她时,上唇翘起,眉眼里露出一种咄咄逼人的神气,皱起了眉头,"你要租房子?"

"我想租。"

"你不是本地人吗?来鹿城做什么?"

"我以前是,来找人的,一时半会儿找不到,想先租个房子住下。"

"这个房子以前是个仓库，其他房间还放着东西，只能租给你这一间。"

"可以做饭吗？"

"厨房里有天然气和简单的炊具，你可以用，但燃气费、电和水的费用要自己缴。"

吉日格勒进屋子里看了看，有窗帘、床和简单的桌椅，但是没有电视机和被褥。厨房还算干净，可能是久不住人，又是一楼，卫生间有一股呛鼻子的下水道味。她想，等住进来，多冲洗冲洗，味道就小了。

"能便宜些租给我吗？"

"老屈，空着也是空着，全当是让她给看家了。"老李头看出吉日格勒想租这房子，就从中周旋。

"好吧，照顾你，每月五百吧。"

"我一个孤老婆子，靠退休金度日，三百吧，我保证按月缴纳。"

"老屈，你富婆一个，就全当扶贫了。"老高头在一边附和着。

"好吧，看你是个实在人，全当是替我看家了。电视机和被褥，我一会找人给你送过来。"

屈老婆子走后，两位老头告辞前，嘱咐道，"你人生地不熟地住在这，有什么需要帮忙的就找我俩，我们就住在这个小区。"吉日格勒再三表示感谢，他们给她留了电话号码，才放心地离开了。

太阳一落山，小区里冷冷清清。吉日格勒住的出租屋里，比外面更冷清。

她无处可去，只能坐在床上，在惨淡的灯光照耀下，无聊地看着电视。也许是太寂静了，耳朵又响起了雨声，她又自言自语，还是在外头好呀，自由。在家成天被人管着，哪也不让去。

她起身关了电视，又坐下，说："巴特尔，你在哪里？找不到你，我的精神被整得鸡零狗碎的，成天人心浮动。"

她把那张照片放在电视柜上，站在地上，双手合十，口中念叨着，"你指引我来到了这里，他人在哪里？求你指引，帮我圆梦。"

吉日格勒不外出的时候，就搬一个小马扎坐在楼门口，无力地扇着一把黑色的鹅毛扇，轻轻地摇着，望着远方的暮日出神，发出叹息。后来她发现，一到天黑各家各户都关了门，街道上冷冷清清，她只能自己待在屋子里。一个老人，来到这个远离亲人的地方，在惨淡的灯光下无聊地看电视，直到不知不觉在床上睡着。屋子不大，只有一台电视机陪伴着她，谁能想象出这位老人是何等的孤独？

越不希望发生的越容易发生

要不是吉日格勒再一次出走引起的喧哗,这个看似和睦的家庭,那种习以为常的平和与幸福,也许会持续很长时间。苏哈玲虽然对自己的母亲从来不抱有幻想,但她也没有料到母亲会重蹈覆辙。吉日格勒虽然不再年轻了,有些精神疾病,但身板还是那样硬朗,看上去和往常没有什么两样。

母亲的再次出走,苏哈玲先把怨气发在母亲身上,"这个老太婆活得真可怜,她不知道什么是快乐,天天在家坐享清福,还不知足,非要跑出去受罪,不过这是她自己的选择,跟我无关。我没有必要把她的愁苦扛在肩上。她的病、她的耳背,都不是我的错,那是她自己要经历的过程,是她自己的事情。"

接着她又把怨气撒在安泰然的身上。无论如何,她还指望她的丈夫对她体谅一些,因为不管好赖,他毕竟是自己的合法丈夫。她向安泰然发难,一开口还是那句话,"啥也指靠不上。"接着就是,"这个家就毁在你的手上。"她觉得又无法忍受他了,嫁给他之后,先是"七年之痒"还没过,他就出去同那个"狐狸精"方可鬼混;后来,买断工龄出去做买卖,赔了钱,还要和她离婚。难怪老爸在世时常说,男怕选错行,女人怕嫁错郎。

"一派胡言",看她又旧事重提,安泰然打断她的话,"老狗不忘千年账。"苏哈玲没有理睬他,但鉴于上次争吵的教训,声音放低了一些。在她看来,以前生活的小镇是世界上最光明、最纯朴的地方。刚结婚时她很想和忠实的丈夫在那里无忧无虑地生活,相亲相爱白头到老。没想到的是,安泰然的过失差点断送了他们的幸福婚姻。她那样迫切而固执地回忆着,被她的眷恋之情美化的小镇。爱情不难,难的是相守,是对付柴米油盐生活中的鸡毛蒜皮的事情。

有一年,厂里为了减人增效,推行买断工龄政策,按工龄给一次性补贴。安泰然一算计,自己一次性能拿到五万多元补贴。当时,全国人民的工资都很低,消费水平也不高,万元户就是有钱人,相当于现在的百万富翁。那时,安泰然当了几年保卫干事，没有一点被提拔重用的迹象，对自己的工作不满意，和苏哈玲商量想买断工龄，用补贴的那笔钱去做生意。尽管还没想好做些什么，他已下定了决心。安泰然高中毕业后参军，没有多少社会经验，又不懂生意经。他看见别人贩油赚了钱，就去贩油。因为没有经验，油装入油罐时还是真的，等运到地方变成了假油。他还没能真正潜入商海就呛了水，五万元钱打了水漂不说，还惹下一场官司，欠了一屁股债。苏哈玲春风得意，又心疼那笔钱，觉得他无能、无用，自然骂他是"饭桶"。安泰然自嘲说，"饭桶总比马桶强，至少除了你没有人敢在我头上拉屎撒尿。"她打心眼里觉得他厚颜无耻。安泰然知

道吃了没有文化的亏，自觉无颜面对，也不想拖累老婆，想离了婚，一走了之。结婚之初，就有人告诉苏哈玲婚姻就像买鞋子。她把鞋子带回家，却发现有点儿卡脚，看在鞋子样式不错的份上，就只有将就着穿。她没想到的是，有一天，鞋子突然自己爬起来，反叛似的要走出家门，去找更适合的脚。苏哈玲在气头上，很轻易就同意了离婚。等她冷静下来，才明白自己有多爱安泰然，如破茧化蝶，经受了撕掉一层皮的疼痛，彻心彻肺，险些痛得死掉。苏哈玲很快就觉出了自己的错误，她不想放手自己的爱，也不想让儿子安逸从小失去父爱。她感觉到，人最大的"赢"就是甘于为爱的人"输"。她请了假，把安逸托付给父母，长途跋涉，终于在外省的一个小旅馆里找到了丈夫。把善良可爱的苏哈玲丢在半道上，安泰然也有一种始乱终弃的罪恶感，也就顺水推舟和苏哈玲重续前缘。

　　安泰然回归家庭，苏哈玲给他提出的条件是哪里都不准去，什么事情都不许做，老老实实待在家里，她养活他。他们省吃俭用过了几年"紧日子"，终于还清了债。面对这样苛刻的条件，安泰然表现得极其坚韧、精明而有耐心。他打算无止境地讨好老婆，从不反对她的意见，唯命是从。目的在于使她有朝一日忍受不了这种百依百顺的单调生活，重新开始自己的生活。这个行动开始

那天，苏哈玲开启水蜜桃罐头时割破了手指。听到她的惨叫声，他赶紧从厨房跑出来，去吻她手指上的血，那副讨好她的样子使她起了一身的鸡皮疙瘩。她不安地笑着说，"你真是坏透顶了！"于是，安泰然的感情大爆发，他一面吻着受伤的手指，一面打开心中最隐秘的甬道，倾吐他那百结愁肠，掏出了在痛苦和悔恨中孵化、寄生在他内心深处的蚕茧。他告诉她，自己睡不着觉时，常常伏在她的身旁，为自己曾经对她的伤害懊恼而悲怆。他倾诉时所流露出的真情，令苏哈玲十分吃惊。她的手指慢慢握紧，忘了伤口的疼痛，狠狠地打在安泰然的身上。这一拳，化解了她对丈夫的仇恨，连空气中都迷漫着纯真的味道，似乎是他们刚刚酿造出来的。在他们的两人世界里，总是有一个闹的，一个笑的；有一个吵的，一个哄的，过的也是"妇唱夫随"的好日子。

那天晚上吃饭的时候，那恼人的唠叨声又搅了安泰然的胃口，女人不要把一生的幸福寄托在婚前对男性千挑万选的甄别中，以为选择就是一切，对了就是万事大吉，错了就一败涂地。选择只是一次决定的机会，当然对了比错了好。但正确的选择只是良好的开端，即使航向对头，我们依然还会遭遇风暴，真正的金婚银婚，多是历久弥新的磨合与默契。

安泰然低着头，细嚼慢咽地吃着饭，全当没听见。吃完饭，洗了碗，他就回卧室去了。他知道像苏哈玲这样动不动就怨气冲天的女人，骨子里都有"心比天高，命比纸薄"的基因，即使满足了她所有的要求，她也会挑剔不已。

苏哈玲不停地抱怨着。难怪有人说，女人的一生，二十几年的公主，一辈子的保姆：从结婚开始，努力照顾家庭，忙于工作，怀孕，育儿，一刻不得闲。终于等孩子长大了，退休了，以为可以好好休息一下，可孩子又带回个更小的孩子，又是一把屎一把尿，从头开始。终于等孙子长大了，没有牵挂了，可以好好休息了，女人闭上了眼睛躺在阳光下，却再也没醒来。我和老妈都逃不脱这种命运。

所以，安泰然对付她的办法就是不理会她的话题，否则，她就会唠叨个没完没了。他始终牢记一句箴言：沉默是金。

第二天吃早饭时，苏哈玲浑身直打哆嗦，好像没有吃多少饭，看上去她的怨气已经完全消掉了。可吃完早餐，她又像一只大苍蝇，围着他嗡嗡叫，折磨他，使他发怒。而安泰然却像个没事儿人似的，这是因为他对苏哈玲的爱情已转化为亲情，她是自己最亲近的人。苏哈玲又讲了两个小时，他实在忍无可忍那折磨人的嗡嗡声，才打断她的话。"请你别说了，好不好，我送你去鹿城找老妈吧，你带上钻石，找一个让狗狗进的家庭旅馆住下，我回来上班。这样可以了吧？"他恳求说。安泰然在一个高档小区当保安，是他当大老板的同学郑拴柱帮忙，他才得到这份工作。安泰然对这份工作十分满意，也十分珍惜，生怕干不好丢了饭碗。这次他出去工作苏哈玲没有阻拦。她想，这工作虽然工资不高，但他有点儿事干，省得让母亲看不起。

"你怎么知道老妈去了鹿城？"苏哈玲突然高兴起来。

安泰然从茶几上拿起一张纸来，"你一直在发火，可能没看到老妈留下的。"

苏哈玲接过纸一看，上面画着：一个人，沿着一条弯弯曲曲的路，走向一群鹿，上面写着：有鹿的地方。

"据我分析，老妈去了鹿城。"

"安泰然，你也不是'啥也指靠不上'，关键时候还有点用。走吧。"

鹿城，有不少别致的大街小巷。苏哈玲穿着黑色的假两件套连衣裙，拧着眉头，用长长的绳子牵着钻石，走在这条街上，整齐高大的槐树枝叶相交，覆盖着一条美丽的林荫路。她想起自己小时候家门口也种着一棵大槐树。所有关于那儿的记忆像一粒急速飞行的子弹向苏哈玲袭来：槐树的后面是一排排的带着小院子的平房、燃烧的蜂窝煤炉子、砖墙上抖动的常青藤和小姑娘们的笑声……。她扎着蝴蝶结，脖子上挂着一把钥匙和几个小朋友围坐在槐树下，玩着"找朋友"的游戏。她围着槐树，转着圈，高声唱着：

丢，丢，丢手绢/轻轻地放在小朋友的后面/大家不要打电话/快点、快点抓住她。/

远处传来妈妈的喊声，"哈玲，回家吃饭了。"她飞快地向家跑去。

苏哈玲站在槐树下，手里拿着一张吉日格勒的照片，逢人便问，"你见过这位老人吗？"每当有人问起她是"怎么回事儿？"她都会习惯性的回答，"是这样的，你听我说。"其实她也不知道，母亲为什么会再次不辞而别。

钻石在一棵老槐树下，用鼻子四处嗅着，然后翘起一条后腿，冲着树干撒尿。

苏哈玲长叹一声，"唉！老妈，对我来说就像一座迷宫，我身陷其中，找不到出口。你究竟在想什么？做什么？我怎么做才能了结你的心愿？老妈，你快点现身吧。"

苏哈玲的思绪又回从前……

小哈玲和几个小女孩围坐在老槐树下，玩抓羊拐骨。一手扔起皮球，在皮球弹跳的一瞬间，这只手再从地上抓起几颗相同的羊拐骨，然后接住皮球。如果皮球落地还没抓好，就让给别人玩。这个游戏小哈玲玩得最好。有一天，她的食指被一块碎玻璃划破，她玩在兴头上，也没有在意，一直玩下去。土钻进了伤口，小苏哈玲的手指又痛又痒。她抬起手看时，一条红线从手上开始顺着胳膊向上窜。她吓得惊叫一声，几个孩子围上来看。其中一个孩子说，"哈玲，那红线叫蚂蚁窜，我妈说它窜到心上人就死了，快回去找你妈吧。"小哈玲觉得自己就要死了，用手握住胳膊，拦住那条红线，哭喊着回去找妈妈。吉日格勒正在做午饭，看了女儿胳膊上的红线，急中生智，找了一根红头绳从红线上方扎住，拉起她就往附近的医院跑。给小哈玲看病的大夫似乎很有经验，说，"这是破伤风，来晚了会有生命危险。"大夫开了些口服的药，又告诉吉日格勒一个偏方。回去后，她把食用盐用温水化开，然后拿一把火柴，头上沾上盐水，顺着红线上方，从上至下用力刮。刮了十几下后，红线真的消失了。现在想起这段往事，苏哈玲仍觉心惊肉跳，如果没有妈妈的呵护，也许她早就夭折了。

鹿城这么大，苏哈玲也不知道该从哪儿找起。她走过那些目光茫然的旅行者，给了一个伸手向她乞讨的老太太一元钱，然后径直穿过一条街，来到另一条街上。家家店铺的橱窗里都摆着几个穿着各种材质连衣裙的模特。她站在街角，琢磨着往哪个方向走，去寻找自己的激动之源。这里有留着酷炫发型的年轻人，有露着半截肚皮的年轻女人，还有花白头发的老年人。最后她向南，然后向东，跟随着城市深处的律动走。她来到一条窄街，在它的一端乱乱地挤成一锅粥的出租车。她穿过时，不住有人问要不要车，她没有理会走到一个公园门口。她的首选目标是公园周边的酒店、旅馆。心想：我一片一片挨着找，不信找不着您。

苏哈玲牵着钻石走进一个酒店，门口的保安将她拦住。

"带宠物不准入内。"

苏哈玲蹲下身，把钻石抱在怀里，"它不是宠物，它是我的孩子，家里老人走失了，陪我出来找老人的。"

"看好它，别给我惹麻烦。"

苏哈玲走向总服务台，拿出照片给工作人员看。

"你说一下她的身份证号码，我给你查一下。"工作人员在电脑上查了一会儿，停下。

"有这人吗？"

"没有。"

苏哈玲抱着钻石走出酒店，把钻石放在地上，摸摸它的头，"钻石，都找了一天了，也没找着姥姥，我们先找个地方住下。明天接着找。"

苏哈玲抱着钻石坐在床上，也许是走得太累了，她迷迷糊糊睡着了……

在朦胧的背景上，吉日格勒惊慌失措地跑着，她边跑边喊，我要回家，哈玲，快来救我。

苏哈玲被梦惊醒，她喊了声，"老妈!"清醒过来，自言自语，"老妈，你在哪里？快回家吧。你都多大岁数了，每天在家看看电视、陪钻石玩玩有多好，还总想着往外跑，你要再年轻一点，没有病，你去哪儿我也不拦着，这么大个城市，人海茫茫，这找着您的概率就像买彩票中五百万元大奖。"

苏哈玲不在的那天傍晚，仿佛来得特别迟。安泰然站在公园门口的大树下，焦急地等待着他的网友"清风丽影"。他的胡子刮得干干净净，留着剃得整整齐齐的板儿寸，戴着一副阔边太阳镜。他的内心却不像他的外表那样洒脱，犹豫像一根冰针穿透了他的心，他的手心出了汗。下午，他俩在网上聊天，她说今天心情不好。安泰然一听就懂了，"你有事没事儿，没事儿晚上一起吃个饭？"她很痛快就答应了，"好，你在公园门口等我，不见不散。"经过许多次的聊天，他知道了她许多秘密。虽然彼此连张照片都没传过，但他知道，她是个大美女；她出过轨，是因为她老公出轨了。她知情后，就和老公大闹了一场，想以离婚了结。后来，她和一位聊得很好的网友痛哭流涕地说了此事儿。网友说，"离婚是万万使不得的，你来找我吧，咱们见面之后，你就会有所改变的。"清风丽影在气头上，就和老公玩起了失踪。见了这个网友后，才知道他老婆带着孩子回娘家了，他们做了一周的露水夫妻。清风丽影出轨后，突然想开了，老公有外遇，她哭闹着想离婚，不仅是因为爱，更多的是因为强烈的占有欲。现在自己也出轨了，谁也不欠谁的，只要大把地给我花钱，只要不离婚，各玩各的有什么不好呢？清风丽影回家后，高高兴兴地和老公继续过日子。那个网友好是好，但离得远，也就断了，又在网上认识了安泰然。他们已经沉浸在一种迟来的爱情所特有的狂热中，那是一种缺乏理智的、疯狂的令人发抖的激情，这种激情让他们保持着持久的兴奋状态。"最叫我伤心的。"她笑着说，"我们相见恨晚，失去了最好的青春时光。"在晕头晕脑的网恋中，他们忘记了自己是有家室的人。他们仿佛漂移了真实的世界，活在爱情的真空中，她乐不可支地在网上称他为"护花使者"。清风丽影和他相见，就是想把他发展成固定情人。当她开始幻想以身相许的时候，安泰然却向她表露了自己对家庭应该承担的责任和对妻儿的爱。他拒绝了她的请求，而她的渴望越来越使她的小心脏绞痛，她甚至威胁他如果不见上一面，就给他老婆打电话。

他等待的人终于来了，出人意料的是这个"清风丽影"居然是苏哈玲最好的朋友梅青。他感觉出了自己的荒唐，更怕苏哈玲知道，执意要走，梅青还是请他一起吃晚饭。他们在网上聊得很投机，现在面对面坐着也很镇定，反正没有尴尬的场面。像老熟人一样，连吃带喝的。聊了两个多小时，没有重复的，也没有一句敏感的话题。安泰然喝了些酒，说出富有哲理的话来，"红尘过往，谁也抓不住天长地久。我和哈玲过日子，也有许多不愉快，我不过是找个没人的角落，把所有的不愉快打包封存起来，再不去想。哈玲虽然不完美，脾气大，但她很真诚。我们虽然不富有，但日子过得比较快乐。"其实，两个人在一起待久了，就成了左手和右手，即使不再相爱了，也会选择相守。因为放弃这么多年的时光需要很大勇气，也许生命中会出现你最爱的人，那将是你生命中的过客。你最终还会牵着你的左手或右手走下去，执子之手，与之偕老。当初的誓言，后来的责任，最后的习惯，成就了你的婚姻。望着梅青他想，世间最苦的是钟情之苦，如果在我这个年龄还有这样的憧憬，一定要像打扫灰尘一样，把它从心屋中清扫出去。后来分开了，梅青没有开车来，因为知道要喝酒。安泰然也喝了酒，车也不能开，就找了个代驾，先送了梅青，然后他自己回了家。

安泰然的第一次，也是最后一次网恋，就这样无疾而终。

厄运，在人生的旅途中难以避免

苏哈玲牵着钻石走在一个广场，站在马路牙子上，看着繁忙的人们，他们的笑容那么丰满、那么灿烂，深深地印在她的眼里，让她感觉到一种从未有过的孤独。她想，热闹是属于他们的，而我只是一个过客。

苏哈玲和钻石在人群中穿梭，一个小男孩用绳子牵着小汽车，追着钻石玩。苏哈玲走走停停，拿着照片向行人问寻。

徐小鬼趁小男孩儿站住四处找妈妈的时候，给他一根火腿肠，小孩接过来，好奇地看着，并没有吃。趁他不注意，徐小鬼蹲下身，将小汽车摘下揣在怀里，去追苏哈玲。他又趁钻石在垃圾箱旁翘起一条腿撒尿的工夫，将拴钻石的绳子换上了小汽车。

苏哈玲一边和行人交谈，一边拖着小汽车渐渐走远。

徐小鬼在钻石的旁边撒下了几块香肠，钻石贪吃跑到了他身边，他边给它喂香肠，边把它抓住，捂在怀里，向一条小胡同跑去。

苏哈玲正在和几个人站着说话，一个小男孩拉拉她的衣角，向她索要小汽车。

苏哈玲低头一看绳子上拴着的小汽车，赶紧蹲下问小男孩儿："小朋友，你知道狗狗哪儿去了？"小男孩摇摇头。

苏哈玲将小汽车摘下来递给小男孩儿，拔腿朝原路跑去，边跑边喊："钻石，你在哪儿？快回来！"

苏哈玲跑了几条街，嗓子喊哑了，有气无力地坐在一家婚纱摄影店的门台上，大口喘气。

婚纱店女老板走出来，"阿姨，天快黑了，台阶上冷，你进来坐吧。"苏哈玲跟她进了店。

苏哈玲拿出手机，找出一张钻石的照片，"下午，你们看见这条小狗从门前跑过去或被什么人抱走了吗？"

"好萌的汪星人，我没看到。大伙都过来，你们见过这个汪星人吗？"

店里的员工停下手中的活计围过来，传看手机，都说没见过。

手机传回苏哈玲手中，她又调出母亲的照片，"你们见过这个老太太吗？"

"你到底是找狗，还是找人？"女老板满头雾水。

"真是祸不单行，这人没找着，狗也丢了。"

"哎呀，我想起来了，昨天，这老太太来过我们店。就是照片上的头发是灰白的，来的那个人的头发是葡萄紫的。"

"你们做这行的还不知道，头发的颜色是随时可以变的，主要看长相。"苏

哈玲急切地说。

摄影师从摄影室走出来，拿起照片看，"没错，就是昨天来过的老太太，谁也逃不过我的法眼。"

"她来这儿干什么？"苏哈玲好奇地问。

"她拿着一张旧照片，在找照片上的人。"摄影师肯定地说。

"知道她去哪了？她还会来吗？"

"那就不知道了。"说完摄影师进去忙了。

"对了，我告诉她，如果来我这里拍照，会给她折扣的，也许她还会来。"

"你记下我的电话，来了，联系我，我会重金酬谢的。"

"总体而言，今天是惊魂不定的一天。"苏哈玲回到宾馆洗漱时，对着镜子

说："找不回钻石，我再不养狗了。"其实她很怕狗，因为曾被狗咬过。那时苏哈玲还在上小学，一天放学回家的路上，突然从树林中蹿出一条狗。她怕被它咬，拔腿就跑，狗穷追不舍。苏哈玲使劲向前跑，直到上气不接下气才停下来。狗若隐若现，忽左忽右，弄得她眼花缭乱，神志不清。她怕狗，但狗不怕她。那狗逼紧了她，犬牙锃亮，十分狰狞。她害怕极了，拣起一块石头砸向它，它扑了上来。苏哈玲摔倒在地，它咬伤了她的左腿膝盖，留下了一块疤。这块疤至今依稀可见，每到夏天穿裙子，她都穿长及膝盖的长裙。

苏哈玲从卫生间出来，她期待着钻石像往常一样，欢快地嘴刁玩具跑过来，找她陪它玩。她清晰记得，钻石趴在垫子上，一双清澈的、圆圆的大眼睛看着她，它不吵不闹，就这样守在你身旁。它总是恰到好处地跑过来抱着你的腿撒娇，而且不厌其烦地引起你的关注。虽然钻石在某些方面不如别的品种的狗，但在她的心目中钻石是最好的。

关掉灯，苏哈玲在床上躺下来，她感觉很累，可是她发现脑子里却在回想着全天发生的点点滴滴，她想到自己像祥林嫂一样，在大街上逢人就问见着自己的母亲没有；她想不明白的是，明明用绳子把钻石牵在自己手上，它怎么突然就不见了？当时到底发生了什么事情？

她实在太困了，就在她快要睡着的时候，突然感到潜意识在向她发出某种讯息。她瞪着漆黑的房间，努力想要捕捉到是什么触动了她内心的感应。可以肯定的一定是白天发生的什么事，乃至某个人讲的某句话触动了它，某件她应该注意却忽略的事，但究竟是什么呢？

明明知道自己现在累得无法做缜密的探究，她还是从床上坐起来，将手搓热，做了几下干洗脸的动作，稍微清醒了一些，她的脑袋又高速运转起来。对，一个人说的，应该打些启事，这样就不用一遍又一遍地说了。

想到这里，她悬着的心像一块石头落了地，倒头便睡着了。

苏哈玲走在街上，像是在云里雾里行走一样，远远望去，只是一片迷茫，辨不清方向和吉凶。她拿着厚厚的一沓纸，穿过大街小巷，边走边问，边在街道的电杆上贴寻人启事、寻狗启事。

过往的行人站在电杆下看启事。

寻人启事

吉日格勒，现年70岁，身高1.68米，穿黑色风衣，戴助听器。于三天前走失，有知情者请拨打电话：××××。必以重金感谢。

寻狗启事

　　我的小狗钻石于昨天上午从此街道走失，毛为黑白两色，背部留有鬃毛，尾巴很短，前腿套有红色绑带。它对你们来说是条小狗，对我来说就是家人。有好心人捡到，请拨打电话：××××。必以重金相谢。

　　苏哈玲刚贴完一张寻狗启事，就被城管抓了个现行。

　　"你这人一看像有文化、有修养的人，怎么也给城市贴狗皮膏药。"

　　"小帅哥，通融一下，我急着找人，找好几天了，人没找着，狗也丢了。我快急疯了。"

　　"这么说，你一次贴两张。人丢了，你可以报警，让警察帮你找；狗丢就丢了，再养一只不就得了。"

　　"一看你就没养过狗。钻石，对你们来说只是一条狗，而对我们来说从小养大，就和家里的孩子一样。它又不会说话，还不知道在哪里受苦呢，我最怕它成了流浪狗，靠刨垃圾为生。"说着说着，苏哈玲就哭了起来。

　　"不管找什么，也不许贴小广告，影响市容，沿途回去，全部清理干净。看你那么伤心，就先不罚你款了。"

　　"你看，我刚贴上去，再容我几天，我要是找到了，马上清理干净，求求你了。"

　　"好吧，说话算数。你最好上58同城发个启事，让更多的人帮你找，也许能找到。"

　　"谢谢你！小帅哥！这世上还是好人多。"

　　苏哈玲背着包，走在一条正在修的道路上。她刚才接到一个电话，说她要找的狗在一个建筑工地上，让她带上钱来赎。看看天色已晚，有点害怕。她想，好不容易有了点儿线索，无论如何她也要去看究竟。

　　苏哈玲向前走着，突然闻到了淡淡的乙醇味道，回头看时一个男人正不紧不慢地跟在她后面。她感觉到遇上了坏人，头发根都竖起来了。没有路灯，天上也没有星月。天空像倒扣的一口锅，黑漆漆的。远处的树木和建筑物的黑影一动不动，像怪物摆着阵势。苏哈玲感到一阵被黑暗吞噬的恐惧。她有些后悔，为了找老妈和钻石，踏破铁鞋不说，还跑到这么远的地方。她毫无目的地前行，想找到一个能打到车的地方。没想到事与愿违，跌跌撞撞地闯到了那个建筑工地。她伸手可触的只有一片废墟，穿着丝袜的脚下是松软的泥土，如同冰冻的湖面。她提醒自己要保持镇定，尽快逃离这个险恶的环境。

　　乙醇的气味已经闻不到了，苏哈玲停下脚步，在黑暗中辨别方向。她一动不动地站在那儿倾听，抑制呼吸让自己的心跳不要太响，背后重重的脚步声似乎也停止了。我甩掉他了吗？苏哈玲闭上眼睛想象着自己身在何处，我从哪个方向跑来的？从哪个方向跑能打到车？她还是晕头转向，根本辨不清方向。

苏哈玲曾听说过，恐惧作用于人体时，能够刺激和增加人脑思考的能力，但现在，她的恐惧已把脑子搅成一盆用面粉做的糨糊，只有惊慌和混乱。她希望自己变成泥土中的一粒沙，大地像地震一样裂开一条缝，让她有个藏身之地。尽管她心里压倒一切的冲动是赶快逃离这个鬼地方，但她现在唯一的行动是——以静制动，好好待着，不要弄出一点声响。她感觉到一滴冰冷的汗珠顺着胳膊向下流淌，滴在她双手紧握的手提包上，这是她没有想到的危险状况，如果这时手机响了，就会暴露了她的位置，而她又不能在不打开手机盖照亮显示屏的情况下关闭手机。把手机扔掉，然后走开。但已经来不及了，那人已从她的左边逼近。她感到有一股冷风吹来，伴着乙醇的气息。苏哈玲竭力保持着镇定，拼命控制住自己想跑开的本能冲动。她小心翼翼，向右边跨出一步，显然她衣服发出的窸窣声是跟踪者最需要的。她听到了他的呼吸声，一只强壮的手臂也抓住了她的肩膀。她抡起手中的包，打在那人的脸上。她挣脱了那只手，也挣脱了攫住了她的恐惧。据说，动物走投无路时，会顿生不可思议的蛮力，此刻她也有了动物的感受。苏哈玲后退了几步，就地转了一百八十度的弯，朝着相反的方向跑去，她跑了两百米后，拐过一个弯，终于看到了灯火辉煌的马路。

苏哈玲能听到那人拖着很响的脚步跟在她后面，她边跑边掏出手机想要打110报警，电话还没拨通，那人已猛地跳起，冲向亮光一只手猛地把手机夺过去，另一只手握成拳头，准确无误地打在苏哈玲的右眼上。苏哈玲的耳朵嗡嗡作响，原地转了三百六十度的圈，然后向马路牙子上倒去，那人顺势抓住她挎在胳膊上的包。这个LV包是苏秀玲送给她的见面礼，价格昂贵，她一直不舍得用。那人像一条恶狗，向猎物扑过来时如闪电，逃走的时候如疾风，一下子消失得无影无踪了。

苏哈玲觉得一阵眩晕，她本来就有高血压症，仿佛一股火焰在血管里流动。她紧闭眼睛，生怕瞥见自己身处的可怕境地。后来回忆起来，她还记得，有好几个步行的人凝视着她，然后把头转向别处，装作没看见，匆匆走开。苏哈玲坐在地上，腿软得站不起来。她看见一个中年人走过来，"这位好心人，我的包被抢了，可以用你的手机，帮我报警吗？"那人看了她一眼，从她身边走过去。

"阿姨，怎么摔倒了？"一个女孩儿半蹲在她的身旁，正瞪大一双眼睛凝望着她。

"能帮我报警吗？我的包被抢了。"

女孩儿紧紧握住苏哈玲不停颤抖的手，把她扶起来，俩人浑身颤抖着紧紧拥抱在一起，"我从来没有感到这么幸福过，好孩子，你叫什么名字。"

"我叫福多多。"

"你不怕我是碰瓷儿的，讹你？"

"不怕。我相信这社会还是好人多。"

"福多多，你真是我的福星。"

福多多打了报警电话，然后对苏哈玲说，"阿姨，前面不远，有个咖啡店，我们进去吃点东西，等警察来处理。"

苏哈玲漫无目的，只是跟着福多多向前走。她还没有从惊吓中摆脱出来，手脚发麻，浑身发抖，连牙齿都无法控制地发出一些轻微的声响。她们终于走到那家咖啡店门口停了下来。咖啡店内的顾客大多是年轻人，灯光是昏暗的，座椅和桌子是陈旧的，音乐是低沉的。她们被领到后面角落的一个卡座坐下，福多多点了蓝山和卡布奇诺，可侍者端上来的却是雀巢速溶。咖啡是苦的，方糖没有多少甜味，牛奶也不是新鲜的，那些小点心倒是酥脆香甜，幸好她们不是来咖啡店享受浪漫情调的。苏哈玲和福多多对面坐着。此刻，对苏哈玲来说，再好的咖啡也品不出幸福的滋味，只不过喝上一杯咖啡，享受片刻的安宁。她的脑海中不断出现那个劫匪的身影，不断涌现一些假设。接到那个电话，如果多想想，不那么冒失地去那个建筑工地；如果去，不要走着去，而是打车去，让车等一下；……唉，哪有那么多如果，世上什么药都有，就是没有后悔药。越是不希望发生的事儿，越是发生，还是面对吧。倏地，她意识到福多多在问她话，于是，她回答道，"哦，什么都可以，我不太饿。"福多多把咖啡递给她，"先喝口咖啡压压惊，一切都会好起来的。"苏哈玲接过来喝了一口，一股暖流传遍了全身，渐渐恢复了知觉。福多多一直没有弄清苏哈玲的家在何处，"阿姨，您好像不是住在这一带。"

苏哈玲咽下一口咖啡，"是的，我家在青城。"望着身心疲惫的苏哈玲，福多多十分好奇，"这么晚了，你一个人来这儿做什么？还遇上了劫匪？"苏哈玲叹了口气，"唉，一言难尽。俗话说：祸不单行，福不双降。长这么大，第一次领教了。一想起离家出走的母亲，寻母路上走失的钻石，我的心碎得像烧卖馅似的。我来这一带是找我母亲和钻石的。"福多多忽闪着漂亮的大眼睛，她有些诧异，"钻石？钻石又不长腿怎么能走失？"苏哈玲喝了一杯咖啡，紧张的情绪得以缓解，她站起身准备去趟洗手间，"钻石是我家养的宠物狗。是它在家天天陪着我母亲的。"苏哈玲上洗手间了，走了好一会儿。福多多反反复复念叨着，"宠物狗？

钻石？我想起来了，安逸家的小狗也叫钻石，看来叫钻石的狗还真不少。"福多多又点了两杯咖啡。苏哈玲从洗手间回来，她已经洗了脸，擦干净了衣服上的土。她的脸有点浮肿，那双大眼睛暗淡无光，薄薄的嘴唇没有血色。入座前她四处张望了一下，然后把胳膊放在桌子上，冰冷的手托起冷冰冰的面颊，身子向前靠着，有点颤抖。她似乎觉得那个劫匪正在不远处盯着她。但定睛细看，却不见他的身影。侍者给她们送来了两杯咖啡。福多多把两小包糖都倒在苏哈玲的杯子里，用勺子搅拌几下，放在她面前的桌子上。苏哈玲吸了吸鼻子，福多多又抽出两张纸巾递给她手里。苏哈玲像听话的小姑娘，接过来擦了擦鼻子，"福多多，你知道吗？我的生活好像要发生一些变化。从今天晚上开始，我就这么想的。"从福多多的言谈中，苏哈玲听出，她还没有对象，惊慌平定之后她想起了安逸。

"阿姨，我把启事发在 58 同城，上面专门有寻人、寻物的网站，让好心人们帮忙找找看，也许能找到。我差点忘了，您先打电话把银行卡挂失了，避免不必要的损失。"

"你真是我的福星。"

苏哈玲给银行打过挂失电话，又打电话叫安泰然来接她。

今天晚上像往常一样，郭警官接到报警电话之后，就和其他两名警官一起，开着警车来到报警人约好见面的咖啡馆。值班的时候，他们经常出警，像今天这个时间实属罕见，一般抢劫的人都在后半夜才行动。

郭警官在咖啡馆简单地向苏哈玲和福多多了解情况，就和她们一起来到了事发现场——建筑工地旁的一条马路上。

受了惊吓的苏哈玲感到浑身无力，四肢酸麻，头昏心慌，一想到刚才发生的一幕，背上直冒冷气。她只有硬着头皮，陈述事情的经过，回答警察的提问。

郭警官听完苏哈玲的陈述后，问道："你看清劫匪的体貌特征了吗？"

"由于光线比较暗，我没看清楚他的脸，他身高一米八左右，偏瘦，穿黑色上衣。"

"他带凶器了吗？"

"没有看见他拿凶器。"

"被抢的包里装有什么东西？"

"身份证、银行卡、六千元现金、两部手机，一部是我自己用的，还有一部是准备找到母亲后送给她的新手机。"

"你和我们去趟刑警大队，做一下笔录，我们向领导汇报后，就可以立案侦查了。"

自从跟警察打交道之后，她发现自己喜欢上了他们，尤其是郭警官，他是那种让人有安全感的警察。坐在刑警队的办公室里，看着郭警官那么专心致志地倾听她的每一句话，她的紧张情绪一下子得到了缓解。

离开刑警队前，苏哈玲问，"这案子多长时间能破？"

郭警官脸上毫无表情，"不好说，你要耐心等待。"

苏哈玲和福多多又去咖啡店，等安泰然来接她。

"今天要不是遇见你，我不光害怕，还要饿肚子，我现在已是身无分文了。"

"咱俩有缘。"

"现在是世风日下，人心不古。当时，有几个人路过，但没有一个肯出手相助。我是叫天天不应，叫地地不灵，胆小的就会被吓死了。庆幸的是，那劫匪只抢了包，并没要我的性命。一想起那一幕，我的背上直冒凉气。想想就后怕，要是他用的不是拳头，是刀，那后果就……真不敢往下想了。"

"我看看你的眼睛？痛吗？"

"不痛，没事儿。"

"阿姨，别想了，吉人自有天相，一切都会好起来的。"

"我怕，说明我还是没有看透生死，没遇到事儿的时候，总觉得天下太平，心情也是阳光明媚；一旦遇上了事，幸福感、安全感烟消云散，心情像阴雨天，连生活的勇气也要丧失殆尽了。"

"阿姨，明天还找下去吗？"

"家有七件事，先从紧上来。我现在是没有身份证的人，明天先回青城，补办完了那些证件，再回来找吧。"

安泰然的车终于到了，他们先把福多多送回家，然后踏上了回青城的路。一路上，苏哈玲像掉进了冰窖，浑身直打战，安泰然说她这叫后怕。

善良的底线是恻隐之心

入夏之后，天气也变得和颜悦色起来，将吉日格勒尘封的心轻轻掀开。天空好像刚刚甩干的蓝色真丝幕布，没有一点儿褶皱，一缕暖阳倾泻，晴好的一天就这样拉开了序幕。

卸去了甲胄般的厚衣服，吉日格勒的身体也像燕子般轻盈起来。她斜挎着上面印着"为人民服务"字样的草绿色挂包，手里拿着一张照片，在街上闲逛。街景如画。有了适宜的温度，街道上的花儿像比赛一样竞相开放。偶有几只麻雀从她的头顶掠过，像风筝一样蹿到了错落有致的房顶上，又无聊地蹿到垂柳的披肩长发上，像拉家常似的叽叽喳喳地叫个不停。来往的车辆如一条条上下翻动的长龙，行色匆匆的路人如爬行的螃蟹，演绎着尘世间的纷繁。

吉日格勒一边走一边看，不得不觉地走入一个闹市。看，那百货的小摊儿一个接一个。从东到西长长的街道两旁都围满了人。一位年轻女性在袜摊上买了两双长筒袜，一位上了年纪的妇女在布摊上扯了几尺花布，一个小孩儿缠着奶奶要买了一串糖糊芦……。吉日格勒这才想起，自己还没有吃早饭。她来到一个煎饼摊前排着长队，买了一个煎饼果子和一杯豆浆。她很少吃路边的东西，但出门在外，只能拿它填饱肚子。在这个热闹的集市，她似乎也融入了欢乐的人群。

还没有进市场大门，只见里面人头攒动，人声喧哗。市场很大，分蔬菜区、鱼肉禽蛋区和商品区。她随着人群走进市场，只见里面的蔬菜、水果，鲜嫩丰富，琳琅满目。蔬菜摊上绿油油的青菜，白里透青的萝卜、水灵灵的芹菜，红润润的西红柿，顶花带刺的黄瓜，各类农副产品应有尽有，人们在摊位上任意挑选着。吉日格勒在里面转了个遍，左挑右拣地买了两根黄瓜、两颗西红柿，用塑料袋提着走出来。

在离市场稍远的地方，徐小鬼抱着一条小狗，沿街叫卖，"喜欢养狗的过来瞧瞧了，正宗的德国迷你雪纳瑞，价钱好商量。"一会儿，就引起了围观，但看的人多，问价的人少。

"这狗不错，就是有点儿大了，怕养不熟跑了，就白花钱喽！"

"我早想养条宠物狗，老婆不让，怕影响孩子学习。"

"人还养不活，哪有钱养狗，有那钱，还不如喝两杯。"

吉日格勒以为发生了什么事情，就好奇地往里挤，"让开点，那人我认识。"她边挤边喊。

"这林子大了啥鸟也有，明明是一条狗，还要指狗为人。"

"啥？狗？狗怎么啦？"吉日格勒并没和他计较，平静地问。

"又不是你家丢的狗，有钱买回去当孙子养着。"

"算你说对了，我家有狗，名叫钻石，那狗可萌了，我还真把它当孙子养了。"吉日格勒挤进去，没看到狗，先看到了徐小鬼。她冲上前，一把抓住他的衣领，"徐小鬼，我终于抓到你了。真是冤家路窄啊！"

徐小鬼刚想发火，定睛一看，"我的妈呀，大白天活见鬼了。"

"不要叫妈，差辈了，叫'福姥姥'，你自己不就是鬼吗？快还我手机。"

"疯婆子，别血口喷人，我可没拿你的手机。"

"还不还？不还我报警了。"

钻石破天荒地冲着吉日格勒叫了两声，用四只蹄子拼命蹬着徐小鬼，想挣脱他的怀抱。徐小鬼一来被钻石闹得心烦，二来做贼心虚，顺口说道，"我真没拿你的手机，今认倒霉。你也别报警了，我把这条狗送给你。"

吉日格勒把钻石接过来，仔细端详。钻石用舌头舔着她的手指头，显得十分激动。"这狗好萌，也是雪纳瑞，毛剃的和狗啃了一样，要是背上留上一绺鬃毛，就和我家钻石一模一样了。"吉日格勒用手抚摸着钻石的背和脖子，它很快就安静下来。

"这狗哪来的？和我这么亲？会不会是我家的钻石？"吉日格勒有些怀疑狗的来路不明。

"前几天在路边捡的。你家养狗，你身上有狗腥味，它才和你亲。你要不要，你不要我还卖钱呢。"徐小鬼急着想出手。

"要，我一个人待着很孤单，正好和我做个伴，以后带回去和钻石做兄弟。"吉日格勒满心欢喜。

"多少给我点儿钱，好吃好喝养了它几天，我不能偷鸡不成，反蚀把米吧。"徐小鬼一看有门，就开始讨价还价。

"贼不打三年自招，不过是偷了狗，不是偷了鸡。千万别上他的当。"围观的人群中有人喊了一声提醒吉日格勒。

徐小鬼说得没错，他确实养了钻石好几天，但不是好吃好喝，而是剩菜剩饭。那天他偷了苏哈玲牵的狗，把狗揣在怀里，跑回了他干活的工地。上次，他请假去北京，在火车上不光顺手牵羊地偷了吉日格勒的手机，还神不知鬼不觉地偷了几个乘客的钱，他这样做实属无奈。母亲卧病在床，妹妹考上了大学，上学的钱都是找亲戚朋友借的。他在建筑工地打工，拼死拼活挣的血汗钱刚够自己填饱肚子，没有钱寄给家里，他只能出此下策。

那天，徐小鬼偷了钻石回到工地，天已黑透了。工地上一片寂静，没有往日的喧闹。因为他们每天晚上都在施工，噪音很大，严重影响了附近居民的休息，被人举报。这些天晚上停工不干了。

一间木板房里透出一丝灯光，那就是他的安身之处。徐小鬼推开门看见三个人正围坐在床铺上，抽着烟，喝着啤酒，打扑克。听见门响，几双眼睛齐刷刷向他扫描过来，见他抱着一条狗进来。

"人还养不活，你弄条狗回来，吃不饱饿的。"一个人带着几分醉意说。

"怎弄到的？肯定是偷的。就你爱整些偷鸡摸狗的事儿。"另一个了解他的人，给他盖棺定论。

"怎不叫上我，就单独行动了？"一个外号叫"张老歪"的人对他表示不满。

原来，他俩是"偷狗搭档"，还有套绝招。张老歪不知从哪弄来一种特殊的药，他先把药装入很小很薄的玻璃瓶子封好，再把小药瓶装入火腿肠内。他们骑上一辆电动自行车，带上装狗用的麻袋，四处乱转。看到合适的狗，就顺手扔下诱饵，狗都喜欢吃香肠，待咬破玻璃瓶后，在几秒钟内，就会昏倒在地。徐小鬼跳下车，把狗装入麻袋，坐上车逃走，用不了一分钟，一条狗就到手了，然后把狗卖给餐馆，得的钱无论多少，两个人平分。张老歪常为他们活干的干净利落而沾沾自喜。

"这么小的狗，哪用你出手，我略施小计，唾手可得。"徐小鬼说着找来一根绳子，把钻石拴在一个破桌腿上。钻石两眼迷茫，耷拉着耳朵卧在水泥地上。

"别扯淡，那是唾手可得。"张老歪是四个人中最有文化的。

"就你能，也顺手牵点啥回来？"徐小鬼发泄他的不满。"给我留饭没，快饿死了。"

"你还稀罕剩饭？要是顺手牵只羊回来，我们也可以沾点儿羊腌味。"

"我还给你们整一顿手扒羊肉呢。盖上八床被子做梦去哇。"徐小鬼找出自己吃饭用的小盆，打开盖一看，里面有土豆白菜烩的菜和三个白馒头。他坐在凳子上吃了两口，抬头看见卧在地上的钻石，又起身找了个破碗，倒了点儿剩菜，又撕了块馒头，放在它身边。"你也吃点东西哇。"钻石卧在地上一动不动。

"这狗整得跟头小毛驴似的，就当驴肉打打牙祭。"张老歪又发言了。

"算了吧，还不够我们塞牙缝。我去解个手。"徐小鬼拉开门出去。屋里的三个人，开始议论起来。

"这狗又老实，又可爱，拉出去卖了，也能值几个钱。"

"这活交给我，明天就干，省得夜长梦多。"

徐小鬼在屋外的空地上撒完尿。回屋，看看绝食的钻石。蹲在地上，拍拍它的头，"这狗真忠心，为了主人，还绝食抗议了。要是能养熟了，给我妈送回去，省得她老惦记着我。"

"它是狗，也不是人，能代替了你。"

"你妈病得连自己都顾不了，还有闲心养它。"

"先养几天再说。不吃东西就卖了它，够我们饱餐一顿。"徐小鬼说完，站起身，走了两步，坐在床上准备打扑克。

"无论养，还是卖，都要给它改变一下造型。把它背上的毛剪掉，被人认出来，就鸡飞蛋打，瞎落一场空了。"张老歪又在支招。

徐小鬼伸出一个大拇指。"高，实在是高。明天找把剪子来，把毛一剪，就万事大吉了。"

说完，几个人又开始打扑克。徐小鬼正渴着，狠狠地输了几把，喝了几杯啤酒，感觉神清气爽。

钻石起来卧到那张破桌子底下，一口饭都没吃。

徐小鬼站在街上，想着自己偷狗的过程，想到喝啤酒的爽快，还"叭叽"了一下嘴。吉日格勒见他站着不动，也不说话，就用胳膊肘子碰了碰他，不依不饶，"你想要钱，就还我手机？这来路不明的狗，我还不想要呢。"

徐小鬼做出了让步，但提了一个条件，"算你狠，我还饿着肚子呢，请我吃顿饭，咱们两清，你走你的阳关大道，我走我的独木小桥。"

吉日格勒开起了玩笑，"我们八路军最讲'三大纪律、八项注意'，不能让你当饿死鬼，看你送我狗的份上，请你撮一顿了。"

徐小鬼摇摇头，苦笑了一下，"知道你是明白人。这几天，我算白忙活了，结果肉包子打狗有去无回。"

吉日格勒摸着钻石的头，"我出来这些天，谁也不想，就想钻石了，就叫你小钻石了。走，我们找个让狗进的饭馆，去吃饭。"

吉日格勒跟着徐小鬼在街道上行走，他指指前面的一个挂着"好运再来"招牌的饭馆，与空荡荡的街道相比，饭馆里充满了生活的气氛。

刚进门，就过来一个人盯着他俩看。吉日格勒以为他盯着狗看，急忙把小钻石紧紧地抱在怀中，徐小鬼挡在她的前面。

"徐小鬼。"那人叫了一声。他是一位高个子的年轻人，样子显瘦削了些，但匀称结实，明朗的带着笑意的眼神，小而尖的鼻子，帽舌朝后脑勺，一绺头发从帽子下掉出来，显出一股调皮劲。有那么一会儿，徐小鬼看着说话的这个人，居然认不出来，后来，他才叫出了一个名字"麻秆"，他脸上似笑非笑，"奇怪，怎么会在这儿遇到你。""奇怪？"麻秆像吐瓜子皮似的，"到年底，我来鹿城就整五年了，这个小饭馆就是我开的。"

"噢，我们来这儿吃个饭。"徐小鬼说明来意。

"让我把狗也带进去吧！"吉日格勒生怕他不让带狗进。

"你们可以进雅间，关上门，千万不要让它跑出来。" 麻秆把他俩带进去。

"你怎么有钱开饭馆？炒股赚了？还是买彩票中大奖了？"徐小鬼疑惑地问。

"你算猜对了，我只买彩票，绝不炒股。

麻秆拼命工作之余，就是每周买一次体育彩票，他拿到彩票时总说，"别坐失良机，要知道生命比想象的还要短暂。"到头来，连2元钱的奖都没中过，大家总拿他开玩笑。

"彩票造就了我这个五百万富翁。对了，今天我又该选号了。"

"停在外面的车，是你的？"

麻秆一副很不在乎的样子，点点头，"我先出去一下，你们想吃什么随便点。"说完，招呼来女服务员接待客人。她是一位中年妇女，穿着裙子和运动鞋，大红唇膏涂得太多了，有了一张好莱坞女星般性感的大嘴。她拿来了菜单，徐小鬼先点了一扎啤酒，然后把菜单推到吉日格勒面前，"福姥姥，您来点。你点什么我就吃什么。"

吉日格勒摘下眼镜擦了擦，放在桌子上没有戴上，让房间从四面八方向她挤过来。她拿起菜单，一个字也看不清楚，只好又把眼镜戴上。

"这些菜名真邪门了，别说吃了，听都没听说过。"吉日格勒嘟囔着，"一人点一个，我点这个火烧大使馆，看看是啥玩意儿做的。" 她点完，把菜单递给徐小鬼。

"别看饭馆不大，这些菜别说吃了，听都有听说过，麻秆还真是'土包子开花'，真能整。"

"随便点一个吧。"

"我是球迷，就点儿这道'中国足球'，我就不信足球也能当菜吃。"

"你和麻秆是同学？"徐小鬼喝着啤酒，吉日格勒抱着小钻石，和他聊天。"是的，初中同学。"徐小鬼呆呆地说，刚才的邂逅让他精疲力竭，"那时，我们一起踢足球，我们队总是赢他们队。"他的脸上露出一丝得意，似乎看到赛场上每个人都在向他欢呼，感觉像著名球星一样受欢迎，他出乎意料地笑了笑。

"你怎么变成现在这德行，你看人家麻秆。"

"常言道，人无横财不富，马无夜草不肥。"

"常言还道，人比人活不成，毛驴比马骑不成。上吊没有好时辰，跳河遇上活雷锋，不敢说你与他人，自毁一把来轻松，只要活得很认真，不愁来年好光景。"吉日格勒把刚学的段子抖了抖，在给徐小鬼鼓劲。她知道，徐小鬼不是坏人，就是生活所迫。总有一天，他会改变的。她还旁敲侧击地说："你记住一句话，做人一辈子，人品做底子。"

听了这句话，徐小鬼愣了一下。这时，桌子轻轻摇晃了一下，女服务员把一盘菜端上桌。红烧肥肠。

"我们没点这个菜。"吉日格勒不敢相信自己的眼睛，以为她上错菜了。

"没错，这就是你点的'火烧大屎管'，请慢用。"女服务员头也不回地走了。

"真新鲜，小鬼，全归你了，解馋。"吉日格勒从不吃这种东西。

徐小鬼喝一口啤酒，吃一口肥肠，香得话也顾不上说了。吉日格勒把小钻石放在地上，去了洗手间。她刚进来坐下，女服务员把另一盘菜端上桌，定睛一看是臭豆腐炖猪蹄。

"我们没要这个菜。我不吃臭豆腐。"徐小鬼皱起眉头，用筷子敲着盘子说。

"没错，这就是你点的'中国足球'，臭豆腐虽不好闻，但好吃，请慢用。"女服务员扭着屁股出去了。

"麻秆这饭馆虽小，还真的奇葩。"徐小鬼夹起一块猪蹄，捏着鼻子送到嘴里，感觉味道不错，就欢快地吃了起来。

"两菜你独吞吧，我无福消受，只能来碗面了。"

这顿饭，便宜了徐小鬼，吃得直吧嗒嘴。吉日格勒只能用一碗面填饱了肚子，她还给小钻石喂了一些面条。

人生最大的成功，就是能健康地活着

安泰然接上苏哈玲回家时，已是深夜，车在夜幕中穿行。苏哈玲还没有从突发的险情中解脱出来，神经有些脆弱。她蜷缩在车里，偶有对面的车灯的光照射过来，都心惊肉跳地打一个冷战。细细想想，活到年过半百，自己从来就没有怕过。小时候，月上梢头，她还和一帮孩子玩"捉迷藏"，专拣又黑又偏的地方钻；参加工作之后，有时候加班，无论多晚，她都是一个人骑着自行车回家，从来就没怕过。她不怕妖魔鬼怪，似乎这些都不存在，但是她现在开始怕人了。

车停在楼下，苏哈玲从车上下来，每走一步，都觉得有人跟在后面。进了家门，她提着的心才落了地。她先查了电话留言，想看看有没有母亲的下落，毕竟贴了那么多小广告，没准哪位好心人会提供线索，却没有任何回音。

苏哈玲回头看看空荡荡的家，眼前浮现出母亲的笑容，钻石爬在她腿上的情形。眼泪像断了线的珠子掉下来，"老妈，你好狠心，连招呼也不打，说走就走，找你找的好苦呀！你在外面过得好吗？我好想你呀！钻石，你是不是在外面流浪，忍饥挨饿，好担心你。姥姥回来了，我怎么交代呀！"

苏哈玲瘫坐在地板上痛哭起来，安泰然把她扶起来，送进卧室。她伏在安泰然的肩上痛哭不已，他拍拍她的背，"别再哭了，我的肩膀都快被你的水泪淹成关节炎了。"苏哈玲被他的幽默逗得愣了一下，接着用手槌着他的肩膀，"都怪你，啥也指靠不上。你要是请了假陪我去找老妈，能发生这么多事儿吗？我差点就见不着你了，呜——"安泰然点头哈腰地讨好老婆，"都怪我。一切都会过去的，丢了包，丢了钱，丢了手机，都无所谓，只要你没事儿，就是不幸中的万幸了。"

"丢了钻石，妈回来，我怎么交代呀！"

"你放心，妈会回来的，钻石也会回来的。"

"真的？就信你一回。"

苏哈玲躺在床上，难以入睡。此刻，她比被抢劫时更加胆寒。一闭上眼睛，就看见那个劫匪站在客厅的地上狰狞地瞪着她。她像一只受热的青蛙跳将起来，背上直冒凉气，浑身发抖。刚刚睡着的安泰然，被突然坐起的苏哈玲吓醒了。

"我又梦见那个劫匪了，就在客厅里。"

"别再想了，好好睡觉。"

"我害怕，睡不着。"

"来，平躺下，闭上眼睛，从头发开始，全身放松，气运丹田，深呼吸。"

安泰然的这一做法还真管用，苏哈玲终于睡着了。

一缕阳光从窗户的玻璃上照了过来，苏哈玲坐起身来，揉了揉眼睛，眼皮有点肿。她自言自语，"人活一辈子，总有追求不完的目标，总有未了的心愿。就当母亲去还愿了，钻石去找有缘人了。我相信，他们总会回来的。人生最大的成功，就是能健康地活着。"

安泰然进来叫她吃早餐，他特意做了苏哈玲爱吃的红枣玉米饼和杂粮粥。吃完了饭，安泰然开车带苏哈玲去补办了身份证和银行卡。无论去哪儿，到处都排着长队。等办完了事儿回到家里，也过了饭点。安泰然停好了车，从楼下的饭馆买了过油肉盖饭，俩人总算填饱了肚子。

下午，安泰然要去上班。苏哈玲躺在床上补觉，有了临时身份证，她准备明天继续去鹿城找母亲。尽管是白天，独居一室，她还是有些心有余悸。苏哈玲迷迷糊糊中听到了门铃声。她轻手轻脚地下了床，心里像藏着二十五只老鼠——百爪挠心。不会是那个劫匪照着身份证上的地址找来了吧，他才不会那么傻，来自投罗网？转念一想，自己身份证上的地址还是小镇的，不是这里，也就放心了。绝对不会是那个劫匪，她肯定之后，又在猜测来的人到底是谁？老妈回来了？她想到这里，迫不及待地跑到门口，她不敢贸然开门，打开门上的猫眼向外望，看清楚来人是马莲，才打了开门。

"哈玲，这么久才开门，我以为你不在家呢。"

"影子，你总算来了，我差点就见不着你了。"

"你老公打电话叫我来的，知道你一个人在家害怕。"

"你哪壶不开提哪壶。别说天黑了，就是白天，只要看见有穿黑衣服的人站在路边，我都觉得就是那个劫匪，吓出一身冷汗。"

"记得，以前我们出去 KTV 歌，你半夜三更都敢自己打车回家，现在怎么了，被一个五十年不遇的劫匪吓破胆了。"

"你就爱说便宜话，你遇上试试。也许，还不如我呢。"

"早就告诉你，有人抢包，你就是不信。常言道：不听老人言，吃亏在眼前。"

"你是老人？我就是太老人了。只可惜了我那个 LV 包。"

"我不相信，你舍得买那么贵的包。"

"是我姐送的，刚用几天。"

"明天，我再送你一个，替你压压惊。"

正说着，门铃响。

是梅青来了。其实，她是来找安泰然的，尽管她和安泰然见面时被拒绝，但是还不死心，想来碰碰运气，没想到苏哈玲回来了。她们本来是好朋友，至于她怎么会来，苏哈玲并没有多心。

梅青坐在一边，听她们聊天。

"报案了吗？"马莲问。

"报了。我就是想让抓住他，让他少祸害人，也不知道这案子能不能破。"

"多少人命关天的大案都破不了，这么小的案子要能破了，那就再没人敢犯上作乱了。"

"劫匪把我推倒抢包的那一刻，我并没害怕，后来从刑警队出来，我才开始后怕。郭警官一个劲问我他拿没拿凶器。他要真拿刀……不敢往下想。后来，幸好有福多多陪着。"

"福多多是谁？"梅青问。

"就是帮我报案的女孩儿。那女孩儿既漂亮大方，又善解人意，我很喜欢她的。"

梅青正想问什么，苏哈玲想起问，"你和婆婆处得怎么样？"

梅青长长地叹了口气，"别提了。"

梅青为了讨好老公，亲自回乡下接摔坏了腿的婆婆来养伤。为了照顾好她，梅青天天围着她转。没过几天，原来她眼中十分开通的婆婆，整天唠叨个不停，听得她耳朵都起茧子了。一会儿说她年纪轻轻，好吃懒做，每月花好几千，雇个保姆摆阔；一会儿说，出去不能走着去，还雇个司机，开着豪车炫富；一会儿说，两个人住这么大的宅子，纯属败家行为。梅青给她买点儿吃的穿的用的，又说乱花钱，不会过日子。总之，她心里惦念的是在家土里刨食的闺女。总之，就是想把这些花销都省下来，给她闺女寄回去。

看着婆婆对她态度的一百八十度大转弯，梅青只能"和为贵"，觉得日子过得很不舒心。

"当初让你想好，你偏不。自作自受。"

有人说，"婆媳关系"是一对不可调和的"阶级矛盾"，这也是现实社会的真实写照。梅青和她老公筹办婚礼的时候，她婆婆就变得情绪暴躁、蛮横无理，惹得她老公不得不延迟婚期，以调整母亲的情绪。后来，只要说结婚，她婆婆的情绪就很不好。他们只能背着他母亲去马尔代夫旅行结婚，生米煮成了熟饭。梅青每次回去探望婆婆，都要买好多东西，从吃的、用的到穿的。婆婆以为媳妇孝敬的东西都是用自己赚的钱买的，很高兴。这次来了之后才知道，媳妇挣的钱都是儿子公司的，就很不高兴，认为不上班给她挣的哪门子钱。总之，没把媳妇当自己家里的人。

俗话说，牙齿和舌头也有打架的时候。在婆媳长期相处中，产生矛盾并不奇怪，关键是要让"和谐"二字常驻婆媳关系中。苏哈玲给梅青支了三招：一要调整期待值。你对进门前婆婆的期待值过高，所以失望就越大；二要谅解老人心理。不要有意无意把婆婆当外人，一言一行让她感到家庭的温暖；三要防止角色混同。女儿在母亲面前可以任性，但在婆婆面前要注意身份和礼节，建立良好的婆媳关系，幸福就在人的一念之间。

"在我看来，化解婆媳冲突是'难于上青天'的事情。"梅青还在为婆媳关系发愁，苏哈玲却喊叫着，"我的眼睛好胀好痛，你看怎么了？"

马莲走近一看，大吃一惊，"哈玲姐，你的眼睛红得连黑眼珠子也看清楚了，是不是受伤了？"

苏哈玲跑到母亲的房间，去照镜子，那只眼睛已经红得看不清自己的容颜了，"挨了那恶人一拳，看来还是被伤着了，再加上这些天老哭。"

"走，去眼科医院。"马莲着急地说。

"这下完了，去不了鹿城，老妈和钻石怎么找？"苏哈玲有些急了。

"慢慢来吧，眼睛要紧。"梅青扶着她出门。

马莲和梅青带着苏哈玲来到青城最好的一家眼科医院。这里有国内顶尖的医疗设备和国内权威的眼科专家团队。

挂号窗口前排起了长队，梅青陪着苏哈玲，马莲给苏哈玲挂了急诊，去了急诊室。急诊室人不多，护士让她先去测视力。左眼睛一点二，右眼的视力只有零点八，这两只眼睛原来度数是一样的。她们刚在门外的椅子上，坐了一会儿，护士出来喊苏哈玲的名字。

苏哈玲坐在医生对面的椅子上，简单说明了自己眼睛受伤的情况。医生让她坐在一台仪器前，给她检查眼底。

"初步诊断为虹膜炎，现在视力已受到了影响，如果发展下去，会严重影响视力，有可能失明。还是先住院，做进一步观察。"医生说。

"不住院行吗？我还要去找我妈和钻石。"苏哈玲说。

"你妈带着钻石跑了？你是舍命不舍财呀！"医生说。

"你怎么说话呢？钻石是条宠物狗。她妈妈和钻石都不知道去向，她能不急吗？"马莲听了医生的话有些反感地说。

"走走走，不用他看了，这么点儿小毛病就让住院。"苏哈玲拉着梅青、马莲就要走。

"能不能，先点眼药或吃点药？"梅青和医生商量。

"我给你开点眼药水，必须保证两个小时点一次。三天以后，一定要来复查，如果疗效不好，还是要来住院的。"医生无可奈何。

"这还差不多。谢谢你！"苏哈玲冲医生笑了笑。

把苏哈玲送回家，梅青惦记着婆婆，先回去了。苏哈玲躺在客厅的沙发上点眼药，马莲在厨房准备晚饭。马莲家里雇着保姆，在家里是"饭来张口"的主儿，苏哈玲真想不出，她做出的东西能不能吃。

门铃响。苏哈玲闭着一只眼，去开门。她很警觉地从猫眼观察一番，才打了门。

"福星，你可回来了。"

福多多把手里提着的水果篮放在地上，一边换鞋，一边盯着苏哈玲的眼睛看，"阿姨，眼睛怎么了？"

"还不是那可恶的劫匪打的，加上我伤心流泪，得了虹膜炎。"

"虹膜炎？这可不能轻视，弄不好会影响视力的，去看医生了吗？"

"看了，让住院，我没同意，正点眼药呢。"

"你眼睛疼不方便，我请假来照顾你吧。"

"不用了，有你马莲阿姨呢。你有空来陪陪我就行。我一个人在家还是有点害怕。"

马莲把小米放在锅里煮上，戴着围裙从厨房出来，"哈玲姐，你的福星来了？"

福多多从沙发上站起身来，很有礼貌地打招呼，"阿姨好！"

马莲拉着福多多端详着她的脸，"出水芙蓉，闭月羞花。"唱道，"天上掉下个林妹妹。"

"林黛玉有什么好，成天哭哭啼啼、病恹恹的。"苏哈玲笑着打断她。

"那可不一样，我们这个林妹妹是救死扶伤的白衣天使。有对象了吗？"

"我刚从北京回青城，还……。"话到嘴边，福多多想起了安逸，从上次在公园偶遇，好长时间没联系了。

马莲看她欲言又止，高兴地拉起福多多的手，"真是天生一对、地造成一双呀。哈玲，你瞧好吧，这媒我做定了。"

做任何事情都要对得起自己的良心

吉日格勒在出租房里住下，她每天做一点儿饭给自己吃，几乎把全部的精力都放在了照顾小钻石上。遛完了它回来，就很用心地给它梳毛，它俯下身子，闭上眼睛，一会儿就舒服地睡着了。现在，整个世界似乎都缩小到她的小天地里，而她的内心已经摆脱了所有的痛苦，而是出于对孤独的无比深邃的理解。

她每天要做的功课，就是盘腿坐在床上，拿出那张旧照片，左看右看、自言自语："多年不见，你过得好吗？我想看看你，你怎么也不来看看我。我相信，总有一天我会找到你的。"然后她双手合十站在地上祈祷，"请指引我，快些找到他吧"。尽管没得到"天神之声"的回应，她认为是时机不到，居然高兴起来。

她拿起放在电视柜上的控制器，放在嘴边当麦克风，身子弓得像只大虾，学起了赵本山："上学的都走了吗？上班的也走了吗？吉日格勒演唱会现在开始。听着好了，就鼓鼓掌；听着不好了，也拍拍手。下面开唱《鸿雁》。"

鸿雁天空上/对对排成行/江水长秋草黄/草原上琴声忧伤

鸿雁向南方/飞过芦苇荡/天苍茫雁何往/心中是北方家乡……

吉日格勒唱得时而深沉、含蓄；时而慷慨、悲壮，柔里含刚，冷中有热，刻画出一个游子的痴情和沧桑。她正唱得起劲，小钻石用嘴叼着一只白绿相间的袜子跑进来，双目一开一合地跳动着，整张脸成了一个"囧"字。它用头碰碰她的腿，表达着要和她玩的诉求。吉日格勒放下遥控器，弯下腰，拍拍小钻石的头，拿起那只袜子看了看，"这里也没有什么玩具，我的一只袜子，你居然玩了一整天，连一个洞都没咬破，真乖。"原来它是向她讨吃的来了，但它装无辜的小伎俩，很快被识破了，"你不是吃过了吗？我早上喂过你了，你难道忘了吗？"小钻石用嘴抢过她手上的袜子，在地上转了一圈，像是在逗她开心，"有了小钻石，就不用担心，美食没人和你分享啦。"

吃饭的时候，她用两根筷子，扎着两块船形蛋糕，和着《鸿雁》的节拍，让它们在盘子里跳舞。

实在无事可做，她就坐在太阳能照到的地方，用从早市上买来的红金丝绒布给小钻石做衣服，袖口、衣边都镶着乳白色的蕾丝边，很好看。

有了小钻石的陪伴，她少了些忧愁，多了一份快乐。

在徐小鬼光顾寒舍之前，吉日格勒总以为自己生活在一个夜不闭户、路不拾遗的安定社会里。

有一天，吉日格勒带着钻石去买菜，结果忘了锁门。徐小鬼瞪着猴子一样

福姥姥，我不想再骗你了，我是来行窃的！

的滴溜乱转的小眼睛，来到门前，装模作样地敲了几下门。见里面没有动静，便掏出一把万能钥匙，对着锁孔一捅，还没转动钥匙，门悄然无声打开了，他神情诡异地向里走。一开始他看到放在门口的狗食盆，吓了一跳，但发现狗没有冲过来，就大着胆子进了房间。他把家里那点东西都翻遍了，也没有找到值钱的东西，心里骂了几遍，"我说怎不锁门，原来遇上一个穷鬼，真 TM 点背。"他还不甘心，弯下腰，向床底下张望。

"你不用忙了，这个家里除了我这个土埋半截的老婆子，什么值钱的东西都没有。"吉日格勒牵着钻石，门神一样地站在门口。徐小鬼吓得魂不守舍，可他定睛一看，满脸堆笑，迎上前去，"福姥姥，你和小钻石总算回来了，我等您好久了。"

吉日格勒明明知道徐小鬼就是小偷，怕他狗急跳墙，并没有戳穿他，"你怎

么找来的？"

"我的鼻子比小钻石的鼻子还灵，闻着它的味找来的。想你们了，来看看。"

"来了不坐，在床底下找啥呢？"

"我看这张床结实不结实，别把您老摔着。"

"你来一趟也不容易，我刚买了菜，饿了吧，我给你做饭去。"

望着吉日格勒在厨房忙碌的身影，徐小鬼心里一阵窃喜，"这老太太，就像无知的羔羊，真好哄。以后就可以常来混吃混喝了。"于是，他放心大胆地在屋子里逗着小钻石玩，等着饭熟了好填饱肚子。吉日格勒一边做饭，一边想，"怎么劝劝他，让他迷途知返。今天是碰到我了，要换别人早送局子里去了。"

他俩坐下吃饭时，徐小鬼一看福姥姥精心给他准备的饭菜，有些被感动了，他等她问点什么，骂他、打他都行。但吉日格勒始终保持着沉默，两只眼睛暗淡无光，有些失望地看着他。

徐小鬼望着她的眼睛，心像被一根绳子捆紧了，又像被吹破的皮球，他不敢祈求，也不敢设想，向自己安慰道，大概不要紧吧？他端起碗，向嘴里扒了一口饭，却难以下咽。吉日格勒的脸一会儿发红，一会儿发白，一副要落下泪来的样子。从她的表情，徐小鬼能感觉出她的内心是多么悲戚和苦痛。徐小鬼泰然自若的神情也变得紧张起来，他放下碗，跪在了地上，"福姥姥，除了我母亲，就你对我好。我不想再骗你了，我是来偷东西的。"

"起来吧。失去良心的人，像泥神一样，空有一副架子。"

原来，徐小鬼家在农村，母亲常年有病，妹妹正在上大学，他那点微薄的工资根本养活不了全家人。过完了春节，他所在的公司活少，常常发不了工资。为了补贴家用，只能四处行窃。那天，在火车上，他偷了吉日格勒的手机，怕下车后被她发现，就急忙混入潮涌般的人群。出站前，他先是不经意地四处看看，发现没人注意他，然后迅速靠近一个老人，飞快地将手伸向老人的口袋，用两根手指夹起一个钱包，塞进自己的衣兜里，消失在人流中。他的身后传来那位老人的哭喊声，"天哪，我看病的钱不见了！"

徐小鬼还承认小钻石也是他诱骗的。他使了调包的把戏，很容易就得手了。他用一根香肠，哄一个小孩说借用一下他拉的玩具车，然后给小钻石喂香肠，再用玩具车把小钻石换下，又用香肠把它引到没人的地方，抱起它就跑，小钻石贪吃，居然一声没叫。

"小钻石的主人长什么样子？"

"长得不错，柳叶眉，杏核眼，身高有一米六，就是胖点，年龄大点儿。"

"你说的这人有点像我女儿哈玲，如果我家的狗丢了，这狗还真是钻石了。"

"偷了您的狗，又还给您，就算我有悔改之意吧。"

"你偷东西的时候，也不想想自己在造孽，会遭报应的。"

"知道，我也是生活所迫。"

"你知道失主怎么咒你吗？以前咒你们手烂掉，腿瘸掉，眼瞎掉；现在又加了新内容，让你们打手机辐射死掉。你偷得越多，得到的诅咒也越多。"

"我知道。"

"你醒醒吧，头撞南墙，让警察捉住了才懂得回头，那太迟了。"

"我一定改。"

"你走的这条路一开始就是一条不归路。想想你年纪轻轻坐了牢，你的老母亲、小妹妹，她们能好活得了吗？"

徐小鬼想起自己的母亲，感到了后怕，双手不由自主地抖动着，透露出焦虑不安的心情。

"如果做了坏事，骑上鸿雁也逃不出去；如果犯了错误，跨上白鹤不能躲不过去。以后无论做任何事情都要对得起自己的良心。"

徐小鬼抱着头，蹲在地上，一语不发。

"你要抹不开面子，我去和麻秆说说，你去他的饭馆打工。"

"小人得志，我不给他打工。"

"那让巴图给说说，你去送快递。"

"这活我能干。福姥姥，我向您保证，再偷一次东西，我就把手剁掉。"

"好，我就信你一回。"

有一天晚上，一种恐惧的感觉把吉日格勒从梦中惊醒，就睁着眼睛躺在床上。她觉得在黑暗中，有一双眼睛盯着她，实际上是一个小偷从厨房的窗户摸进了屋。钻石警觉地蹲到门口，提起一条腿，两只耳朵竖起听着外面的动静。吉日格勒知道，如果她大喊，小偷就会狗急跳墙。她跳下床，把钻石抱在怀里，然后坐在椅子上，用手抚摸着它，让它安静下来。

一个身材魁梧的家伙手上提着一把菜刀，轻轻地推开门，探进头向里看，他头上的黑色面罩遮盖了整个脸，只露出两只眼睛，闪着凶残的目光，他蹑手蹑脚地走到电视柜前翻抽屉。

"别费那么大劲了，这屋子里没有什么值钱的东西。"吉日格勒低沉而沧桑的声音在黑暗中响起，着实把那个小偷吓了一跳。他急忙打开灯，看见一个灰白头发的老人，抱着一条小狗镇定自若地坐在椅子上。

"你是什么人？怎么会住在这间库房里？"

"我没地住，和你一样偷偷溜进来的，外面有点冷。"

"不管你是谁，带上你的东西出去吧，我不为难你。"

"我看还是你走吧，你身强力壮的，怎么可以把一位孤苦伶仃的老人家赶出去挨冻。"

"实相点，快点滚出去。"他气急败坏地用菜刀对准吉日格勒的胸口。

"我都是土埋半截的人了，你图财害了我的命，被抓了去判了，估计下半辈子只能受牢狱之苦了，我死了也值。"

"你，少胡言乱语。"

门外响起了杂乱的脚步声。吉日格勒的后颈被击了两下，一阵灼热的疼痛顷刻传遍了她的全身，她无力地一头向前倒下，脸冲下，贴在冰冷的地板上，昏了过去。小钻石跳到地上，肚子里发出狼一样的嚎叫，冲着小偷破天荒地大叫起来，它跳起来向他的腿上扑去。有人摁响了门铃，小偷不敢和狗恋战，冲进厨房，从摸进来的窗户翻了出去，小钻石冲着厨房的窗户狂叫。

一个警察找到墙上的配电箱，拉下电闸，屋子顿时陷入了黑暗。四个人冲进来，拉下夜视头盔，调整着眼睛上的护目镜。他们一步一步顺着走廊向前走着，环视着整个房间，眼前的一切泛着绿莹莹的冷光出现在他们的护目镜内。

眼前的场景，一切如旧，黑暗中没有人跑动。他们在房间的地面上照了一遍，又把光拉伸向墙壁。通常来说，在一个黑暗的房间里，这种激光武器只要一露面，早把人吓得投降了。经过搜索，他们看到倒在地上的吉日格勒和守在她身边的小钻石。

一个警察蹲下身子，问道："老人家，您受伤了吗？"听到声音，吉日格勒醒了过来，她摇了摇头，看到身旁的警察震惊得一句话也说不出来。两个警察把她从地上扶起来。她走了两步，活动一下胳膊腿脚，没有疼痛的地方，然后坐在椅子上。

"丢什么东西没有？"警察问。

"没有。"她的声音很淡定，却陡然传达出一种苍老和疲惫。

"老人家，你一个人住在这里？"

"嗯，麻烦你打电话，叫我女儿接我回家。"

一个警察进来汇报，说守在楼房外面的人，听到狗叫声音，跑到了楼后，正好看见小偷从厨房窗户跳出去，被当场抓获。他交代行窃的只有他一人，屋里的老人是被他打昏的。

苏哈玲从家里赶来接母亲的时候，天还没有亮。东方渐白，曙光渐强，城市的轮廓已影影绰绰地暴露在晨曦之中。安泰然停车去了，苏哈玲站在楼道门口，抬头望望天空，西北角浅灰色的背景上，浮着几颗失去光泽的星星。路边的垂柳枝条静静地随风飘荡着，一切都还在沉睡中，只有几只麻雀隐身在枝杈间唱着悦耳的晨曲，扰乱了沉寂。她静静地站着，身心沐浴着新鲜的空气，找到母亲的喜悦，更让她神清气爽。从母亲离开家到现在，仅仅半个月，发生了那么多事情，她始终记着这样一句话：祸福无门，唯人所召。是啊！人的一生难免会遭遇这样那样的不幸，有的人在不幸中倒下了，而有的人则幸运地从不幸中走出来，微笑地度过自己的一生。

苏哈玲见到母亲的时候，她躺在床上，那双大眼睛暗淡无光，精神呆滞，神情恍惚。她扑在母亲身上，"老妈，可找到你了，吓死我了。"吉日格勒恢复知觉后头痛欲裂，"抽屉里有止痛片。"安泰然急忙去找。苏哈玲把母亲抱在怀里，给她喂药。吃完了药，她让母亲动动胳膊和腿，看看伤着没有。吉日格勒发现自己的四肢能动而且不疼，她舒了一口气。除了头痛，一切都恢复了正常。"到底发生了什么事？"吉日格勒的思绪纠结，出现记忆闪回，小偷——戴着面罩的脸——翻东西——用手打自己的脑袋。图像加速显现，她让警察给女儿打电话。

吉日格勒从女儿的怀中坐起，"老妈，再躺一会儿，别乱动。"看见自己母亲的一刹那间，苏哈玲似乎失去了知觉，这会儿她才痛哭起来，一声接一声，每过一秒恐惧就加深一层。从寻亲路上丢狗——包被抢——眼睛受伤——到母亲遇到小偷。她仿佛置身于噩梦之中，再也无法摆脱极大的恐惧。她听见渐渐走近的脚步声，浑身颤抖了起来，她下意识地扭头去看，原来是一名警察。

警察告诉她，"你母亲没有受伤，只是后颈遭到了重击，晕过去了。"

吉日格勒似乎又听到了"天神之声"：一切都会过去，一切都会好起来的。安泰然向警察表示感谢后，问道："你们怎么会及时赶到？"这也是来的路上他疑虑最多的问题。

"我们接到一个报警电话。"

"谁报的警？"

"目前，还不清楚。"

警察出门前对苏哈玲嘱咐了几句，"以后别让她一个人在外面住，万一发生什么不幸，后悔莫及。"

从苏哈玲进来，吉日格勒就目光呆滞、面无表情地看着她。警官走后，苏哈玲安慰了自己的母亲，"幸亏没发生什么事情。"然后就开始收拾东西。这时，她才发现了安静地蜷伏在床下的小钻石。她蹲下身，用手抚摸着它的头，惊喜交集，"老妈，你怎么和钻石在一起？太神奇了。"

小钻石马上四蹄朝天躺在地上，等待着她的抚摸。苏哈玲把它抱在怀里，高兴地叫喊，"安泰然，钻石找到了。"

"你把钻石弄丢了？"吉日格勒见苏哈玲喜出望外，突然开口说话了。

苏哈玲用手抚摸着小钻石，"找你时走失了，你俩都不见了，我都快急疯了，差点就……"。她想说"差点就没命了"，想到母亲也受到了惊吓，她把"没命了"又咽回肚子里去。

"它不是钻石，它是小钻石。"吉日格勒矢口否认，苏哈玲感到十分诧异。她把小钻石放在地上，仔细检查。"一个耳朵高一个耳朵低，背上还有打预防针时留下的硬块，一圈的红胡子。这，就是咱们家的钻石。你以为把毛剪得和狗啃了似的，又短又乱，我就不认识了。"

看见安泰然从厨房进来，小钻石挣脱了苏哈玲的怀抱，扑过去抱住他的腿。安泰然蹲下身子，抱起小钻石。

"钻石原来你和姥姥在一起呀，让我们找得好苦呀！"

"泰然，它是咱家的钻石吗？"吉日格勒仍有些怀疑。

"尽管它模样怪怪的，可它就是钻石。"

"小钻石，是别人当手机，还给我的。"

"是火车上偷你手机的那个人吗？"

说曹操，曹操就到，徐小鬼出人意料地出现在他们面前。钻石像迎接老朋友一样，趴在他腿上亲热着。

徐小鬼看见苏哈玲赶紧认错，说是他从她手里换走了狗，又阴差阳错地还给了吉日格勒。

"唉，这真是踏破铁鞋无觅处，得来全不费工夫。"苏哈玲终于叹了一口长气。

徐小鬼还说了他报案的经过。

那天，徐小鬼从吉日格勒这里受到了教育，他决定改邪归正。回去后，就劝说和他一起偷狗的张老歪。说者无意，听者有心，张老歪一听吉日格勒住的地方以前当过库房，就想来碰碰运气。徐小鬼不知道张老歪染上了毒瘾，一天不吸就感到浑身不舒服，痛苦万分，生不如死。只有吸了，才有一种生命在燃烧的感觉，灵魂出窍，欲仙欲死。他毒瘾犯的时候，一小包海洛因就让他重登极乐的天堂，他怎么能拒绝呢？当然，这种代价是他所承受不起的，从此走上了自毁之路。他把家里的东西偷出来卖掉，去买毒品，家里被他折腾得家徒四壁。在这种情况下，张老歪怎么能罢手。徐小鬼怕他去吉日格勒住的地方寻事，就跟踪他。发现他今天有行动，就提前报了警。警察抓捕张老歪的时候，他就躲在小区里没敢露面，是自己也犯有前科，不敢和警察打交道。

听完徐小鬼的话，吉日格勒母女都认为他已将功抵过，原谅了他，还表示要帮他找个合适的工作。

徐小鬼走后，苏哈玲母女坐在床上聊天，安泰然开始打扫房间。

临近中午的时候，房东夫妻终于来了。警察已找她了解过房子的情况，她为昨天晚上发生的事情表示道歉。苏哈玲把三百元钱交给她时，她死活不肯收，"你母亲也没住够一个月，还遇上这么一档子事儿，受了惊吓。你们退房子还把屋子打扫得这么干净，真是遇到了好人。以后我们就是朋友，我姓屈，一定要常联系。"

苏哈玲想起叶明珠给他父亲找的后老伴也姓屈，就问："你老伴是姓叶吧，他还有个女儿，叫叶明珠。"

老叶正在和吉日格勒聊天，听见苏哈玲说叶明珠，跑过来问道："你认识明珠？"

"我们是好朋友，她常提起你们。因为思念你们，她患了失眠症，整晚睡不着觉。你们没时间回去，打个电话也行。"

老叶看了老伴儿一眼，屈阿姨忙说："前段时间装修房子忙，过两天就回去看他们，老叶，你先给明珠打个电话。"

苏哈玲扶着母亲走出楼道门，天上没有一丝云彩，火辣辣的太阳直射在柏油路上，闪烁生光，热量饱和在空气里面，热浪袭人，散发着夏的威力。钻石吐着舌头在前面颠起小碎步，鸽子单调而沉闷地唱着，仿佛在为他们送行。

不要为未发生的事情拧巴儿

苏哈玲和安泰然开着车到村口的时候，已近黄昏。这个村子，离苏哈玲以前生活的小镇只有十几公里，进了村就有回家的感觉。村里的路比较窄，他们只好把车等在村口的空地上，下了车走着进村。

天气很郁闷，没有一丝风，使人透不过气来。乌云从四面堆来，像张开的灰色的天幕，只有西边的天空像磨破了一个洞，露出支离破碎的紫云，夕阳在它的掩护下，仓皇下沉，看样子晚上必降大雨。苏哈玲跟在安泰然身后，两个人都没有说话，冲着村西头的那棵老槐树走去。

安泰然对这里的环境很熟悉。当年他和郑栓柱上学时，每到暑假，他就来村子里玩。下河摸鱼，爬树掏鸟窝、打沙枣。打沙枣时，越向上爬沙枣就又大又红，多吃了噎得咽不下口水。还在夜色的保护下，去偷西瓜、香瓜，这里就是他们的乐园。多少年过去了，他已经花白了头发，村子居然没有多大的变化。只是居住的农户少了，约莫不过十户，都是些坍旧的平房，一家一个用土坯垒起的院子，只听见几声狗叫，不见有人，显然是一个并不富裕的村落。

一个新盖的四合院静静地掩蔽在那棵粗壮的老槐树后面，走到院门口，一条用铁链拴着的大狼狗，便吠叫起来，他们只好站在树下等。

郑栓柱从屋子里跑出来，"泰然呀，你们总算来了，累了吧！快进屋。"

别看整个村庄都死气沉沉的，郑栓柱的家里却别有一番洞天。好大的一座四合院。大门从南开，进门是一个有着大红"福"字的影壁，对着影壁的是一字排开的、坐北朝南的三间大正房，东西各三间房屋，整座房屋呈凹字形排列。进了正房，中间一间是客厅，东西两边是卧室。客厅里放着沙发、电视柜，墙上挂着六十英寸的液晶彩色电视机，屋里布置的和城里人家里差不多，只是院子里的羊圈、猪圈提醒你这是一家农户。

郑栓柱让他们坐在沙发上，开始递烟，安泰然平时不吸烟，也接过来吸了几口。苏哈玲已好多年没见过郑栓柱了，正仔细打量着他。看上去他还十分健壮，脸晒成古铜色，眼睛分外明亮，眉宇间显现一种沉稳、干练而又略带忧愁的复杂神情——只有那种诚实的饱经风霜的人才会有的神态。郑栓柱还在路上时，安泰然就告诉她。郑栓柱曾是生产队里第一生产能手，推车子、挑担子、耕田、耙地、扬锨，无论哪一行，只要是庄稼活，没有他不会的。

一个女人用托盘端着茶壶、茶杯进来，看上去她和苏哈玲年纪差不多，却比她显老。脸圆而丰满，眼睛虽然是单眼皮，但秀气明亮。微笑时，眼角显出鱼尾纹的印迹，露出一口整齐微白的牙齿，腆着的肚子显出一副典型的中年妇

女的身材。郑栓柱介绍，说，"这是孩子他妈。"苏哈玲微笑着纠正，"你应该说，这是我爱人。"安泰然接着说，"你在城里混了那么多年，还土得掉渣呢。"栓柱媳妇把托盘放在茶几上，笑着说，"让你们见笑了。要从他嘴里听到个'爱'字，除非太阳打西边出来。"

苏哈玲一看她就是爽快人，起身拉着她坐到自己身边，"栓柱比泰然大几个月，我叫你嫂子。"栓柱媳妇笑了笑，把茶杯递给苏哈玲，说："你们坐，西房里还做着饭呢，我忙去了。"

安泰然端起茶喝了一口，开口问，"啥时候新盖了房子，你准备回家养老啦？"

"现在村子里全是些留守的孩子和老人，青壮年都进城打工了，地都荒了。我在外头包工程挣了钱，把房子翻修了一下，准备明年开春，把没人种的土地承包了。现在国家的政策好了，种地也能赚钱了。我年龄也大了，在外头干不动了。"

"你这个主意不错，用不了多久，就真成了土豪了。"安泰然笑着说。

"你要有兴趣，我可以帮你建一个家庭农场。"郑栓柱接着说。

"家庭农场？挺新鲜，你还真是与时俱进。"苏哈玲称赞道。

"你们全家要是愿意来，咱们有的是住处。我把屋子里接了水管，吃的是自来水，还装了太阳能热水器，洗澡也不成问题，还有了能冲水的厕所。条件不比城里差。"郑栓柱兴致勃勃地说。

"现在城里空气污染严重，很多人都往农村跑，呼吸新鲜空气，享田园风光哪。"安泰然把农村和城市做了一番对比。

"你说的是旅游观光，咱们的家庭农场建起来，不仅够自己吃，还能自产自销，有比较可观的收入。怎么样？好好合计合计。"

坐在旁边的苏哈玲，现在满脑子都是买白公鸡的事，想起了有病在身的母亲，她接着郑栓柱的话说："就是老人看病、孩子上学不方便，吃着自己种的绿色环保的蔬菜、粮食，还真的比城里强了，这事我们回去再好好考虑。天都快黑了，先说正事哇。"

安泰然这才想起自己的来意，"栓柱，白公鸡的事儿联系得怎么样啦？"

"你放心，都联系好了，我宰了一只羊，让孩子他妈炖了一锅羊肉，吃完饭我带你们去。"

苏哈玲怕鸡的事儿落空白跑一趟，"还是先去买鸡，我有点不放心。"今天一早她和安泰然转遍了青城所有的菜市场，都没有买到一只白公鸡，附近农村又没有认识人。万般无奈才给郑栓柱打了电话，跑这么远的路来买鸡。

买鸡的过程并不顺利，因为全村唯一的有白公鸡的人家，王老汉一听要拿他家的公鸡去喝血，死活不卖。

郑栓柱说尽了好话，最后还说，"救命要紧。你要多少钱，我都给。"还是不行。

苏哈玲的脸都急白了，她靠在门口站着，全身都在轻微地颤抖。她用湿漉漉的大眼睛望着坐在炕上的王老汉，那眼神充满了祈求，王老汉仍无动于衷。过了一会儿，一连串大大的、圆圆的、闪闪发亮的泪珠顺着她忧伤的脸颊滚下来，挂在嘴角，滴在胸脯，落在地上。接着是失声痛哭，立刻变成了长号，像一匹被猎人打中了腿的苍狼，在连绵起伏的山野嗥叫，惨痛中夹杂着尖锐的隐痛。

王老汉一下子慌了神，像被一场旋风席卷着，他侧着身子从炕上站起来，一只胳膊半举着遮住眼睛，一只胳膊摆动着，"栓柱，快不要让她哭了，鸡送给她了，拿上走哇！"安泰然一听，急忙掏出一百元钱放在炕桌上，说了声"谢谢"！

提起地上捆着两条腿的白公鸡，对哈玲说："别哭了，走哇。"

苏哈玲破涕为笑，用手擦擦脸上的泪水，上前抓着王老汉的手，说了一声，"谢谢！等我妈病好了，我专程来谢您！"

他们一进郑栓柱家的大门，就有一阵饭香飘过来，苏哈玲这时才觉得肚子饿了。栓柱媳妇已经把饭菜摆好了，用盘子扣着。苏哈玲洗了手，打开一看，热菜是河套地区的"四大名菜"，猪肉勾鸡、烩酸菜、家常炖鲤鱼和炖羊肉；冷菜有巴盟酿皮和黄豆芽拌粉条；主食是开花纯碱大馒头，全是她爱吃的。

苏哈玲吃得很开心，一来是好久没吃过正宗的家乡饭了；二来是这食材，除了鱼是从黄河边买的以外，猪、鸡、羊都是自家院里养的，豆芽自家生的、粉条是自家做的，酸菜是自家腌的。这顿饭绿色环保，绝对没有地沟油，吃得香，还放心。因为急着赶路，安泰然要开车，他们没有喝酒。郑栓柱把那两瓶"河套王"酒给他们带上，吃过饭，就送他们往村口走。

那轰隆隆像载重车在崎岖的路上驶过似的雷声，不时从远方传到头顶，很快又跳到了远方。一道曲折的电光，在黝黑的天空中抖动着，像一条张牙舞爪通体发光的巨龙，把杂乱无章的村子照得亮亮堂堂的，把树枝的影子投射在那坑坑洼洼的小路上，斑驳陆离。暴雨就要来了。郑栓柱竭力劝他们住下，苏哈玲急着给母亲治病，执意要走。

安泰然开着车，过了高速公路收费站，雨就下起来了。他先在加速道上行驶了一会儿，观察后方无来车，才打转向驶入行车道。尽管车少，但高速公路上没有路灯，在完全漆黑又下着雨的环境下驾驶，只有通过车灯来观察路况。他双手放在方向盘上，全神贯注，双眼平视前方，还用耳朵听着车辆发出的声音有无异常。

奔波了一天的苏哈玲，坐在副驾驭位置上，迷迷糊糊打起盹来。因为心里有事儿，又在雨中走夜路，她不敢睡。

"开慢点！"苏哈玲抓住车上的拉手。大雨织成一张密密的大网，连天扯地的落下，把车置于水汽氤氲之中，在挡风玻璃上，形成一片片的瀑布。雨刮器像发了疯似的，摇摆不定。雨天在高速上行驶，真让人纠心，每一次稍有弯度，后备厢里的鸡都会被撞来撞去，苏哈玲能听见它"咯咯"的叫声，这是母亲用来治病的鸡呀！

她瞪着眼看着前方的路，突然眼皮又跳了起来。因为上次眼皮跳找不到火柴棍，后来，安泰然买了一盒火柴放在手扣里，以备苏哈玲眼皮跳的时候用。苏哈玲拿出火柴，抽出一根折断了，用一小截压在眼皮上，"吃饭的时候，眼皮好像就跳了。只是吃得开心，没在意，也就过去了。现在又跳起来了。"安泰然坐直了身子，提了提神，"别胡思乱想了。唉，你说我们费这么大劲、跑这么远的路，弄来的白公鸡，老妈要是不喝这血，怎么办？"安泰然这么一说，真点到了苏哈玲的死穴，自己的老妈，自己始终猜不透，她一路上担心的正是这个问题。

"老妈不是常说，偏方治大病吗？告诉她，找的偏方，喝了病就好了。"

"你还是专心开车吧，我再想想有啥招。"

苏哈玲的招还没想出来，又开始犯迷糊，她用力撑开乱跳的眼皮，目不转睛地盯着前方的路面。

突然，一袭白衣、披头散发的女子，从车前方灯光照亮的护栏上飘了过来。苏哈玲被眼前的一幕惊呆了，她从包被抢受了惊吓以后，胆子就小多了。大白天一个人走路，都好像有一条藏獒会随时扑上来的恐惧，此刻，她差点吓得背过气去。

安泰然也被这一突发景象吓了一跳，为了躲闪，他猛踩刹车，由于路上积了雨水打滑，车冲着护栏撞上去，三次撞击后，车才停了下来。安泰然的胸脯撞到方向盘上，疼得他差点晕过去。苏哈玲没有系安全带，发生碰撞时，安全气囊没有弹出，反而成了好事，否则她会被勒断脖子，死得很难看。汽车的挡风玻璃是防爆的，确实顶住了她脑袋的撞击，头磕破了，血流满面，人立刻失去了知觉。

安泰然在方向盘上趴了一会儿，下意识地向副驾驶摸过去，苏哈玲一动不动，他从惊慌中醒过来，强忍着疼痛下了车，把苏哈玲拉出车，抱在怀里，坐在积满雨水的路上，呼喊着，"哈玲，你醒一醒。"他用手摸摸她的鼻子，还有一丝游气，"哈玲，你快醒醒，你别吓唬我。"他这才想起一定要救活她。这里离市区的出口不太远，他打了120，又报了警。

这等待，对安泰然来说太漫长了，等得他心焦、无奈，几近要崩溃。"怎么会这样？刚才还活蹦乱跳的人，一下子就成了这样。"那雨，一会儿像用瓢向下泼；一会儿像用喷壶往下浇；忽大忽小交错进行着。他抱着苏哈玲跪在雨地里，叫天天不灵，叫地地不应。他的眼泪像那些雨水哗哗地流下来，"哈玲，你知道，我有多爱你，可你就是不知道。每次你发脾气的时候，我都让着你，不是因为怕你，都是因为爱你。我知道你对我不放心，不会丢下我一个人。你一定会活过来的，我不能没有你。老天爷，你开开眼，救救她吧！"他用自己的身体为妻子遮挡着风雨，整个人都被淋得湿透了。

110先到了，处理事故，保险公司也来了。

120终于来了，直接把苏哈玲送进了医院。不幸的遭遇让苏哈玲承受着如天崩地裂般的巨大伤害，这仿佛电影情节才会出现的悲惨桥段，却真实地发生在她的身上了。

苏哈玲住进医院，经过全力抢救还是昏迷不醒。安泰然和马莲替换着守在她身边。

苏哈玲住院的第三天，梅青才来到医院，她因为把婆婆送去养老院的事情耽搁了。她一进加护病房外的等候室，就看到了满脸胡茬、面容憔悴的安泰然。

"这几天，你都没回家？哈玲姐醒了吗？"她来到他身边轻责道。

安泰然抬起布满血丝的眼睛，"医生说她已经稳定下来了，但我怕万一出现突发情况。"

"我真后悔。"梅青咬着下唇说。

"这不关你的事儿。"安泰然尽管心情不好，还是在安慰她。

"如果我不带她去找桃花姑，就不会发生车祸。"

咖啡厅里，苏哈玲愁眉不展地和梅青对面坐着。梅青在劝她，"福姥姥和钻石一下子，都找回来了，你这是因祸得福。"

"老妈是找回来了，可是她的愿望没实现，没准哪天又玩失踪。我这心还悬着呢。"

"哎，哈玲姐，福姥姥是不是真中邪了？"

"没中邪，为啥吃着药都不见好转，成天胡思乱想。"

"我听人说，有位'桃花姑'可神了。明天我带你去看看，没准管用。"

"这叫得病乱投医。"

第二天，梅青开了一个多小时车，来到一个村子里。下车一打听，才知道，这位"桃花姑"几十年来以"神灵附体"的方式给人看前世今生，远近闻名。苏哈玲是抱着碰碰运气的态度来的。

来到桃花姑家，一进门香味扑鼻，屋内香火缭绕，人来人往。看见她俩走进来，坐在香案后面的桃花姑微闭双目，"既然来求本仙姑，为何不跪拜？"苏哈玲急忙跪在垫子上，"仙姑别生气，我有一事相求。"桃花姑睁了一下眼睛，又闭上，"民女所求何事？"苏哈玲想了想，"我母亲成天胡思乱想，两次离家出走，不知是何原因。"桃花姑闭着眼，粗声大气，"儿女不孝。先奉上香火钱六百元，再告诉你原委。"梅青从包里掏出钱，准备向香案旁的红色功德箱里投。桃花姑急忙制止，"那位女施主且慢，还是让做女儿的尽尽孝心吧。"苏哈玲站起身，将六百元钱投入功德箱内，跪到原位。桃花姑说，"你母亲被恶鬼缠身已久。这恶鬼不肯投胎重新做人，驱除他要消耗我许多法力。"苏哈玲磕着头，"还望仙故施展法力，降魔除妖。"桃花姑不紧不慢地，说，"如果真心想救你的母亲，就再投六百香火钱，本仙替你化解。"苏哈玲再次起身，将六百元钱投入功德箱内，跪到原位。桃花姑才面授机宜，"仙姑看到了你的真心，回去后，你要不惜花重金请一只白毛公鸡。在中元节月圆之时，杀鸡取血让你母亲趁热喝下去，此饿鬼必除。"苏哈玲半信半疑，"照仙姑说的去做，我母亲的病就能好吗？"桃花姑又闭上眼睛，"只要心诚照办即可。"苏哈玲三叩首，"谢过仙姑。"

从桃花姑家出来，梅青也弄不清真假，"为啥要在中元节？"中元节，就是农历七月十五，俗称鬼节，"七月十五鬼开门"，与清明节相似，是祭拜怀念已故亲友的重要节日。至于为什么选这一天，苏哈玲也说不清，只说，"钱也花了，灵不灵，试过才知道。"

听梅青说完，安泰然安慰她，"别想太多了！我们要都想那么多'如果'就会疯掉了，医生告诉我，现在最需要做的是，别再去想。"泪水涌上来，哽住了他的喉咙。

梅青拥着他的肩膀，温柔地说："离开这里，要是再待下去，别人会说我们的闲话了。"

"别告诉我，你老公会来找我拼命。"安泰然想让梅青放松一下心情。

"开个玩笑，我们都想让彼此放松一下心情。你回家去休息，至少睡五个小时，然后，洗个澡，刮刮胡子，换套干净衣服，再来。"

"我现在是不是像个流浪汉？"

"嗯，哈玲姐醒来，看到你这副模样，她准会把你打出门去。"说完这些话，梅青屏住呼吸，生怕玩笑开过了头。终于，她听到了他的苦笑声。

"你回去吧，我会寸步不离地守着她的。"

"你真是哈玲的好妹子。"

安泰然和梅青走进加护病房时，隐约听到躺在病床上，仍处于昏迷状态的苏哈玲，嘴里发出"妈妈"的声音。安泰然走过去，伏在她耳边叫了一声，"哈玲，你醒了吗？"苏哈玲的嘴唇动了动，"妈妈"，就再无声息了。安泰然握紧她的手，"我知道你有两颗心，一颗安放在老妈身边，还有一颗是天大地大任我行。我知道，你会醒过来的，因为你放不下老妈，放不下这个家。"

安泰然离开之前，抓起苏哈玲的手放到嘴边，深情地吻了一下。他轻声说，"哈玲，你快点儿醒来吧！我不能没有你。"

不要只懂得过生命，不懂得过生活

　　安逸从北京回到家里，遇到的第一件事情是母亲受伤住院，处于昏迷不醒之中。那种出人意料的持重老成使他具有大人般的气度，他要求和父亲轮换着去医院照顾母亲。父亲不允，让他在家陪着姥姥，因为怕她担惊受怕，苏哈玲受伤住院的事儿一直瞒着她。姥姥午休的时候，安逸就跑到医院去看母亲。他坐在床前，望着妈妈那张毫无表情的脸，眼角的鱼尾纹也分外清晰起来，似乎记录着她对他的期待。安逸的心里像刀剜一样痛，一双眼睛像被一层雾蒙上了。

　　那还是在幼儿园的时候，有一次，妈妈去接他回家，发现他一个人躲在一个角落里哭鼻子。妈妈以为他受人欺负了，急得大声叫起来，"谁欺负你了？我找他算账去！"安逸赶紧停止了哭泣，拉住妈妈的衣角，让她别声张。"你为什么哭？"他拿出攥在手中的一张纸给妈妈看，是他画的一幅彩色图画：一间平房，房顶上的烟囱还冒着灰色的烟雾。"你自己画的？"他指指画上的烟囱，"照老师的画的，这是我另加的。"妈妈用手摸摸儿子的头，"你画得真好！为什么哭呢？"他用手指了指画上的红色圆圈，下面还有两条杠，妈妈明白了，原来老师给打了零分。"为什么给打零分？"他摇摇头。妈妈拉起他，怒气冲冲地去找老师。

　　这是一位女老师，看上去不满四十岁，眼角有些浅浅的鱼尾纹，头发简单地盘起，一双单眼皮的眼睛分外明亮，微微上翘的下巴，仍然显出青春的活力。"郝老师，安逸画得这么好，你为什么给打零分？"望着苏哈玲一副得理不饶人的模样，郝老师抿住高挺的鼻子下那张嘴，展开苏哈玲扔在她面前的那张纸，"他没有按照我的要求去画，所以……"妈妈受不了她慢条斯理的样子，"哪里没有按要求画啦？"她心里数着一、二、三……强压着自己的怒气。"他加了烟囱和烟雾。"妈妈终于爆发了，"我就不明白了，你算什么老师，你以为画画就像算算术，一点儿也不能差吗？就是你这样死板教条的老师，才扼杀了孩子们的想象力。走，找你们园长评理去。"郝老师一看她真的动怒了，怕闹到园长那里对自己不好，这才站起身，"你水平真高，安逸，真的有画画的天赋，以后我们共同好好培养他，好吗？"

从那以后，妈妈就给他买了好多关于画画的书，为了不违背妈妈的意愿，他总是毫不懈怠地练习，画技越来越好。接着妈妈又让他学唱歌、跳舞、游泳和萨克斯……妈妈逼他学习任何他不喜欢的东西，其结果不太理想时，他就会遭到妈妈的打骂。从小时候起，他就对妈妈的严酷无情十分不满，讨厌她总是决定别人的事情的习惯。但是他从不和妈妈发生正面冲突，忍无可忍时，他唯一的做法就

是躲避。他会躲进网吧，把积攒下来的所有零花钱全部用于打游戏。结果是被从那里抓回去，然后是拳打脚踢，大部分时间是女子单打，偶尔也有混合双打。那时候，他最喜欢的惩罚就数罚站了。每当这时，他可以想好玩的事情和好吃的东西，思想像脱缰的野马在原野上驰骋。他长大后，就没有再惹大人生气。妈妈对儿子的顺从十分满意，对他的技艺所引起的赞叹更是自豪。所以，对他每次回来，家里挤满了他的同学和朋友，妈妈从来也没有反对过。只有在他们欢乐的活动中，才能更好地显露儿子的爱好。他淘气地给每人寥寥几笔就画一张漫画，画得贵在神似。只是他身上具有的一种时代精神，它刺痛了妈妈俭朴观念和掩饰不住的青春之心，相反，爸爸却十分维护儿子的这种精神。

安逸正在回忆小时候的事情，福多多轻轻走进来。他看见她慢慢站起身来，到现在她才恍然大悟，苏哈玲竟然是安逸的母亲。福多多那么善良，安逸每次来医院看望妈妈，走进或走出她负责的病房时，常常听到她和病人说话，也听到她接电话的声音，她总是那么热情，把内心深处的真诚表现得淋漓尽致，她是一位真正的白衣天使。在医院见到她时，总是淡粉色罩衣、长裤。那么普通

的罩衣穿在她的身上那么得体，胸脯挺得高高的。用他画画的眼光来看，她体态苗条，大腿、臀、腰、肩、胳膊的比例都很匀称，没有一点多余的脂肪。他很想对她表白，可是一想到自己的家境和处境，又觉得自己配不上她，真是举棋不定。

安逸这次辞职回来，并没有和父母商量。他在北京工作的那家广告公司其实很想让他留下，并且承诺给他提高待遇。他始终不忘自己的梦想，进这家公司不是为了挣多少钱，为的是通过历练，增长自己的阅历和才干，自己开公司。这次回来，他准备留下来，一是为了自己的姥姥和父母；二是为了开他的公司；三是为了他的爱情。无论从哪方面说，他都得留下来。

安逸回来后，安泰然将儿子原来住过的房间好好布置了一下。他对安逸那么慷慨大方，买了一张足够大的桌子和一台配置比较高的台式电脑，这是安逸搞设计必备的工具，还有一个坐上去很舒服的皮转椅。他想象着苏哈玲出院后，走进这个房间，看到儿子的桌椅像大老板的一样气派高兴的样子。他还特意在房间的墙壁上，挂着几幅安逸最得意的漫画，这样会让苏哈玲觉得儿子的未来充满了阳光。他做好了迎接老婆回家的一切准备。

安逸回来后，一改以前的懒散，自己打扫房间，整理床铺，像他在军训时学来的那样，把被子叠得像一个棱角分明的纸箱子。他上学走之前，所有的活都是姥姥帮他干，甚至他都没有洗过一次袜子。

安逸没事的时候，就陪吉日格勒聊天。他想起自己第一次醉酒的事儿，就像一种小孩子的冒险尝试，他觉得很有趣，于是就告诉了她，而姥姥觉得更好玩。俗话说，无酒不成席。酒被蒙古人看作敬老和待客的最好物品，所以逐渐形成了饮酒的习俗，其中颇有讲究。蒙古族好饮酒，男女喜饮马奶酒，且有大碗喝酒的豪侠风度。吉日格勒年轻的时候也喜欢喝酒，知道安逸喝酒，她说，"要是让你妈知道的话……"就像每次安逸向她透露恋爱的秘密后那样，她笑得上气不接下气。

吉日格勒常常坐在藤椅上回忆过去，给安逸讲家族的兴衰荣辱和草原昔日的景况。每当这时，她感到舒适，感到近乎完美的陪伴。望着慈祥的姥姥，安逸有一种倾诉心里话的愿望，让她老人家帮他解开心头的郁结，她用手指抚摸一下他的脑袋，"好吧，安逸。"她安慰他说，"现在告诉我她是谁吧？"

安逸说出福多多的名字后，吉日格勒发出一阵得意的长笑。这朗朗的笑声一时间竟变成了一阵鸽子叫的"咕咕"声，"你放心吧。"她微笑着说，"无论你在什么地方，她都会等着你。"

想到自己和福多多谈恋爱的事儿，他说，"我对那个漂亮女孩有好感。"

"棒极了！要是你妈妈知道的话……"。吉日格勒笑着说，她当初就相中了她。但是安逸让她继续保密，等他向福多多表白后再说。

吉日格勒和安逸谈他的姥爷，这还是头一回。苏子文活着的时候，常常和吉日格勒提起自己的母亲。他几乎不记得母亲长什么样了，但留给他的记忆还是神圣的。在他的想象中，他未来的妻子应该像他的母亲一样，既贤惠又美丽。他无法想象不经过结婚过程可以对女人发生爱情，而且他首先想到的是家庭，然后才是同他共同建立家庭的女人。因此，他对婚姻的看法同他的大多数朋友的看法不一样。他们认为结婚是社会生活中的许多事情之一，但对他来说，结婚是人生大事，关乎终生幸福。安逸知道，姥姥在为他的终生大事儿操心，让他树立正确的婚姻观。

安逸的成熟保证了家庭的平静，一直以来，他似乎就是这个家的纽带，衔接着吉日格勒和苏哈玲两代人，是家庭快乐幸福的源泉。

陪伴姥姥时，安逸常常想法逗姥姥开心。

他接好电源，一边等着电脑启动，一边嘱咐姥姥把她的相册拿过来。吉日格勒不解地问，"安逸，你要相册有什么用？"安逸接过相册，"一会你就知道了。"他一张一张翻看着，"姥姥您的照片真不少，别人家的老人可没有这么多。"吉日格勒露出满脸的得意，"你忘了你姥爷是做什么的了？"安逸抬起头望着她，一种深切的怀念的目光。他想，这种目光在姥姥的照片上也一目了然。在最初的照片上，尽管是黑白的，她穿着漂亮的蒙古袍，一头乌发盘起，看上去很愉快。而在最后的几张上，尽管是彩色的，但她穿着深色的大衣，围着灰色的围巾，苍白的脸上露出了愁容，一副不开心的样子。

吉日格勒和安逸谈孝顺。我们每个人都是来这个地球体验的，我们真正的身份不是一个血肉之躯，一个名字，真实的你不是你父母的孩子，这些是你暂时承继的一个角色而已。父母个人都是独立的个体，要为自己的喜怒哀乐负责，而从小你的父母就利用你的善良和孝心，让你有罪恶感、负疚感。成为他们在这个世界上抓取成就感、责任感的工具。她想让他知道，真正的孝顺绝对不是以牺牲自己的快乐、独立、自主、尊严为前提去操作的。

她总对安逸说，"不要只懂得过生命，不懂得过生活。"

他从相册中选了几张效果好的，用手机翻拍了，在电脑上 PS 后，存入姥姥的手机，让她记起自己年轻时的模样。他又照着姥姥年轻时的模样画了几幅漫画。吉日格勒最喜欢的还是那幅：穿着一双细高跟鞋坐在一个三条腿的圆凳子上，一只手捧着一面镜子，另一只手翘着兰花指拿着眉笔，在画眉毛，呶着的嘴唇上涂着厚厚的、鲜红的口红，那神情像极了她本人，安逸上次回来画的那幅。

安逸把这幅漫画去打印社打印出来，附了一层膜，还配了一个金黄色的框子，挂在了吉日格勒房间里，她看一次，笑一次，"就这么笑下去，我会回到十八岁了。"

一次吉日格勒郑重地提出，要和安逸学画画。

安逸就找来铅笔和小时候自己学绘画的书，让姥姥学着画。

有时候，她画着画着，就停下来，"安逸，你说我能做到吗？"

"能，你有画的天分，只不过从来就没有开发过。"

吉日格勒欣喜地想起来了什么。哈玲小的时候，给她做鞋。那时的鞋都是绣花鞋，花样子都是她自己画。鞋穿在哈玲脚上，邻居家的女孩儿回家都要，妈妈们就跑来向她要花样，都说她画得好。

安逸总是对姥姥说，"活得有趣才是人生的最高境界。"

从那以后，吉日格勒每天早上起来，梳洗完毕，总是站在镜子前，先看着漫画里的年轻女人尽情地笑，然后对着镜子里那个年老色衰的女人大声朗诵，"我很好，我很好，我真的，真的，真的很好！"安逸告诉她，"有位心理专家说，这是开发自我潜能的手段之一！"

九月三日那天，安逸哪也没去，陪姥姥坐在电视机前，观看纪念中国人民抗日战争胜利七十周年大阅兵。阅兵式开始前，吉日格勒问道："安逸，你妈出门好些天了，怎么还不回来？"安逸说："昨天给她打电话了，她说办完了事就回来，你不用担心她。"安逸想着昏迷不醒的母亲，心里在流泪。他怕姥姥看出来，就和她讲，本次大阅兵是新中国历史上第十五次大阅兵，进入二十一世纪以来第二次大阅兵，也是第一次在非国庆节举行的大阅兵。留给她印象最深的是纪念活动开始时鸣响的七十声礼炮；直升机上悬挂着中国国旗；二十架直升机呈现"70"字样；七架飞机，拉出七道彩带。数万只和平鸽和气球飞向蓝天。

下午，吉日格勒带着钻石去散步。轻风吹来，感觉神清气爽。钻石失而复得之后，她不让它离开半步，将牵它的绳子紧紧地攥在手里。

钻石迈着"盛装舞步"欢快地前行，时不时地蹿入草地、树林，用长长的鼻子四处嗅着，选好了地形，都会撒下少量的尿或拉少量的屎，它总是以自己为中心，用自己的气味标出领地。每当与其他小狗相遇，它会昂首挺胸地站立等待，耳朵竖起来听着狗们的叫声，肚子里发出某种声音，却并不叫出声来。

时有三五只狗围拢过来，它们似乎刚洗过"尘土浴"，肮脏的狗毛挂在一副皮囊上，看不出本来的模样。是疯狗吗？吉日格勒惊慌起来，生怕它们会扑过来。一个牵着德国牧羊犬的人闻声过来为她解了围。他说："会叫的狗不咬人，都是流浪狗，你不用怕"。狗们渐渐跑远了，吉日格勒知道，在这座城市里还有许多这样的流浪狗。它们无家可归，只能在垃圾箱周围、臭水沟旁觅食，在管道旁、乱石堆里露宿。有人说，狗是人类最诚实的朋友。一个将狗抛弃的人，肯定是一个没有爱心和责任感的人。

再向前走，远远看见秦老师和几位老人坐在凉亭里，手里握着乐器，聊着天。他见吉日格勒牵着狗走过来，招呼道，"福姥姥，可有些日子不见你了，出门了吗？"吉日格勒不想提及那段往事，只说"身体不舒服，在家里养病"。说完，抬头看见有一位老头胸前挂着几块军功章，好奇地问道："您也是功臣，参加大阅兵了？"老头站起身来，挺了挺身板，声音洪亮地说，"我虽然不在受邀之列，但我为参加阅兵的百余名抗战老兵自豪和骄傲，祖国和人民没有忘记我们。"望着站在她面前的抗日英雄，她想起了阅兵式上，那个抗战老兵组成的方队，有抗战老同志、支前模范和抗日英烈的后代，共三百多人。那些抗战老同志平均年龄九十岁，支前模范平均年龄八十八岁，老兵的子女平均年龄七十八岁。

老人说着已是热泪盈眶。秦老师扶他坐下，向给学生讲课似的，扬着手臂说，"抗日战争对于每一位中国人来说都是永远的记忆，然而七十年后的今天，有些大学生不记得抗战胜利纪念日。九一八事件为啥妇孺皆知，就是因为那天响起的防空警报声。'九三'大阅兵，首次以纪念抗战胜利为主题举行阅兵；就是要让我们记住这一天，铭记历史、缅怀先烈、珍爱和平、开创未来。"

人是为爱自己和自己爱的人而活着

苏哈玲苏醒过来时，已经是第七天早晨。她不知道自己怎么会躺在医院里，脑袋仁子疼得她六神无主。在这之前，她的意识曾醒来过。她觉得自己置身在一个黑得伸手不见五指的房子里，头痛得她睁不开眼睛，"安泰然，你在哪里？发生了什么事情？为什么会这么痛？……"她叫着，可是没有人能听得见。

"为什么我这么无力？这到底是什么地方？"突然，苏哈玲觉得自己冲出了墙壁，"安泰然"她叫着。她也不知道守在她身边的福多多，以护士的身份正弯下腰看着她。福多多似乎感觉到了什么，"哈玲阿姨，你醒了吗？"

"我好痛，快救救我！"她恳求着，接着她的意识再次飘离，疼痛消失了，她又跌落到黑暗中。

福多多像受惊般的天使，坐在苏哈玲床前的椅子上，紧紧抓着她的手。见她醒来，按铃叫来了负责治疗她的李木子医生。他是一位面色白净、两鬓斑白的老人，戴着一副金丝边眼镜，有点儿像私塾里的教书先生。李医生平静地告诉她："出了车祸，但你很走运，只是头部受到了撞击，昏迷了几天，血压、呼吸和脉搏基本正常，据判断只是脑震荡。明天再做个脑CT，住院观察几天就可以出院，回家调养了。"

苏哈玲醒来之后，只觉头晕、恶心，受伤时的事情一点儿也想不起来了。李医生告诉她，脑震荡是头部外伤后出现暂时性的意识障碍，可有脑干网状结构受损，脑组织轻度充血、水肿，甚至点状出血，是脑损伤中最轻的一种。有时会出现逆行性健忘，随着时间的推移，症状会慢慢减轻，不会留下什么后遗症。

苏哈玲说："出了车祸？安泰然呢，他怎么不在？"

安泰然正提着早餐推门进来，听到有人叫他的名字，急忙应着，"我在，我在。"福多多接过他手里的东西，高兴地说："阿姨醒过来了，正在找你呢？"

安泰然坐在椅子上，拉着苏哈玲的手，说："老婆，你终于醒过来了，吓死我了。"苏哈玲盯着他看，觉得有点儿不大对劲，发现他的头发不见了，"怎么，趁我长睡不醒，你倒理了个这么新潮的发型？"几天来，安泰然觉得有一只利爪在他的心上乱抓着，扯心地疼痛，魂不附体。老婆醒了，他才还魂，又幽默风趣起来，"理发师说剪掉了头发，就剪掉了回忆。那我剃个光头，不就像你一样失忆了吗？帮你找回心理平衡。"

"说得好听，我要是活不过来，你怎么办？"

"我相信你是太累了，想好好睡几天觉，你怎么舍得丢下我一个人先走。"

安泰然始终相信苏哈玲会醒，早在她在他怀中昏迷不醒的时候，他就相信。

就是这个信念支撑着他，才没有倒下。

梅青来探望苏哈玲时，她才想起问安泰然，"出了这么大事情，福姥姥，知道吗？"

"怕她受不了，一直瞒着她。"

"鸡血喝了吗？"

"鸡在后备厢里被撞死了，鸡血没喝成。"

苏哈玲似乎想起了什么，"我老妈从来不杀生，她怎么可能喝鸡血？"

"都怪我，是我带你去找桃花姑的，让她骗了钱，还差点搭上了性命。"因为这件事情，梅青的肠子都悔青了。

"都怪我鬼迷心窍。"

安泰然脸上堆着笑，说："都别自责了。俗话说，破了财，免了灾，以后就会顺顺当当了。"

苏哈玲闭上眼睛，头疼好了些，才说："我们应该吸取的教训是，以后不要为未发生的事情拧巴儿。"

经过一周的住院治疗，苏哈玲终于出院回家休养。出院时，李木子医生特意嘱咐安泰然："病人还没完全恢复，需要静养，你要多担待点儿，家务活尽量别让她干。"

安泰然摸着光头，笑着说："没问题。"

李医生也笑着说："真体贴！"

安泰然把两只手张开，缩了缩脖子，说："这有啥？平时她也不干。"

"我为什么活着？"躺在床上养伤的苏哈玲从鬼门关走了一趟，终于有了大把的时间把这个问题考虑清楚。直到有一天，太阳透过玻璃户，暖暖地照在她的身上，她的心思随着丝丝光亮踊跃起来，她仿佛从一个长长的梦中醒来，突然明白：人是为爱自己和自己爱的人而活着。

吉日格勒看到女儿躺在床上，似乎又找回了做母亲的感觉，每天亲自下厨煮面、荷包鸡蛋端给女儿吃。她还把奶茶灌进婴儿杯里给她喝。苏哈玲告诉她，"我可以用茶杯喝。"她说，"这孩子越来越不听话了"。她还给她的脚上穿上自己亲手编织的线袜子，说怕她的脚凉。还一勺一勺喂她吃桃罐头，取"逃"之意，吃了病就能逃之夭夭。

苏哈玲望着忙忙碌碌的母亲，心想：老妈要是没有病有多好，咱们这个家虽不富裕，但也衣食无忧，是多么和谐快乐幸福！关于出车祸的原因，苏哈玲并没有告诉母亲，她知道她会说多此一举，她受不起那个打击。这才几个月，出了多少事情，人只有在不如意的时候，才懂得平安无事是最幸福的，才懂得珍惜。

白天没事儿的时候，吉日格勒斜靠在苏哈玲的床上，一起看电视。她穿一件自己亲手裁剪缝制的睡袍，睡袍很长。但她躺下时还会露出血管凸起的蜡状小腿，苏哈玲看到了才觉出母亲和年轻时的不一样，尽管她比同龄人身体好许多，可毕竟是今非昔比。她想，以后不能光忙自己的事了，要好好关心照顾孝敬母亲。她们一起看蒙语节目，听蒙语歌曲。吉日格勒一边看电视，一边说："我很怀念这座城市过去的样子。"她指的是她和苏子文结婚后，因丈夫工作调动，从鹿城来到了这里。

那时的青城朴素美丽，她和丈夫都觉得是最适宜居住的城市，所以在这里定居下来，一住就是二十多年。青城是一个以蒙古族为自治民族，汉、满、回、朝鲜等三十六个民族共同聚居的塞外名城。苏子文工作不忙时，会带着妻子和女儿去玩，他们游遍了市内和周边的名胜古迹。大召、小召、五塔寺，清真大寺、昭君墓、公主府、将军衙署和赛马场。去的最多的是青城公园，春夏秋冬这里的景色各有不同。青城公园前身为龙泉公园，建于1931年，占地面积一点三三公顷，此处原有一座山岗名为"卧龙冈"。冈下有一涌泉，水流淙淙不断，甘甜清澈，泉名为老龙潭，又名龙泉。园内有人民英雄纪念碑、包钢开炉纪念钢锭等，杨柳参天、繁花似锦，百鸟啼鸣，当时是市内主要游览地之一。看着母亲怀旧失落的样子，"老妈，您觉得现在的青城不好吗？"吉日格勒仿佛被从梦中惊醒，"现在楼越盖越高，人越来越多，路越来越堵，雾霾也越来越严重了，还有啥好？"

现在的城市让吉日格勒感到陌生，她那些在一起做针线活的老姐妹，有的搬走住进了舒适漂亮的大房子，有的去阎王爷那报到去了，只有她孤独地生活在这里。住在老房子里的大多是出租户，门一关各过各的日子，俗话说，鸡犬之声相闻，老死不相往来。她虽然待在家里，可是总有一种要回家的感觉。

苏哈玲告诉老妈，青城公园是典型的市民公园，经过多年的修建，园内花草树木繁茂，湖水宽阔，波光潋滟，湖畔柳暗花明，湖面游船众多。每逢夏秋之季，荷花盛开。荷花池的西南连接着养鱼塘，常有钓鱼爱好者执竿垂钓。园内还有东北虎、非洲狮、梅花鹿、青羊、黑熊及各种活泼可爱的猴类，并建起了儿童乐园，面积达到四千平方米。随着时间的流逝，现在青城公园已成为一座综合性的公园。给人们的生活增添了新的色彩。听女儿这么说，她把一厚沓杂志搬在床上，用她那弯曲的手指，有点颤抖地翻动纸张，想找出那些话的出处，以证实女儿说话的真实性。

苏哈玲明显感觉出母亲的悲伤，感觉到她痛恨那种失算，她如今不得不孤独地在这里，不得不依靠回忆和经验，承受一个自己已经开始讨厌的地方。等我赚了钱，买一个大房子接母亲去住，完成她的心愿。

车祸之后，苏哈玲的味觉曾一度迟钝，直到现在，她才有了强烈的食欲。她吵着要吃"羊肉汆面"。吉日格勒赶紧去厨房做，她知道，这是女儿最爱吃的，好多年没有做给她吃了。苏哈玲狼吞虎咽地吃着面，食物的味道才开始在她的口中强烈地荡漾。

苏哈玲发现自己也处在一个人生的十字路口上。她年轻的时候，始终等待逃离这里的机会。机会一来，她真的就这样做了。她和安泰然结婚之后，一直生活在那个不起眼的小镇上，她很少回家来看望自己的父母亲，即便是来了也是来去匆匆。从来没有真正关心过他们，从父亲生病到去世，她都没有真正陪伴过。想到这里，她流下了愧疚的泪水。网上说：人生有三件事情不能等：孝老、行善和健身。头一件就是孝老，父母哺儿育女是春蚕抽丝，儿女侍奉双亲是理所当然。别的事可以不急，这个事要急。退休之后，她唯一的愿望就是做一些自己喜欢想做的事情。为了实现她的愿望，她很少在家陪陪母亲。这次车祸，也许是坏事变好事，她躺在了床上，母亲伴在自己身边，她才找回了家的感觉。童年已离去了很远，留在记忆里的是支离破碎的，但能回想起来的都是快乐幸福的。古人云：树欲静而风不止，子欲孝而亲不待。苏哈玲觉得这份亲情，比任何时候都强烈起来，她突然明白，对母亲的陪伴就是最好的孝顺。"妈，我回来之后，咱俩还没有心平气和地谈一次话，都怪我仗着更年期反应，动不动发脾气。我想知道你两次离开家的原因？"

听到这句话，吉日格勒脸上的笑容消失了，她又想起了自己的孤独。但她脸上很快堆满了笑，"你等着，我给你看一样东西。"

吉日格勒神秘兮兮地回到自己的房间，掏出钥匙，打开柜子，拿出那个首饰盒，坐在床上，戴上老花镜，拿出那张珍藏的照片，左看右看了好一会儿，才拿过去给女儿看。

苏哈玲接过照片细看，一个相貌英俊、身穿蒙古袍的男子，似曾相识，却想不起在哪见过，问道："妈，这人是谁？我好像在哪见过？"

吉日格勒笑着说："你怎么能见过，他是我的初恋情人，那时候我还没认识你爸呢。"

苏哈玲半信半疑，看了一会儿，说："我看就像我爸，眼睛、眉毛和嘴巴，可是我爸怎么穿着蒙古袍？"

吉日格勒收回照片，"当初，要不是认识了你爸，我俩就成亲了。那样，我就会在草原上，过着与这里完全不同的生活，也不会孤独得像一头黄羊。我会生一群孩子，也不会只有你一个了。"

"妈，那样就没有我了，你会后悔的。"

"世上又没有卖后悔药的。"

"您两次离开家，不会是为了去找这个人吧？"

"就是，是'天神之声'的指引……"吉日格勒觉得说错了话，把后半句咽了回去。怕苏哈玲追问下去，急忙向外走。望着老妈的背影，一股暖流从苏哈玲的心底升起，弥漫到全身，心情豁然开朗了。

陪伴是最好的孝顺

苏哈玲躺在床上已是第十天了。她感觉恢复了许多，只是头疼起来，整个人就像要四分五裂一样。连撑开眼皮这样的小动作都不敢做，唯恐稍一用力，她的头就会真的裂开。每当这时，吉日格勒就打开自己的药匣子，拿出一粒止痛片让她服下去。头不疼了，她才想起问母亲，为什么有一大瓶的止痛片。吉日格勒承认，自己大半辈子受"偏头疼"的困扰，对止痛片有了依赖性，一天不吃都不行。苏哈玲惊讶地张大了嘴，"我的妈呀！你是吃止痛片成瘾了，这种药对肝、肾的损害太大了，你可不能再吃了。"吉日格勒一边向自己房间走，边自言自语："我也知道是药三分毒。这药瘾，也和毒瘾一样，想戒都戒不了啦。"

苏哈玲出院后，在微信上发了条信息，说自己生病，在家调养，暂时不能去广场跳舞了。这条信息引起了朋友圈的关注，好多朋友打电话、发微信，有的亲自上门问候。其中有一条是负责她那起抢劫案的郭警官发的，他说过两天来登门拜访。

吉日格勒带着钻石出去了，安泰然也上班去了。安逸忙着开公司的事儿。

这些天，福多多只要不上班，就来照顾苏哈玲。自从知道她是安逸的母亲之后，心就被复杂的感情交织着、缠绕着，像打翻了五味瓶，酸甜苦辣咸样样都有。起初安逸见到她时，像火一般热情；现在感觉他像冰一样冷。她沉浸在甜蜜的爱的幻想中，但安逸始终没有说过什么。其实，她很喜欢这一家人的。

福多多刚把洗好的衣服晾在阳台上，门铃响了。她以为吉日格勒没带钥匙，就急忙跑过来开门，从猫眼向外瞅瞅，来的人是郭警官。

门开了，郭警官左手捧着一束康乃馨，右手提着一个水果篮走进来。他穿着便服，看上去比上次相见，少了一分严肃，多了一分热情。

福多多喊道："阿姨，郭警官来了！"

苏哈玲从床上坐起身，说："快，请进来坐。"

郭警官把手中的鲜花递给福多多，她说："好漂亮的花呀！"又用鼻子闻了闻，"这花香真好闻！"

　　郭警官边向里走，边喊道："哈玲大姐，病好些了吗？"

　　"好多了，谢谢你能来！"

　　郭警官在床边的沙发上坐下来，福多多给他倒了一杯水，放在他面前的茶几上，也在床边坐下。

　　苏哈玲想起身下地，郭警官马上制止，说道："你刚好一些，躺着吧，到底发生了什么事儿？"

　　"与许许多多的灾难一样，始于各种非常小的事情，小得连我都记不起究竟是什么，究竟怎么发生的，我只记得当时我坐在车里，一切还算正常。"

　　"无疑那是一场车祸。"

　　"肯定是吧。"

　　上次见到郭警官时，苏哈玲被吓得魂不守舍，都没记清他长什么模样。这次近距离一看，觉得他相貌当中最吸引人的是他的眼睛，又大又黑又警觉，同时还带着一丝嘲讽，仿佛一切使他感兴趣的东西，以及他使别人感兴趣的东西，都是荒唐可笑的。

苏哈玲问道："案子有线索了吗？"

"案子已经破了，我是来给你送手机的。"郭警官从衣服口袋里掏出手机递给哈玲。

苏哈玲接过手机像拿着一个烫手的山芋，她翻来覆去看了一会儿，说："这是我用在广场上组织跳舞挣的钱攒起来买的，本来准备送给母亲的，连登记的新手机号码还没记清楚，就被抢了。"

郭警官说："那个抢劫犯可能很喜欢这款手机，他一直自己用着。"

"案子怎么破的？"

"前阵子在一个出租屋里，抓住一个入室抢劫犯叫张老歪，是一个建筑公司的工人。从身上搜出了这个手机，他供认不讳。"

"真是无巧不成书。发生在我和我母亲身上的两个案子，原来是一人所为。抓住他，我就放心了。包被抢之后，我每天走在马路上，只要天一黑，看见路边站个人，我就怀疑是不是坏人。吓得大气都不敢出。"

福多多说："谁遇到这事不怕？除非是警察。在学校上学的时候，同学们就说，晚上上街千万别背包，有人抢包，我们谁也不在意。阿姨出了这事儿，正好被我遇到，我也不敢一个人走夜路了。"

郭警官说："吃一堑长一智。他这一抢，至少被判五年。"

苏哈玲说："你们辛苦了，谢谢你们！"

郭警官说："都是我们应该做的，等你病好了，去刑警队确认一下，我们就可以结案了。"

苏哈玲说："能抓住他，真是万幸。让他吃点苦头，看他还会不会出来害人。"

郭警官站起身说："打扰你们了，我还有事儿，先行告辞了。"

苏哈玲说："这段时间，不知道怎么了，家里老出事儿。"

想到了小偷，苏哈玲又想起了老妈的病，说："郭警官，你能帮个忙吗？"

郭警官说："请讲，只要是我办到的。"

遭遇一场车祸，抢包的事儿似乎已经从苏哈玲的记忆中逐渐淡去了，就像你无意间睡着了，而手中拿着的单子轻轻滑落一样。上次郭警官的到来，像一个石子落进了湖水中，泛起一丝涟漪，很快又归于平静；抢劫犯的落网，失而复得的手机，使她感觉到自己生活在太平盛世，没有了多少担忧。她急切等待的，是她和郭警官的约定。

这天下午，郭警官再次光临，苏哈玲正和吉日格勒看电视的《社会与法》

栏目：一个女孩儿被人杀了，肢解后装在一个编织袋里，抛尸于荒郊野外，出租车司机发现了车上的血迹，报了警。苏哈玲吓得用手捂住了眼睛，嘴里喊着："妈，换个频道，想起上次包被抢，有点儿后怕。"

"还没有搞清凶手是谁？"

"我是病号，听我的。"

吉日格勒很不情愿地走到电视柜前，拿起遥控器扔到床上，"你自己换吧，我回屋看，我知道在这个家里，一点儿自由都没有，处处受你管制。你这一病，更是变本加厉。"

"老妈，你又愤愤不平了，我就是为了晚上能睡个安稳觉。"

"不和你说了，我得看看到底谁是凶手。"

吉日格勒回自己房间看电视了，苏哈玲随便换了一个台。想着自己的心事：车祸之后，她以为自己的记忆力还没有恢复，但她忘掉的都是车祸发生时的一些事情，对她来说就可以过安稳日子。用不了多久，她就可以康复了。没落下什么残疾，实属万幸。

门铃响了。吉日格勒正看电视入神，还是起身去开门。钻石正卧在她脚边打瞌睡，响到声音，就跑到门口等着，她打开门一看，一个穿着警服的人站在门口。

吉日格勒问道："警察叔叔，你找谁？"

郭警官已猜到这是苏哈玲的母亲，就笑着，问道，"福姥姥，您最近身体可好？"

吉日格勒有些诧异，"你认识我？"

郭警官肯定地回答，"岂止认识。您在鹿城那些天，我一直保护着你。"

吉日格勒恍然大悟，"我说呢，出事儿那天，警察那么快就来了，原来是你捣的鬼。你找我有啥事儿？首先严重声明，我可没干违法的事儿！"

苏哈玲听了他俩的对话，知道是郭警官来了，"老妈，别站着说话，让人家进来坐。"

"你先进屋坐，我给你泡茶去，有啥话慢慢说。"

郭警官坐在苏哈玲床边的沙发上，两个人交换了一下眼色。苏哈玲悄声说："就看你的啦。"

郭警察笑了笑，说："没问题。"

估计吉日格勒快进来了，苏哈玲才大声问道，"郭警官，你找我妈有啥事？就和我说吧。"

"还是我和福姥姥说吧，你在旁边听着，也有你的事儿。"

吉日格勒把茶杯放在茶几上，说："先喝口水，润润嗓子。你有啥事儿就和我说。"

"福姥姥，不是我多事儿。公安局有规定：七十岁以上的老人，不能单独离开所居住的城市，要想离开必须有监护人陪同。"

"监护人？罪犯才有监护人？我又没犯罪，谁是我的监护人？"

"当然是您的女儿、女婿和外孙了。只有在他们的陪同下，您才能外出。"

"没听说有这样的规定，竟拿福姥姥我开涮。"

苏哈玲一看母亲不信，心里就有点急，"妈，郭警官，好人一个，他怎么可能骗你，好好听他说。"

郭警官不紧不慢，"空口无凭。我这儿有红头文件，你和你女儿都要画押签字的。你要再跑出去，我们就以对老人不孝为理由，追究他们的责任，处以罚款，那可不是一个小数目啊！"

苏哈玲故意装成着急的样子，"罚款？那可不行！我这风里来，雨里去的，也挣不了几个钱，钱都缴了罚款，全家喝西北风呀！"

郭警官果真拿出一份红头文件递给吉日格勒看。

吉日格勒认真地读了一遍，"这上面说，七十岁以上，我过几个月才到，还不适应于我。"

苏哈玲急忙抢过来，"这上面说的是虚岁，你说的是周岁。"

"哈玲，你放心，妈还没老糊涂，不会连累你们的。这字，我签。"

"这就对了，你一个人在外面租房住，半夜进了小偷，幸亏没出什么大事儿。"

吉日格勒一听急了，"你连这事儿都知道，行了，我签。"

郭警官这才掏出一份保证书。

吉日格勒仔细看了一遍。

郭警官郑重其事，"看明白了吗？有什么疑问，我给你解释。"

"明白了，就是不让我单独外出，我签。"

吉日格勒在下面签了字。

郭警官对苏哈玲说，"你也得签。"

苏哈玲也在下面装模作样地签了字。

郭警官又掏出印油，"来，再按上手印就生效了。"

吉日格勒按完手印，望着手指上的红泥，说："我都成了杨白劳了，有点签卖身契的感觉。"

"差点忘了一件事儿。当着我的面，把您的身份证、银行卡都交给女儿保管，需要多少钱，都由她取给您。只有这样她才能发挥监护人的作用，懂了吗？"

"警察叔叔，我懂，我这就去取。"

吉日格勒进卧室去取证件。

苏哈玲和郭警官会心地笑了，她说："郭警官，你怎想出来的，没有钱，她想走就没那么容易了。你帮我解决了心头大患，等我病好了，请你吃饭，好好谢谢你！"

郭警官笑着，说："今后你母亲不再单独行动，那才算成功了。"

苏哈玲还是不大放心，"哎，她七十岁的人了，每次生病好似身体都更坏了一层，我很怕她会离开我。常言道：树欲静而风不止，子欲养而亲不待。"

吉日格勒取了证件过来，听到这话扑哧一声笑了，"放心吧，死不了。我一把屎、一把尿把你拉扯大，怎么也得让你伺候伺候我啊！哪能这么容易就死？"

听她这么说，苏哈玲哭了起来，"我伺候你多久都行，多脏多累都行，只要你好好的，多陪我几年。"

郭警官看到她们母女这样，十分感慨，"有句广告词说得好，'陪伴是最好的孝顺'，你常陪在母亲身边拉拉家常，她会很开心的。"

吉日格勒牵着钻石在公园里散步，晴空一碧万顷，地面和叶子上挂着露珠。这个时节，没有春天沙尘暴的光顾，也没有伏天挟着冰雹的暴雨来袭，想必是青城最好的时节了。晨风吹来，顿感神清气爽，她想起去草原的事儿。谚语说，白露秋风夜，一夜凉一夜。眼看天气就转凉了，再不去，只能等明年了。

再向前走，远远地看见秦老师和李大爷、陈阿姨他们在一起聊天，她牵着钻石走过去。

秦老师看她过来，站起身让她坐下，"福姥姥，这次回来不走了吧？"

吉日格勒笑哈哈地说："走，有人陪我去看草原。"

李大爷一听急了，"你还要走哇。为找你，哈玲遇到劫匪，包被抢了，丢了手机和钱不说，还受了惊吓，吃了尽苦头，你就不心疼她？"

话音刚落，陈阿姨接着说："这还不算，哈玲为了给你治病，四处去找一只白毛公鸡，结果出了车祸，昏迷了好些天，差点送了命。"

吉日格勒明白过来，苏哈玲为啥受了伤。她心情一下变得很差，坐在那儿，脸一会儿红，一会儿白，恨不得地上裂条缝好钻进去。

秦老师看她难为情，就打圆场，"这人老了，不经折腾，万一有个三长两短的，以后好好在家待着。"

吉日格勒有气无力地说："你们这是在开批斗大会呀！我知道错了。"

"知道了，以后就别乱跑了。"

"实话告诉你们吧。警察都找上门来了，说七十岁以上的老人没有人监护不准出城，否则孩子们会丢了饭碗。我都签字画押做保证了。我像杨白劳一样签了卖身契，这身体也不是我的了。"

"只要你不走，孩子们就谢天谢地喽。"

遛完了钻石回到家里，她刚给它喂完食，门铃就响了。从瞄眼向外看看，只听外面说，"福姥姥，有快递。"她打开门一看，巴图和徐小鬼站在门口，一人抱着一个纸箱子。

"你俩怎么一起来了，快进来！"

"安逸给您网购的旅游鞋和防晒衣。"巴图把纸箱放在地上说。

"天都凉了，还买什么防晒衣，旅游鞋我也有，安逸，又乱花钱。"

"这也是他做晚辈的一份孝心啊。给你出去玩穿的。"

"小鬼，你跟着巴图送快递，感觉怎么样？"

"福姥姥，他干得可欢实呢。今天，他是来感谢您的！"

徐小鬼从包里掏出一条围巾，双手递给吉日格勒，"福姥姥，这是我用我挣的第一个月的工资买的，谢谢你给我指了一条明道。"

吉日格勒接过围巾，围在脖子上，高兴地在镜子上照来照去。这围巾是真丝的，大红底上开满了五颜六色的牡丹，一看就价格不菲，"小鬼，你手头紧，还买这么贵的围巾，我都不好意思收。"

"我一定要跟着巴图好好干，走正道，请福姥姥放心。"徐小鬼信心满满，与以前判若两人。

"福姥姥，明天我们回草原去，现在天不冷不热，正是草原最美的季节。"巴图高兴地说出了自己的计划。

苏哈玲听了这个计划，也很高兴，遗憾的是自己的伤未痊愈，不能陪母亲一同前往。

人生说到底，活的是心情

　　九月八日白露，它是九月里头一个节气，也是农历二十四节气中的第十五个节气，此时农作物即将成熟，"秋老虎"也将逝去。这个时节，昼夜温差达十多摄氏度，那句贴近生活的谚语，早穿皮袄，午穿纱，抱着火炉吃西瓜。用在这个昼夜温差最大的季节也很贴切，总之，人们明显地感觉到炎热的夏天气数已尽。

　　就在这个阳光明媚的早晨，吉日格勒坐在车上，准备回到她久别的家乡去。

　　昨夜她几乎一夜没睡，坐在车上仍处在兴奋之中。此次与她同行的除了巴图，还有她的宝贝外孙子安逸，安逸邀请了福多多，让她一路上照顾自己的姥姥。令吉日格勒最欣慰的是，有她最喜欢的三个人同行，此次旅行不会像前两次出行，那么孤单而寂寞。

　　巴图开着他的面包车，上了高速公路，车上放着蒙古族长调，有一种悠远的辽阔和永恒的悲怆。蒙古族长调是盘旋在草原上空的解说词，不同的风景都会影响你的心情。

　　吉日格勒兴奋地望着车窗外。高楼大厦渐渐地少了，除了路边的树木，接踵而来的是大片的农田。每一片庄稼地都显得那么随意，那么零乱，直到赶上一个合适的角度，才能感觉出它那完美的几何图形，一个个车轮辐条般简洁的线条，从她的视线中向外飞速展开。

　　"福姥姥，您有多少年没有回过额尔登布拉格草原了？"和吉日格勒同坐在后排座上的福多多问道。

　　"好多年了，自我父母过世后，就再没有回来过。"一路上的景物闯入眼帘，她却感到很陌生。

　　"姥姥，开车回来，感觉如何？"坐在副驾驶位置上的安逸问。

　　吉日格勒试图考虑这个问题，"感觉如何？"立即那张照片上的巴特尔又占据了她的大脑，"此行能见到他吗？"这才是她此行的主要目的。

听不到她的答复，安逸回过头来望着她。吉日格勒这才回过神来，"很好，我感觉很好。人生说到底，活的是心情。"

安逸笑着说："姥姥，你居然说出这么有哲理的话。"

吉日格勒包里的手机响起《鸿雁》的歌曲声，她似乎有些不习惯，脸上出现一阵不安的表情，尽管她知道打电话来的肯定是哈玲。临行时，哈玲给了她

这个手机，以便随时找到她。

"喂？"她接电话的口气，一副很快活的样子。

"嗨，老妈，您好吗？"电话里传来一阵欢快的问候声。

"嗨，我很好！"她对福多多说，"是哈玲。"

"还有多久能到？"

"用不了多久，我们就到了。"

"祝你们玩得开心！"

吉日格勒挂上电话，心想，幸好哈玲没有来，要不怎么有机会寻找巴特尔。安逸他们不知道我此行的主要目的，我可以到处找找。她把目光投向车窗外，黄色的野花漫山遍野，马群、羊群、牛群尽情地吃着青草。车上高吭的牧歌、苍劲的马头琴声，渲染出天苍苍、野茫茫、风吹草低见牛羊的秀美景色。但离草原越近，她的心越提起来，没有了刚才的好兴致。

盼望已久的草原终于出现在眼前了，吉日格勒使劲眨着眼睛，不让热泪流下来，她不愿意显得情绪激动，她在"天神之声"的指引下先后两次离开家，追寻的是什么？是未了的心愿吗？是对青春的依恋和期盼吗？"我终于回来了！"

她十分感谢巴图能带她回归，就好像口渴要死的人，对给她一杯清水的人，感激涕零。

蒙古人对草原的热爱是与生俱来的。几十年来，无论吉日格勒在哪里，每当听到那首《鸿雁》，清风碧水，鲜花绿草，骏马牛羊，蒙古包，天苍苍、野茫茫、风吹草低见牛羊的塞外风情，总在脑海浮现，草原是草原人心灵的故乡，更是草原人的天堂。

额尔登布拉格草原，蒙古语意为"泉多的地方"。是一片天造地化的净土，是游牧民族历史的摇篮。九月的草原，近看远看，草明草暗，天光云影，相接相连，铺展得无边无际。如茵的草地上点缀着五颜六色的花朵，红的、白的、黄的，如旋转的万花筒，令人目不暇接。草原湖在蓝天的映照下，湖水幽蓝，清澈见底，红柳倒映，波光潋滟，层次分明，色差交错，极富神秘感。茫茫的草原，肥壮的羊群，奔跑的骏马，几个白色的蒙古包散落在碧草蓝天之间，宛如一幅精心绘制的水彩画。

巴图把车停在蒙古包旁的空地上，到了一个叫"牧民之家"的景区。景区内有大片的草原，排列有序的蒙古包，还有一条小河，是草原上富有诗意的地方。进了景区，他们首先听到的是狗叫。蒙古人喜欢养狗，这里的狗不但用来保护牲畜，而且还能传递信息。

一队插着彩旗的骏马飞驰到他们跟前，这是好客的草原人民专程来迎接这些远道而来的客人的。身着艳丽民族服装的姑娘们手捧银碗，捧着哈达唱着蒙语歌曲向他们走来，歌声浑厚沧桑，长调拖音在苍茫的大草原间悠扬回荡，产生心灵的撞击。吉日格勒接过马奶酒，弹酒向上敬天、向下敬地、抹在额头敬父母，然后一饮而尽。年轻人照着她的样子，进行着欢迎仪式。巴图带着他们向里走，虽然错过了"那达慕"，但在这里一样可以看到赛马、摔跤、射箭和套马等表演，可以了解和体验当地的民俗民风。"那达慕"是蒙古语，是娱乐、游艺、玩的意思。它历史悠久，早在七百年前就闻名于世了。

　　吉日格勒看见三个年轻人玩得很开心，以上厕所为由，借故走开了。她拿着那张照片逢人就问，"这里有叫巴特尔的人吗？"有一个热心的小伙子看过照片说，"我认识一个叫巴特尔的人，但不是照片上的人。"吉日格勒请他带自己去找他。他们进了一个蒙古包，这个包圆形尖顶，包身用金黄色的毡覆盖，在灯光的照射上泛着耀眼的金光，真可谓富丽堂皇。包顶中间装有圆形天窗通烟、通气、采光，木框门向南方开着。小伙子喊了声，"巴特尔，有人找。"就出去了，巴特尔招呼吉日格勒过来坐下。

　　吉日格勒觉得这个巴特尔很陌生。他身上勃发着雄性的气势，说话时的满不在乎的口吻，都让她觉得自己的举动的荒唐。他一直盯着她看，仿佛要看穿她的五脏六腑。吉日格勒心里真犯嘀咕，"这是我要找的人吗？一点都看不出来。"

　　"对不起，我得走了。"吉日格勒从餐桌旁站起身来，摇摇晃晃，差点摔倒。巴特尔也连忙站起来，动作敏捷的像年轻人。"不，你不用送了。"

　　巴特尔跟着她走出蒙古包，手里拎着她忘在桌子上的手提包，"喂，你把这个包忘了。"

　　吉日格勒从他手里接过包，道了谢，向着来的地方走去。她的心因恐慌怦怦直跳，就像怀里揣着一只小白兔。带她来的那个小伙子在蒙古包外的不远处站着等她，看她过来就迎上前去，"关于巴特尔，你还有什么要问的？"吉日格勒有些失望，"草原上叫巴特尔的人太多了。很明显，他不是我要找的人。谢谢！"

　　回来的路上，为了掩饰自己的惊慌，她和蒙古族小伙子、姑娘们一起跳起了安代舞。在蒙古族传统民间舞蹈中，安代舞以其浓厚的民族风格和健康活跃的艺术特色，为各族人民所喜闻乐见。相传很久以前，科尔沁草原有父女二人相依为命，姑娘突然得了一种怪病，神志恍惚，举止失常，几经医治不见起色，老阿爸只得用牛车拉上女儿前往他乡求医。行途中车轴断裂，女儿病情加重，奄奄一息，老阿爸急得绕车奔走，以歌代哭。歌声引来附近百姓，见此状无不潸然泪下，皆随老阿爸身后甩臂踩足，绕行哀歌。不料姑娘悄然走下牛车，尾随众人奋力而舞，待发现时，她已跳得汗如雨注，病愈如初。消息不胫而走。以后，人们皆仿效这种载歌载舞的方式，为患有类似病症的青年妇女治病，取名"安代"。又在求雨、祭敖包、那达慕大会等群众集会中采用，并广为流传，逐步发展成为自由地表现思想感情和生活的集体舞。

中午，巴图带他们在蒙古族餐厅就餐，更是别有一番风味。草原上，日食三餐，都离不开奶与肉。以奶为原料制成的食品，蒙古语称"查干伊得"，意为圣洁、纯净的食品，即"白食"；以肉类为原料制成的食品，蒙古语称"乌兰伊得"，意为"红食"。四个人围桌子坐下，品尝着用鲜奶加入茶砖煮沸而成的奶茶、蒙古包子、蒙古馅饼及蒙古糕点等，味道很新鲜，还有烤全羊、手抓羊肉，浓烈的草原白酒，安逸说着路上看到的一句广告词："吃蒙餐，喝蒙酒，做蒙男。"那气氛、那场面，让人乐不思蜀。

午餐后，上了车，他们又一路前行。安逸开车，巴图给吉日格勒他们讲起了草原牧民的新式游牧生活。巴图家祖祖辈辈在草原上过着"羊儿跟着草儿跑，人儿跟着羊儿跑"这种"逐水草而居"的游牧生活。住的是转移式蒙古包，蒙古语称为"乌尔郭格乐"，是纯游牧民的毡屋，主要是用毛毡来做屋盖和屋墙。勒勒车是游牧生活中不可缺少的家当，蒙古包和里面的全部器具，都放在车里，牛羊走到哪儿，人就跟到哪儿。直到二十世纪八十年代，实行联产承包责任制，他家分到了自己的草场，开始了新式的牧民生活。1989年开始定居，因为祖辈都以蒙古包为家，刚开始有点不习惯，后来感到了定居生活的好处，饮食结构发生了很大变化，生活质量有所提高。过去一日三餐都是以牛羊肉、炒面和奶茶为主，现在已经开始吃蔬菜和其他面食了。每年的二月十五日到六月十五日，是政府规定的禁牧期，啃食草根的羊不能在草原上放养。羊群便每天乖乖地待在羊圈里，进行"圈养"；而对牛没有禁牧的限制，依然在草场中放养。总之，随着时代前进的步伐，牧民的生活方式悄然发生了变化。从原始的"逐水草而居"到如今的"轮牧"式放养，不管生活如何变化，牧民们依旧辛勤地守望着自己的羊群，守望着养育他们的那片草原。

吉日格勒向车窗外望望，路两边是一片片的向日葵，色泽艳丽，花形挺拔，妩媚中带着些许阳刚。怒放的花朵在青山绿水之间，铺展成壮观的金色海洋。在一张张向日葵的笑脸相迎下，他们进了巴图家所在的行政村，被当地誉为"社会主义小康村"。

他们下了车，巴图的爷爷、奶奶、父亲、母亲已等在那里了。首先出现的是巴图的爷爷，他腆着大肚子，一副不达目的不罢休的率真面孔。他迎上前时，吉日格勒看着他仍显青春的精致五官，惊讶地发现他虽然不是那张照片上的人，却是自己要找的人。

"福姥姥，这是我爷爷巴特尔。"巴图还没有来得及把吉日格勒介绍给他的爷爷，她已经一步上前，紧紧抓住他的手，"巴特尔，赛白努。"吉日格勒见他没有认出自己来，有些失望，但她不动声色。

大家都见过了面，巴特尔的父亲决定先带他们在村子里参观一下，因为他是这个村的村主任，他自豪地说，"这个村是'中国最美休闲乡村'，村子里至少有三个地方可以看，展览馆、民俗院和生态园。

展览馆是一座灰墙红瓦的平房，房前是四根红色的柱子，院子用灰色的方砖铺就，平坦整洁。这个院落让吉日格勒想起以前自己的家。走过一看，才知道这是一个穿越河套农业百年间的历史长廊，也是以河套农村生产生活为主题的民俗陈列馆，馆内以图、文、物并举，横纵向互补配合的形式，共收藏犁耧耙杖等老式农具和农家用品八千多件，还展示了民国时期至今，后套地区的文化习俗和一些革命英雄事迹等珍贵文化。

民俗院也是一座灰砖红瓦的门楼，一对浅灰色石雕的狮子威武地坐守在门前。里有米面油坊、文化大院、地主院以及七八十年代人们所居住的房子等；村西是生态园，主要有休闲广场、农家乐餐饮区、小公园、农牧业科技示范园。生态园环境优美，空气清新，远离闹市，回归自然，使游客可以领略到新时代的农村风情。

在村里浏览结束，他们走进一家"乐活饭馆"，品尝到地道的农家饭菜，有乡长招待饭、炒土鸡蛋、山药芥芥、油烙饼、猪肉烩酸菜等。吉日格勒旁边坐的是巴特尔的妻子其其格（蒙古语花朵），要不是关节炎、腰腿疼，她是一个很健壮的老太太，她很随和，发牢骚的时候也是乐呵呵。她灰白的头发已经日见稀疏，露出白白的头皮，她很胖，穿一件紫色的蒙古袍，就像套着一顶帐篷。吉日格勒喜欢她的性格，又不好意思显得太亲近。巴图的母亲托娅（蒙古语霞光）知道吉日格勒喜欢喝奶茶，特意去厨房煮了一锅奶茶，端上桌来。其其格从她坐的塑料椅子上吃力地站起身来，吉日格勒连忙起身扶了她一把。她喜欢她身上散发出的气味，那是奶香的味道，是生活在草原上的人们才有的味道，她从中体会到一种愉悦和慰藉。其其格用勺子把奶茶舀进碗里，递给吉日格勒，她连忙接住喝了一小口，香甜中透着一丝咸，"啊！真好喝。能喝出小时候的那种味道。"奶茶又勾起了她对往事的回忆，既难过，又激动。五十年前的那次不辞而别，就像昨天发生的事，历历在目。巴特尔吃着手扒肉，喝着酒，并没有多看她一眼。

吃完饭，他们开车驶向十五公里外的牧区，去感受原生态的牧民生活。经历一个多小时的颠簸，傍晚时分赶到了巴图的爷爷家。今年雨水好，房前不远的洼地也成了水泡，羊群、马群在那里饮水。这里离旗里很远，只能靠风力发电，后屋有五个强力电瓶储存电力，可以看电视，冰箱冰柜也能运转起来。

他家里除了几顶蒙古包外，还有一间八十多平方米的三间套。房间里的家具、日常用品都与城市居民用的没什么两样，只能从屋子里挂的转经筒，才能区分出是蒙古族家庭。宽敞明亮的客厅里，摆放着高档家用电器和新式家具，长长的茶桌上已经摆上了各种小吃，香喷喷的油炸馓子散发着浓浓的香味。一看这场面，让人有一种城市生活的感觉。看着他们好奇和不解的目光，托娅说，"我家在刚去的村子里，巴图爷爷成年累月住在这里，我和巴图他阿爸两头跑。能过上现在这样好的日子，是做梦也不敢想的。"他们不仅住上了宽敞明亮的房子，还用上了电冰箱等高档电器，还如数家珍地说起草原上的变化。吃苦耐劳的一家人，1997年承包下了二千五百亩草场。现在，他家一共养了二百多只羊、三十多头牛和三十多匹马。他们每天很忙，所以一天只烧早茶，只做晚饭。什么时候饿了，就什么时候吃，很随意的生活节奏。和以前不同的是，他们不用整天去放羊，羊群很听话，也很有组织纪律性。每天只在固定的一片范围内吃草。每天最忙的就是挤马奶，两小时挤一次，一天从早到晚要挤五到六次。马奶挤回来，放在大缸里发酵一晚上便成了马奶酒。这个时候的马奶酒最香醇，酸度也正好。时间越长，马奶酒会越酸，口感也越差。四天之后，马奶酒便不可入口。每天都有从旗里赶来专门买马奶酒的人。他们知道这里的马奶酒不掺假，信得过。基本天黑之前马奶酒就已经售空了。不过有一缸马奶酒不卖，是留着自己喝的。喝完马奶酒浑身有劲，精神饱满。据中央电视台报道，马奶酒可治疗九十多种疾病。因此能喝上这种酒真是一种难得的机遇和享受。

不知不觉天黑了。在牧区，天黑是一种绝对黑暗，绝对安静。出门向远望去，只有残月悬在天上。四周除了房屋内的灯光其余都是黑黢黢一片，真有一种与世隔绝的意境。

福多多和吉日格勒住一屋，睡觉前，她们坐着闲聊，福多多想起教她练习甩手的事儿，问她坚持得好吗？吉日格勒不好意思说没甩，只说想起来才甩。福多多跟她讲，这是一项老少兼宜的运动，特别适合老年人。现在城里老有"雾霾"，很多时候不适合室外运动。这个甩手运动，不受场地限制，随时都可以进行，而且它讲究的是协调、节奏和放松。说着两个人又一前一后甩起手来。福多多边甩边讲要领：双脚分开与肩同宽，浑身放松，两臂伸直与肩同高。两臂向后摔时稍微用力，然后靠惯性自然向前到与肩同高。甩第五下时，双膝向前弓，腿顺势弹两下，就这么简单。吉日格勒认真地甩了一会儿，居然出了一身汗。福多多说，全世界五十多个国家的人都在甩，说明强身健体，它是一个不错的选择，不过要循序渐进，持之以恒，才能见成效。福多多还为她端洗脸、洗脚水，像亲孙女一样，把她照顾得很周到。福多多看她吃完治抑郁的药，又从瓶子里倒出一片药，拿过瓶子一看，是安痛定。

"福姥姥，这药毒副作用太大了。"

"我得过产后风，留下了偏头疼的毛病，不吃安痛定就抗不过去。再说，我吃大半辈子了，也没见它有什么副作用。"

"您这是有了依赖性。这药的解热镇痛效果是很明显。您不知道，它有三大害处：高热、剥脱和坏死。更可怕的是它能引起药物性肝炎、肾炎和肺炎，或因抑制骨髓导致障碍性贫血。由使用安痛定，引发的'怪病'也不在少数，以后要少吃或不吃。"

"它成了我的安眠药，不吃睡不着觉。"

"以后，给您换一种止痛药吧。"

吉日格勒躲在床上久久不能入睡，她终于见到了巴特尔，但他却没有认出她来，似乎把她抛到了九霄云外，她有些失落，明天一定要找机会向他挑明。

能见到你就是最大的幸福

第二天早餐后，他们前往乌梁素海，因为车上还有一个空座，吉日格勒邀请巴特尔一同前往。巴特尔年龄大了，出门的机会不多，在家也没事儿可干，就爽快地答应了。

乌梁素海，蒙古语意为"红柳海"，过去这里曾生长着茂密的红柳林，河套地区有"烧红柳，吃白面"之说，现在是内蒙古重要的鱼和芦苇的产地。古时候，它是黄河的一部分，黄河改道后形成了河迹湖，现在是黄河流域最大的湖泊，是中国八大淡水湖之一，总面积二百九十三平方公里，素有"塞外明珠"之美誉。

车行没多久，他们到了目的地。巴图停好车，就跑到大门口去买烤好的白条鱼。吉日格勒看看那鱼，整条鱼烤成金黄色，她掰了一块送入口中，感觉肉质细腻，味道可口，就招呼大家都来吃，还说百吃不厌。

乌梁素海碧波入目，形似一瓣橘，偌大的湖面上，被茂盛的芦苇和蒲草分割成大小不同的几个水域。每个水域如同一条透明的蓝色绸缎，静静地躺在芦苇丛中。站在湖岸望去，远山如黛、近浪起舞。辽阔的湖面碧波荡漾、水天一色、苇丛如画、满目青绿，呈现出大湖气派，令人赏心悦目。

在岸上游玩了一会儿，吉日格勒想与巴特尔单独谈话，说走累了，想坐下歇歇脚，就和巴特尔坐在一张石桌旁的石椅上聊天。三个年轻人乘上一叶小舟，在芦苇和蒲草中穿行。秋天的阳光仍然暖暖地照耀在大地上，空气中弥漫着带有湖水的凉意和芦苇的清新香味，沁人肺腑。吉日格勒抬头看看雁、雀从头顶掠过，直奔主题，"我是吉日格勒，巴特尔，你真把我忘得干干净净了？"孩子们都叫她福姥姥，巴特尔并没有听到，也没有想到"吉日格勒"这个名字。他有些惊呆了，一动不动的，身上的各个部位都凝固了，就像秦陵里出土的兵马俑。过了好久，他才从口袋里掏出一个锡制的扁形的小酒壶，喝了一口，好像这样做能启动他的记忆一样，"我的记忆，似乎都已经消失了。"

"这次，我就是为找你而来的。"

"你为什么要找我？"

"想看看你过得好不好，想为我年轻时的不辞而别说上一声对不起！另外，还有个东西要物归原主。"

"不必了。你知道，我早年的生活有许多插曲，就是许多人和事，可以说早就把我那把锋利的蒙古刀斩断了，我与过去已经一刀两断了。因为长生天看我是一块好材料，就给我安排了非我莫属的新角色。"说完巴特尔又喝了一口酒。

吉日格勒感觉到了他的失落，搞不清楚他是真的忘了，还是有意回避。

"你想起来了吗？"

"我似乎已经不记得了。"

"不记得，也好。你的身体看上去很强壮。"

"现在我想起来了，你看上去像年轻时候，差不多的，颧骨。"

吉日格勒和巴特尔互看了一眼，目光碰在一起挺不好意思的。

"我猜想，就是因为你年轻的时候从头到脚都反感我，你才……"

吉日格勒打断他的话，"不是你想的那样。"

"我不记得是怎么开始的，"他又喝了一口酒，"似乎我们从来就没有真正好过。"

"认识他之后，我就开始向往外面的世界，一心想过城里人的生活。"

一个小时之后，吉日格勒与巴特尔的交谈变成了贫嘴，他们把过去的事情当成趣闻轶事，把彼此间根本不存在的仇恨变成了对口相声。吉日格勒化解了对巴特尔的愧疚，取而代之的是相互的了解，它很深，但不强烈。

"我给你拍张照片吧。"吉日格勒拿出手机给巴特尔从不同角度拍了几张。

巴特尔从地上的袋子里拿出一颗华莱士，用一把长柄刀把瓜切成月牙形小块，让吉日格勒拿到手上吃。华莱士是巴彦淖尔磴口县集中种植的一种蜜瓜，以口感甜蜜、风味独特深受国内外宾客的青睐，被誉为"天下第一瓜"。此瓜皮未成熟时为绿色，成熟以后呈金黄色，当地人俗称"黄金瓜"。每年七月底，还举办"华莱士节"。这瓜散发着秋天的阳光、肥沃的土地，香甜的果实味道。吉日格勒吃了一口，口水顿时流了出来，瓜汁也顺着她的手指流下来。年轻时，华莱士是她爱吃的瓜果之一。现在城里也能买到，但已不是正宗的味道。

巴特尔高兴地问，"又甜又香，是吗？"

吉日格勒惊讶自己的胃口那么好，一口气吃下半个瓜。她笑了起来，"真像做了一场梦。巴特尔，我仿佛见过这场面，尽管不敢指望这一切会真的发生。"

巴特尔脸上露出一丝微笑，"是的，我最痛苦、软弱的时候，就有一种信念——你一定会回来的。"

巴特尔又切了一块瓜递到她手上，他们的心情突然变得轻松愉快，"巴特尔，你真的让我感到惊奇，这是我的真心话。"

"你是为了一个男人而离开我的，这也是我的真心话。"

吉日格勒笑了起来，觉得脸上发烧。她在吃那块瓜的时候，虽然是满口假牙，但她用力咬着。巴特尔看着她，"但我希望，你至少真的爱过他。"他脸上露出一个微笑，笑容在他的脸上微微荡漾，"一种很深的爱的体验。"

吉日格勒也笑着说，"爱是年轻时所要追求的，现在呀，能见到你就是最大的幸福。"

年轻人们疯够了，回到了他们身边。

中午时分，他们在附近的餐厅吃了百鱼宴，才恋恋不舍地告别了乌梁素海这个集湖泊、额尔登布拉格草原和乌拉山为一体的综合旅游区。

傍晚时分，他们回到了巴特尔在草原深处的家。

吉日格勒抱着那个马头琴盒子，站在门口抬头望了望一碧如洗的天空，草原离天那么近，天地好似融为了一体，蓝绿相接，仿佛触手可及。她走到巴特尔住的蒙古包前，门半开着，她探头向里望了望，直接走进去。

巴特尔坐在一个反扣着的木箱子上，正在刷穿在脚上的马靴。他没有站起来欢迎她，指了指放在对面的那把扶手椅，示意她坐下。

吉日格勒坐下前，把抱着的琴盒放在地上，取出那把马头琴捧在手上，送到巴特尔面前，说："它可以物归原主了。"巴特尔把琴接过去，失去活力的眼睛噙着泪水，衰老的臂膀在不住地颤抖，"这琴是我送给你的，不用还的。"他边说边用手拨动了一下琴弦，发出一阵声响，"过去这么多年了，它还能响。"他说话的时候眼睛里放射出了兴奋的光芒。

吉日格勒在那把扶手椅上坐下来，说："之前，我去琴行修整了一下，好让它神采奕奕地回家。"

巴特尔也许是许久没有弹奏了，也许是早已没有人欣赏他的琴声了，吱吱呀呀略加调音，平息凝神了一会儿，琴弓缓缓地在琴弦上开始滑动，天籁之声传入耳、融进心中。吉日格勒听出这正是那首古老的乌拉特名曲《鸿雁》，整个曲调苍茫而悠远，将乡愁、成长和心底最柔软的美好演绎到了极致。巴特尔的身体随着节拍不停地晃动着，神情专注，进入了属于他自己的世界。尽管只有吉日格勒一个听众，他还是十分投入地演奏着。吉日格勒的眼睛湿润了，有半个世纪没有听到这琴声了，它蜿蜒悠远，直抵内心，一股暖流从她的心底流出，传遍了每一根神经。

巴特尔仿佛想起了什么，说了声"哦，糟糕"。便把琴递给了吉日格勒，起身把坐着的那只很旧的木箱子翻过来，打开用铁丝拧着的锁绊，弯腰在里面翻来翻去，最后拿出一个羊皮缝制的小包，递给吉日格勒。

"这是你额吉（蒙古语，母亲）的遗物，她说等你什么时候回到草原上来，再交给你。"

"我要是不回来，你还不会交给我？"

"里面藏着一个秘密，你自己看吧！"

吉日格勒打开那个羊皮包，看到里面用白底紫红方格的粗布包着的东西：一只锈得发黑的银镯子、一套很旧的小孩衣服和一张纸条。纸条上写着：我们是从河南逃荒来的灾民，缺吃少穿，走投无路，请收留这个孩子吧！

看完纸条，吉日格勒目不转睛地盯着巴特尔。巴特尔说："额吉说，有人把你放在了蒙古包前，这是你的东西，很显然你是一名弃婴。"

听了巴特尔的一番话，吉日格勒像遭到雷击一样，一下跌坐在椅子上。想到含辛茹苦把自己养大的阿爸、额吉，竟然不是亲生的。自己为了追求自由美好的生活，把他们扔在草原上不管不顾，也没为他们养老送终。

吉日格勒想起额吉常常给她讲的一个故事。一对河南逃荒来的夫妻，男的给牧主干活积劳成疾，后来病死了；女的将自己的孩子送了人，上吊而死。直到现在她才明白，那对夫妻应该就是自己的亲生父母吧！

"他们过世这么多年，你为什么不早点告诉我？"

"额吉说你工作忙，等你回草原上来再把东西交给你。"

"你就不能去找我吗？"

"我去乌兰牧骑找过你，他们说你离开那里，跟着老公进城享福去了。"

吉日格勒陷入深深的回忆中……

吉日格勒嫁给苏子文后，每天无所事事。那一年，旗乌兰牧骑成立正在招演员，苏子文给她报了名。吉日格勒长得漂亮，又能歌善舞，最拿手的就是演唱长调。经过考试，很快被录用了。乌兰牧骑，蒙古语原意为"红色的嫩芽"，意为红色文化工作队，是活跃在草原农舍和蒙古包之间的文艺团队。乌兰牧骑的队员多来自草原农牧民，队伍短小精悍，以队员一专多能、演出小型灵便为特色。吉日格勒既懂蒙古语，又懂汉语，就身兼数职，集独唱、舞蹈、报幕于一身。她报完幕，开始唱歌，唱完歌还要顶碗起舞。他们演出的节目多为自编自演，以反映农牧民生活为主，小型多样。他们不仅能在台上演出精彩的节目，走下舞台还能做饭洗衣，为农牧民修理家用电器，传播科学文化知识。乌兰牧骑经常深入农村牧区去演出，一走就是大半年回不了家。那个时候，他们的生活非常艰苦，演出条件特别简陋，以天为幕布，以地为舞台。当时，他们只有十来个人，全部的家当就是床单大小一块幕布，一个半导体收音机，一部手风琴、一把二胡，还有两辆胶轮马车。他们演出时，没有扩音设备，演唱的时候只有靠嗓子喊。在农区和牧区，送上家门的无障碍零距离、熟悉亲切、简易灵便的演出形式，还是深受老百姓欢迎的。那个年代，那种环境，乌兰牧骑演到哪里，哪里就像过节一样。

有一次，乌兰牧骑在吉日格勒家附近的草原上演出，她把阿爸、额吉请来看节目，他们乐得都合不上嘴。可以说，那是他们一生中最快乐的一天，也就是那天，巴特尔看完演出后，将琴让人转送给她的。

他们下牧区演出都住老乡家里，冬天蒙古包挡不住凛冽寒风，鹅毛大雪。姑娘们俩人钻一个被窝互相取暖，早上起来头发结满白霜。吉日格勒怀孕后，为了不影响演出，挺着大肚子，仍在草原上奔波。她生完苏哈玲，满月后就跟着演出队伍到牧区。幕前她在草地上欢歌喜舞，幕后哈玲就在琴盒里香甜酣睡。夏天经常在泥泞的土路上车轮陷入水泡子，大家下来一起推车，泥水雨水溅得满脸满身。寒冷的季节，在大草原上也要穿着单薄的演出服。经常被冻僵了麻木了，唱歌张不开嘴，跳舞抬不起腿，还要精神抖擞地坚持表演。音乐，总能带给那里的人们以温暖和幸福。苏哈玲两岁多，吉日格勒又怀了孕，苏子文因为自己开过照相馆，下放到农村改造。吉日格勒生下一个儿子，坐月子时，不光没人侍候，苏子文的前妻知道后，还拿着铁锹来拆房子。吉日格勒出去劝解，不小心中了"产后风"，眼睛斜了，嘴也歪了。苏子文得知后偷跑回来，四处寻医，终于找到一个天津下放来的医生，扎针吃药。眼和嘴虽然正过来了，却落下了后遗症"偏头疼"。儿子两岁时，一次，因为出麻疹被误诊为肺炎，输了三天液，高烧不退，因此送了命。从此，吉日格勒病痛缠身，只好请了长期病假。过了几年，苏子文的问题得到了平反，一家人来到鹿城生活。改革开放后，苏子文调到青城工作。退休后，重操旧业，开了家"影楼"，吉日格勒也彻底离开了乌兰牧骑。

巴特尔说："你走之后，阿爸、额吉都把我当亲儿子看待，我也把他们当成自己的亲人。两位老人过世，你不在身边，都是我给送的终。"

"我回来一次不容易，明天，你带我去给两老上上坟。"

吉日格勒说完就"呜呜"哭起来了。不知道她是在哭自己的亲人，在哭自己的身世，还是在哭当年对巴特尔的背叛。巴特尔走过来把她揽入怀中，他虽然身材魁梧，却一点也不显得笨重。他用手拍拍她的肩，"别哭了，明天我带你去。事情已经过去了，现在我们能活着，不是挺好的吗？"

第二天，吉日格勒从墓地回来，他们就动身回青城。

上车的时候，吉日格勒感觉草原上的白天暖和起来了，她最应该感谢的人就是巴特尔了，他为她默默地做了那么多，她努力克制自己不让眼泪夺眶而出。她对巴特尔说："能见过你就是最大的幸福。"巴特尔把那个琴盒放在后备厢里，对吉日格勒说："永远要记住，男人走出房间，把一切都留在了房间里；女人出门时，把房间里所发生的一切都随身携带。有些事情自己知道就足够了，千万不要为过去的事情烦恼。"

回到家里，吉日格勒很为自己拍的那些照片骄傲，虽然她有较好的摄影技术，但她已好多年没有拍过照片了。最终还是忍不住，把手机拿给苏哈玲和安泰然看。他俩边看边评论着，"老妈，拍得不错。无论人物还是景物，都给你留下深刻的印象。为什么给巴图的爷爷拍了那么多张？"

吉日格勒只笑笑说，"以便从中选出最好的。"吉日格勒不会把找到巴特尔的事情告诉任何人，她要将自己和巴特尔的秘密封存在心底，直到永远。

缘来天注定，缘去人自夺

《双城记》中有这样一句话：现在的时代是最好的时代，也是最坏的时代。从草原回来，安逸在想我们是不是赶在这样的年代，说好不好，说坏不坏。劳碌的生活让人的内心失去平和与宁静；复杂的人际关系让人困扰；生活工作的压力让人疲惫，心灵变得浮华，不断奔波追逐着物欲横流中的声色货利，人们剩下的只有一度的迷茫徘徊困惑。我们攀、我们比，以职位、金钱、家庭社会关系等外在形式化的东西作为衡量一个人的价值尺度，是不是我们普遍陷入了名缰利锁，早已将人格置之度外？由此，他想到了福多多，从母亲的包被抢时，她对母亲的帮助，到母亲因车祸住院，她无微不至的照顾，还有去草原一路上对姥姥的关照，他深深地感到，这个女孩儿的美，不仅在于她的外表，而且在于她的内心。用姥姥的一句口头禅来表述，"善良的人有福气。"安逸终于下定决心要和福多多交往。

福多多下班的时间十八时，安逸开车过来，在路边等她。福多多看到安逸的时候大吃一惊，显然不太乐意他在医院的大门口等她，怕被那个事妈似的同事看到了嚼舌根，但她又有点受宠若惊的感觉。

"妹妹，我想和你好好谈谈。"

"谈什么？"

"谈恋爱。"说完，安逸笑了，连他自己也没有想到，刹那间，自己变得像电影里的"情圣"一样潇洒、幽默。他在马路上翩翩起舞，有点儿急不可耐，他的一举一动极具杀伤力。看着他青春四溢的表演，福多多也不好意思地笑了起来，用漂亮的大眼睛望着他，摇了摇头，很难说清楚她的真实意思——同意，还是反对。福多多的秀发散开来披在肩上，像安逸第一次在雨中遇见她时一样，只是没被雨水淋湿，美丽极了。上班的时候，她的长发都是盘起来，戴在护士帽里。

"我们一起去吃饭，必须好好谈谈，然后送你回去。你应该知道我的心意。"

"可是，安逸……"福多多看起来很认真，也很真诚。

安逸怕她迟疑，上前去挽起她的胳膊，向他开来的那辆车走去。福多多没有表示同意，但也没有拒绝。安逸打开车门，让福多多先坐在副驾驶的位置上，自己才上去开车，汽车很快汇入了车流中。

车窗的茶色玻璃像屏障一样，保护着他们。安逸第一次握住福多多的手，为自己的勇敢哈哈大笑。一直以来，追他的女孩儿有很多，他从来没有这么认真过。甚至有一位"煤老板"的女儿说，只要同意娶她，就给他家一辆豪车和一千万元的财礼，结果被他拒绝了。后来，他和母亲开玩笑说起这件事儿，苏

哈玲装模作样地说，"原来我儿子这么值钱。多好的事儿，你答应了吧。"安逸急忙给母亲敲响警钟，"为了钱，你居然要出卖自己的亲生儿子。我可有言在先，我的婚事必须我做主！"

他们在万达广场下了车，走进一家别具特色的饭馆。店面不大，但饭菜可口。桌子是纯实木的，看上去像没有上漆。椅子是用绳子吊起的一块木板，绳子上用常青藤缠绕着，坐上去来回荡着，像小时候玩的秋千。他们在墙角一张烛光照耀的桌子旁边坐下，福多多笑着坐在上面荡着。

安逸说话的时候，轮廓漂亮，发型很酷的脑袋向福多多凑过来。吃饭的时

候，福多多一直悄悄地听着，只有安逸一个人喋喋不休。他没有想到，在这个美丽的姑娘面前，他居然有一肚子的话要倾诉，闸门一开便滔滔不绝。他说自己从第一眼看到她就爱上了她，但是由于自己没车、没房，又不能啃老。自己的公司刚开业，前景还不知如何，一直以来，没有勇气向她表白。回首往事，安逸觉得，从孩提时代起，自己所做的每件事情都是遵照父母的意愿行事。在婚姻大事上，他要自己做主。福多多的一双眼睛凝视着他，"哦，原来如此，我以为你不喜欢我。害得我被我妈逼着去相亲。"这句话暴露了福多多的内心世界，她似乎等这一刻已等得太久。

福多多每次相亲都是母亲以死相逼。就在上周日，福多多正躺在床上享受来之不易的休息日。最近总是加班，她确实感到有点儿累。她的好梦被一阵电话铃声吵醒，"死丫头，快起来去相亲！"福多多一听马上求饶，"妈，我好不容易休息一天，您就饶了我吧！你想累死我啊！"她妈妈毫不让步，"累也得去！你今天要再敢给我捣乱，我就死给你看！"福多多想起母亲惯用的手法，苦笑道，"妈，能不能来点新鲜的，一哭二闹三网购，您全用过了。""你不去，那我去跳楼！临死前，我在微信上将你如何逼死自己的亲妈公布于众，让网友们声讨你！"福多多感到好奇，一贯反对"低头族"的老妈，几天不见，变化真的就这么大，让人刮目相看，"咦，妈，您也玩微信了？"她妈的语言中露出些许得意，"你爸给我注册了一个账号，还不是为了你。"福多多怕她一针见血，急忙打断，"我的妈呀！您鸟枪换炮了，也不能炮轰我呀？"她妈发出最后通牒，"少给我贫嘴，快给我准备好，今天给你约了两个，第一个约了人家中午十二点在你常去的那家西餐厅，另一个我发信息到你的手机上。你要是敢迟到、敢捣乱，我就去百合网给你征婚！"福多多知道了相亲这件事情的严重性，急忙分辩，"妈，您急什么，我还没加入剩女的行列呢。"她妈不紧不慢地说，"等真到了，一切都晚了，先下手为强。"

电话被挂断了。福多多坐在床上，抱着枕头自言自语，"福多多呀福多多，你和最功利的婚姻'父母之命'斗争的结果，是落入了'媒妁之言'的陷阱，你也要混在相亲队伍中，辗转于高矮肥瘦的男人们面前供人挑选。都什么年代了，还兴这一套。未来的老公你千万别出现，否则我非痛扁你！痛扁你！"

福多多摔着枕头发脾气，最终，只能起床，去卫生间洗漱。她想到了安逸，可他总有忙不完的事情，我一个姑娘家，怎么好意思先开口。被逼无奈，还是去上演她相亲的桥段吧。

福多多来到西餐厅，站在门口深呼吸三次，然后走进去见第一个男孩儿。

一个干净清爽的男孩儿，坐在暧昧的灯光下。福多多和男孩儿打了招呼，男孩子点下头，"正好没迟到，还比较守时。请坐。"福多多在他对面坐下。

男孩儿把菜谱递给福多多，让她点菜。福多多翻看了一会儿，点了一客牛排，男孩子只点了一杯矿泉水。

"对不起，让你久等了。

"听说你在医院工作。"

"对，高级护理。"

"不就是个护士吗？"

"我们医院属于卫生局直属二甲专科医院，因为我是本科学历，待遇要比临聘护士高一些。"

"有福利吗？"

"有工资、奖金，还有一些福利，就是要经常上夜班。"

"有人说，你们护士干的是保姆的活，操的是卖白粉的心，工资不如民工多，还要处处受气。我们单位福利多得去了。你没有车坐吧？"

"有车，经常挤公交车。"

"你看，窗外的那辆奥迪，单位给我配的。你现在还没有房吧？"

"我家也不在青城，租房住。"

"我现在一个人住两室两厅，你现在没有男朋友吧？"

"有男朋友还出来相亲的话，那叫脚踩两只船。"

"我妈为我择媳很讲究的，长得难看的不要，眼睛近视的不要，离异家庭的不要。"

"她是怕影响下一代。你看我符合你妈的标准吗？"

"你容貌姣好。外表应该能向我妈交代了。"

"那还有什么交代不了的。"

"你回去后，把你小时候的照片用手机翻拍一张发给我。"

"真人你都见了，为啥还要小时候的照片？"

"看你小时候长什么样子，现在太多人造美女以假乱真，将来生个孩子奇丑，我就是'哑巴吃苦连'有苦说不出了。"

"我看没看上你还两说呢，你就敢提这样的要求。实话告诉你，我就是原装的，信不信由你。"

"是不是原装的，你得拿出证据来，好让我妈验证。只有过了我妈那一关，咱俩才有戏。我妈说了，小心驶得万年船。"

福多多很好奇，摆这么大谱，这到底是个什么人？后来经过找介绍人打听，才知道原来不过是在一家国有企业，给领导开车的。

从西餐厅出来，福多多马不停蹄地赶到公园。远远看见一个男孩子，坐在树荫下的椅子上看书。

"我要见的人是你吗？"福多多走过去问。

男孩子慢慢地抬起头，凝望着她，"俊眉秀眼，顾盼神飞，文采精华，见之忘俗。可谓北方佳人也！"他说完，起身握住福多多的手，拉她坐在身边。

"不愧是学中文的，出口成章。一看就是会讨女孩子欢心的，谈过几个女朋友了？"

"我一直在读书，眼看年龄越来越大，还没有一个归宿。你美得让人心痛，为何也没找到另一半？"

"我不想因为结婚而凑合，和一个条件不错但并不喜欢的人结婚。"

"英雄所见略同，没有爱情的婚姻是不道德的，只有真爱，才会让人感动。"

一阵清风吹乱了福多多的头发，她用手拢了下头发。

男孩子含情脉脉地，说："媚眼含羞合，丹唇逐笑开。风卷葡萄带，日照石榴裙。和欣赏的人在一起聊天，时间总过得很快。"

"你研究生毕业后，有什么打算？"

"我想去国外留学读博士，所以要找个女朋友，能供我上学。其实这也算是一项投资了，等我博士一毕业，马上就能成为家庭的主要经济来源了。"

"这不叫投资，应该叫包养。并且你一学中文的，出国能干吗？"

"为了你，我可以留在国内发展。北方有佳人，绝世而独立。一顾倾人城，再顾倾人国。宁不知倾城与倾国？佳人难再得！"

"哪有什么佳人，我一个俗人，配不上你的雅致。你还是另觅高枝吧！"

"你要相信，终有一天，一个男人会向你走来，执尔之手，与尔偕老。"

"你放心，我会一直找下去。"说完，福多多站起身就走。

"佳人！别走啊！再谈谈！"

讲完自己的桥段，福多多对安逸说，"你说这都什么人？好男人都跑哪去了？"

安逸给她分析，"我认为剩男有两种，外在条件不错的和社会上混不开的。你见的是这两种之外的，属功利型的。就是带有目的性的，所以成功率就低。"

"你怎么也算'五高一好'型，有了你，就可以向我妈交代了？要不她真敢上百合网给我征婚。"

"'五高一好'型？我够吗？"

"够！就是高学历、高智商、高能力、高素质、高收入，相貌好。"

"你是女孩儿中的另类,我知道她们都希望自己的男友是'四子三好'型的。"

"'四子三好'型?"

"就是有房子、车子、票子、位子,还要性格好、人品好、相貌好,这样才愿意嫁。"

"婚姻变成了一场数字游戏,可又有多少年轻人拥有那么多财富呢?除非是成功人士,成功人士大多是有家室的,也难怪她们嫁不出去,还有不少人甘心沦为二奶、小三的。"

"再说了现在工作压力越来越大,交友圈却越来越狭小,这也是难以找到'意中人'的主要障碍。"

"还有就是男人太自私了,比自己强的女人不敢要,比自己弱的女人要了又要变心。电视里的浪漫都是为了迎合观众的口味,要我看,男方只要有种安全可靠的感觉,五官端正诚实就可以了。"

爱美之心人皆有之,女的愿意找高富帅的男士,因为拿得出手,可以在其他人面前炫耀。同样男的除了自己相貌有缺陷外一般也愿意找一个白富美的女子。是呀!婚姻大事是人生的头等大事,真正的爱情不会那么美满。婚姻成功的秘密是自己做一个好人,再找一个好人就够了。

时节将近中秋,晴空一碧如洗,太阳光温和中微带些寒意,景物越发清疏而爽朗。金子般的黄,玛瑙般的红,翡翠般的绿,宛若画家笔下的风景画,令人赏心悦目。

恋爱中的安逸突发奇想,他决定中秋节要给自己的女朋友福多多制造一份惊喜。那天他早早起床,去了三家店,买好了月饼券。又回家带上从北京回来时好友万一送的那架无人机,把月饼券放入机身。想从公司的窗口,遥控飞到在公司楼下的公园里等他的福多多身边。

然而,天不遂人愿。无人机飞进公园后,突然有两张月饼券意外掉落,恰好掉在一群跳广场舞的大妈身上,大妈们发现有"天上掉月饼券"的好事儿,就哄抢了起来。更有贪心大的大妈扬起手中的折扇,将飞在头顶的无人机强行打落。

安逸发现遭遇了"劫机"事件,赶紧从楼上下来,跑进公园索赔。不料那些大妈不仅否认击落了飞机,还说自己险些被落下的飞机砸伤。

安逸抱着无人机坐在椅子上,欲哭无泪,"哎,白忙活不说,还赔了夫人又折兵。"

一群围观的人上来劝解,"90后遇见彪悍大妈,那是秀才遇上兵,有理说不清。"

"大妈们，天天在广场上练就的一身功夫，堪比超人。"

叶明珠正在陪父亲晨练。她的父亲和屈阿姨上次在他们的出租屋听了苏哈玲的劝解，第二天就回到青城，找回了自己的女儿，也找回了亲情。叶明珠听见大妈们的吵闹声，跑过来一看，认出是安逸，急忙找来了在广场上跳舞的苏哈玲。她在家休养了近一个月，今天是第一次在广场上露面。那些制造"劫机"事件的大妈都是苏哈玲的朋友。知道无人机是她儿子的，就把月饼券还给了她，当面道了歉。

苏哈玲把月饼券交给安逸，"你准备把月饼券送给谁？还动用了无人机？"安逸就怕自己的母亲"打破砂锅纹（问）到底"，等她走到跟前，将无人机送到她怀里，说："妈，月饼券是送给家里的中秋礼物。想吃什么口味，自己去选吧。"说完拔腿跑开了。

苏哈玲望着他远去的背影，"送给我的，用得着这么隆重吗？和我打哑谜。"想着想着，她突然会心地笑了，"这小子，准是有了女朋友。"

早晨，福多多按照和安逸的约定，从公园的西门走进去，这里离安逸公司所在的那个写字楼很近。穿过铁栅栏，穿过马路就到。她沿着一条曲径向前走，不远处有一座人工堆积起的土山，上面排列着一些奇形怪状的石头，给土山添出些棱角，小山上长满了小树和杂花、杂草，制高点是一座用木板搭建的凉亭，亭里摆着石台石凳，台凳之上有几朵落花，这就是他们见面的地方了。

福多多一个人站在土山顶上，离开了尘嚣，披靡秋风，亲炙阳光，她伸开四肢，在这片宁静中享乐自己。她看看四周，觉得花草在向她微笑，自由心情。她站在凉亭边向安逸公司的方向观望，她不相信会有惊喜从天而降。她向土山四周望望，看见了椭圆形的草坪，平坦的广场、喷出水花的喷泉和浓密的树林。起初她看见一架很小的无人机向她这边飞过来，很快又飞到广场那边去了。她想，这是那家的孩子在放模型飞机玩吧。一阵清风吹过来，她觉得有点冷，便在土山上快速挪动脚步。

安逸气喘吁吁跑上来，看到冷得发抖的福多多，他微笑着挨近她，脸对脸，靠得那么近。她觉得好像要发生什么事情，果然，他伸开双臂，那么有力地把她拥入自己的怀中，"对不起！无人机被拦截了，惊喜消失了。"福多多的身体陶醉似的酸软起来，一股暖流从心底升起，弥漫到全身，一种快乐情绪转化成幸福的眩晕，"至少我看到了无人机，已经很惊喜了。"安逸拉起她的手，"难得你休息，外面有点儿冷，我们去看电影，好吗？"

福多多拉起他欢快地向土山下跑去，他们像风一样飞跑起来，以至到地面时，有一种降落伞落地的感觉，他们快乐而响亮的笑声在这片清空下震动。

马头琴虽老，仍能奏出好曲子

　　草原之行，吉日格勒像她预想的那样见到了巴特尔，实现了自己的愿望。返城前，他知道她喜欢那把珍藏多年的马头琴，就又送给了她，说留作纪念。巴特尔说这话时，笑容堆满了宽阔的脸，每一条皱纹都被善意和欢喜填平了。

　　回到家里，吉日格勒再没有将琴放入盒子里，而是把它挂在镜子旁边的墙上。每天睡觉前都要取下来，抚摸着。她和"天神之声"的对话明显少了，似乎跳出了困境。她不再抵触和外界的接触，像换了一个人。

　　近来，吉日格勒似乎格外忙。她再不把自己关在屋子里，足不出户，而是天天不着家，哪里人多，她就去哪里。苏哈玲跳舞的广场，她也会光顾，但是她并没有加入跳舞的人群中去。回家后，苏哈玲问她："老妈，您在忙些什么？"吉日格勒一本正经地说："在搞传销啊！"苏哈玲的小心脏狂跳不止，我以为传销离我有多远，原来就在我身边？"我的神呀！您多大岁数了，还要和传销扯不清。你被警察抓了，我可不去捞你，丢人现眼。"苏哈玲发完了怨气，才想起问："老妈，你传销什么产品？"望着苏哈玲阴沉的脸，吉日格勒并没有生气，她笑着说："你误会了，我不传销产品，只传销快乐！"是啊！随着经济的日益繁荣，城里人的养老问题还是以"家庭养老"为主要模式，基本解决了温饱问题。但是重物质、轻精神的现象较为普遍，老有所乐成了大问题。苏哈玲感觉出母亲的幽默，转怒为喜，说："用词不当，应该是传递快乐。"吉日格勒开怀大笑，"逗你玩！"苏哈玲感觉从她退休回家，她们母女们还从来没这么开心过，这样的情景如果能一直延续下去该有多好啊！

　　出人预料的是，"幸福安泰"社区为了丰富老年人的业余文化生活，举办秧歌舞培训班，吉日格勒第一个报名参加，还动员李大爷、陈阿姨他们共同参加。她凭自己的实力，很快成了培训班的骨干，义不容辞地教大伙跳舞，不辞辛苦。她好像又焕发了第二春，浑身有使不完的劲，走起路来腰板挺直，像一阵风似的。人们对她的称呼，也从"福姥姥"变成了"塞外童姥"。吉日格勒年轻时，确实是一个艳光四射的美女，但她始终敌不过岁月催人老的事实。如今上了年纪，姿色大不如从前了，但她注重保养，又好穿着，加上心态变好，言谈举止赛过年轻人。有时候，还"俏"得让安逸瞠目结舌。他没想到，把自己的笔记本电脑送给姥姥后，没过多久她老人家居然用得得心应手。不仅学会了打字，还徜徉在网络的世界里。他佩服地说："姥姥，您现在真是太时尚了。"吉日格

"幸福安泰"社区"做快乐的自己"重阳节老年人文艺演出

勒眉飞色舞地，说："现在时代在发展，我这个老太婆也不能成为落伍者，你们年轻人会的，我也要迎头赶上。我还计划着上网购物呢。"望着和以前判若两人的姥姥，安逸陷入了沉思。是啊，姥姥这些做法和计划，前些年就是年轻人连想也不敢想，可是现在，年近古稀的姥姥都在有条不紊地实施着。如果不是遇到这样的一个伟大的时代，姥姥会有这样一个快乐幸福的晚年吗？吉日格勒想起了要学画画的事儿，"安逸，我能学会画画吗？"安逸鼓励她，说："中国有

个梵高奶奶，就你这个岁数开始学画，然后在香港举办了个人画展呢。"苏哈玲还用几句歌词，形容自己的母亲："风是秋后爽，月是十六圆；花是老来俏，瓜是苦后甜。"

吉日格勒无惧年龄和衰老，脸上挂满自信的微笑。重阳节前，她建议社区组织一次"做快乐的自己"老年人文艺演出。社区负责人指派苏哈玲负责文艺节目的编排，她指定母亲除了扭秧歌外，还要独唱一首歌曲。

吉日格勒虽然表面上推辞，却在暗地里使劲，她练歌也是悄悄进行的。每次都在秦老师组织排练完大合唱之后，她带着巴特尔送的那把马头琴，来找他练歌。那时，夕阳只露出半个脸，微妙的暗紫色从天际漫开，流入西天的落霞中。公园里的人渐渐少了，秦老师坐在凉亭里操着琴，吉日格勒对着夕阳高歌。秦老师从来没有听过她唱歌，也没有听说过她会唱歌，为她捏着一把汗。她第一次唱歌声音很轻，像闷在心里，一二十步之外就听不清。但它有一股真切动人的味道。可以说，这声音好像浮在明净的水面，可以看到她的心。练了几次之后，她终于找回了当年在台上演出的感觉。她运用音色和力度的变化，一会儿唱得婉转深情，一会儿唱得高亢激扬，先沉后扬的嗓音，如行云流水般。秦老师闭着眼，拉着琴，被她的歌声所感染，沉浸在优美的音乐中。

重阳节，又称重九节、晒秋节、"踏秋"，是汉族的传统节日。每年的农历九月初九，与除夕、清明节、中元节三节统称中国传统四大祭祖的节日。重阳节，早在战国时期就已经形成，到了唐代被正式定为民间的节日，此后历朝历代沿袭至今。现代的重阳节是一个敬老爱老的日子。

重阳节前夕，小区的广场上搭建了一个舞台，舞台周围张灯结彩，欢歌笑语。音响一响，大人、小孩就自动聚集在台下。活跃在公园里的那支老年合唱团，唱响了此次文艺演出的主旋律。在秦老师的手风琴伴奏下，他们用多声部演唱了《夕阳红》：

最美不过夕阳红/温馨又从容/夕阳是晚开的花/夕阳是陈年的酒/夕阳是迟到的爱/夕阳是未了的情/有多少情爱化作一片夕阳红……/

苏哈玲带领跳广场舞的姐妹们，跳了《小苹果》和《最炫民族风》。有四位大妈大叔配乐朗诵了自己创作的诗歌，他们兴奋地打开记忆的闸门，用生活中的点点滴滴串联起成长的足迹，让大家感受到了祖国的大发展、大跨越和朝气蓬勃奔小康的气势和活力。吉日格勒和李大爷、陈阿姨等培训班的学员们扭起了秧歌。三十几个精力旺盛的老年人，腰上系着一条大红绸子，绸子的两端攥在手中，脸就像绸子一样红。他们一亮相，就博得了阵阵热烈的掌声。"咚、咚、呛，咚、呛……"锣鼓声响起，他们伴随着节奏舞起来。他们的胳膊、腿以及全身都在用力地舞动着，有时高起，有时低落，有时急速，有时缓慢，每一个动作都如此投入和卖劲，使你从来没有感受到生命如此鲜明、活跃和兴旺，使你惊异于那年迈的身躯、蹒跚的脚步、满脸的皱纹竟然能释放出如此热烈蓬勃的能量。这秧歌使台下的人们变得亢奋，掌声、喝彩声不断。台上的老年人英姿飒爽、精神焕发；台下子女陪伴着老人，就像陪着自己的孩子一样。这一天，成了老年人们一年中最幸福、最欢乐的时光。

人人都熟悉的"快递小哥"巴图，也上台演唱了一首《梦中的妈妈》：

青青的草原/星星在闪亮/梦中妈妈的脸/在为我挂牵/为我向苍天祈福祝愿/她在遥望远方的天边/亲爱的妈妈，额吉……/

他的演唱真挚动人，台下许多妈妈都热泪盈眶。

节目结束前，主持人诚挚地邀请吉日格勒演唱一首歌曲。苏哈玲好多年没听母亲唱过歌了，她为母亲捏着一把汗。吉日格勒并没有推辞，她大大方方走上台，从主持人手里接过话筒，那件红底有着金黄色图案的蒙古袍，在阳光下金光闪闪，映红她的笑脸，这是苏哈玲照她那件嫁衣的样子新给她做的。

吉日格勒的脸上有几分紧张，也有几分快乐。她激动地，说："参加今天的活动，我至少年轻了十岁。我从小就喜欢唱歌、跳舞，曾经是乌兰牧骑的一名集报幕、舞蹈、独唱为一身的演员，几十年没有登台演唱了。我的梦想就是能有一天重新登上舞台，为大家演唱一首歌曲，今天终于得以圆梦，我很激动也很兴奋。下面我演唱一首耳熟能详的歌曲《鸿雁》，希望大家能够喜欢。"

在声音圆润、低回婉转的马头琴声伴奏下，她的演唱富有激情，声音浑厚醇美，音域宽阔，气息通畅，具有强烈的艺术感染力。

鸿雁天空上/对对排成行/江水长/秋草黄/草原上琴声忧伤

鸿雁向南方/飞过芦苇荡/天苍茫/雁何往/心中是北方家乡……

吉日格勒演唱结束，台下响起了热烈的掌声、喝彩声，观众们意犹未尽，欢呼着，让她再唱一首歌，掌声经久不息。吉日格勒盛情难却，又演唱了一首《父亲的草原母亲的河》，这是唱给她逝去的养父母的，她要让她们知道，自己永远都是草原儿女。

父亲曾经形容草原的清香/让他在天涯海角也从不能相忘/母亲总爱描摹那大河浩荡/奔流在蒙古高原我遥远的家乡/……我也是高原的孩子啊/心里有一首歌/歌中有我父亲的草原母亲的河/诶……父亲的草原/诶……母亲的河/。

第一首歌曲《鸿雁》，她在家里偷偷唱了几十年，秦老师又陪她练了好几天，今天她在台上纵情歌唱，心里有底；而这首《父亲的草原母亲的河》只是喜欢听，也没练过，居然也唱出了德德玛老师的韵味。

　　听着母亲的深情演唱，苏哈玲惊呆了，母亲的歌唱得还是这么好，出乎意料，她终于明白了：老是一种心境，而不能成为年龄的标尺。其实，老只是别人眼里的状态，而非真实的自己。老年人也有未泯的天性，也有热血沸腾，也有浪漫情怀。母亲就是一壶醇香的奶茶，就是一杯浓烈的草原白酒，就是一首悠扬的长调。

　　台下，掌声雷动。演唱结束时，吉日格勒激情奔放地说："出现勾云便有雨，出现孤寡就有苦。有朋友的人像平原一样宽广，没有朋友的人像窄狭的手掌。幸福快乐掌握在自己的手中，而并不是在别人嘴里。让幸福快乐常伴你左右、伴你一生！"

心存爱，不孤独

　　重阳节这一天，巴图一大早就开着自己的面包车来接吉日格勒，他们要去养老院做志愿者。

　　坐在车上，吉日格勒的脑海里浮现出这样一个场景：在温暖夕照的庭院里，秋风微卷着金黄色的落叶，几个白发飘逸的老人围坐在一个凉亭下，沏一壶香茗，温馨地回顾着他们年轻时的故事……。"从前有座山，山里有座庙……"，老人们的故事总是这样开头的。想到这些，吉日格勒的脸上露出了笑容。在女儿哈玲的眼里，她是一个病人；在孩子们的眼里，她是一个有福之人；在老人们的眼里，她是个好人。她到底是个什么人，连她自己也不大清楚。仔细想想，她只想做个能帮助别人的人。

　　巴图把车停在养老院门前，他们下车时，安逸、福多多和柳语凡便迎了上来，他们是来这里的第一批志愿者。柳语凡在安逸筹备成立公司时，也从原来的公司辞职，回来助安逸一臂之力。走进大门，庭院里长着几棵大槐树，楼房的下面还有一排排修剪得整整齐齐的灌木，攀缘在墙壁、围墙上的常青藤红红的一片，使人想到北京香山秋天漫山遍野的红叶。有几位老人在庭院里活动，有拄着单拐的，有坐着轮椅的，还有相互搀扶着的……。看到那些行动不便的老人们，吉日格勒觉得自己很健康，她至少还可以向老人们伸出援助之手。安逸和巴图拿出了理发工具，在活动室准备为老人们理发。吉日格勒跟着福多多和柳语凡，进各屋看看有没有要洗的衣物，顺便帮助老人们打扫一下房间。吉日格勒走进一个房间，被眼前的景象惊呆了。"豆腐西施"齐大妈独自躺在一张床上，胳膊上输着液。几个月不见，她原本肥胖的身体像缩了水一般，变成了活僵尸。她面色青白，双眼深陷，还残留着原来的模样，呼吸时而短促，时而细缓。吉日格勒望着躺在床上的她，仿佛看到了将来的自己，生出几许畏惧来，原来明亮的眼睛突然暗淡了下来。她凑到她的耳边唤道，"齐大妈，早听说你病了，好些了吗？"齐大妈的嘴嚅动了一下，却没有发出声音来。护理齐大妈的中年妇女端着脸盆走进来，准备给她洗脸、洗手、擦身体。吉日格勒接过毛巾，说："我来。"她一边给齐大妈擦脸，一边向那个中年妇女了解起病情来。

两年前，齐大妈就患了乙肝，到处求医，看过中医西医，吃过各种药，甚至还求过菩萨。但是，五个月前，因为房子问题和儿子闹到法院之后，她一气之下住进了养老院，就没开心过一天。她怀疑自己的病转为肝癌，整天提心吊胆的，惶惶不可终日，终于死神向她招手了。晚上她经常梦见多年前因病过世的老伴来找她。养老院有人死去，她就害怕得不敢出门，感觉下一个轮到自己

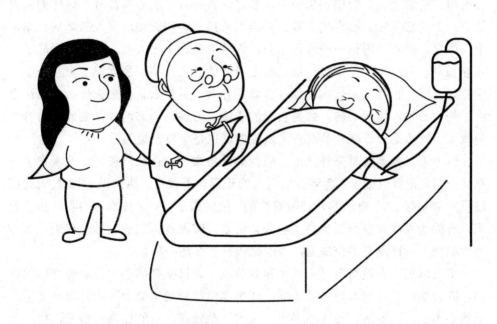

了。结果孙子结婚这么大的事情都没人告诉她。从那以后，她埋怨自己的命不好，常常怨天尤人，患上了"死亡恐惧症"。很快，她就被真正的癌细胞击倒了，躺在床上起不来了。让她去医院，她又不肯，说要把钱留给儿孙。二十多天了，她不吃不喝，每天只能靠打点滴维护生命。

"她儿子来过吗？"吉日格勒想起齐大妈是有儿子的人。

"我给他打过电话，可一次也没有来。齐大妈真是太可怜了。"

"是啊！她操劳了一辈子，没享几天福。我能帮你做什么，尽管说。"

"恐怕她的日子不多了，有时间多陪陪她。"

"我会常来陪她的。"

中年妇女端着脸盆出去了，吉日格勒坐在床前，一只手紧紧地握着齐大妈

的手，另一只手放在她的额头上，轻轻地摩挲着。齐大妈闭着眼睛，很安静。吉日格勒突然一阵心酸，掉下泪来，"好姐妹，你那么好的身体，怎么说病就病倒了？"齐大妈突然睁开那双深陷的大眼睛，瞪着她，浑身哆嗦了一下。中年妇女走进来时，看见了这一幕，高兴地说，"她认出你来了，你再和她说说话。"

吉日格勒想起前几天，她去听一个"根除烦恼的秘诀"的讲座。那位老师讲，有四种人比较长寿：第一种是没心没肺的人；第二种是糊里糊涂的人；第三种是平静的人；第四种是有觉悟的人。我们俩都是活得明明白白的人，凡事都要较个真，其实这样时间长了就会生病。到底病是怎么来的？有些人整天提心吊胆、着急上火、盼望过头……，总之，各种各样的心情都有，这样的人就符合一个"忠"字，心老往上蹿。今天担心孩子，明天跟这个人急，后天跟那个人生气、担心、害怕……那还了得，你就准备做个病人吧。只有心平静了，才能长寿。两个"火"字加一块，就是炎症的"炎"字，那就该上火发炎了。唉！这人哪，怕什么来什么，烦什么就是什么，爱什么就会失去什么。佛法上讲，相由心生，境由心转。病是自己的心情、心性、心态所致，要放下对身体的执着。这些话吉日格勒是对齐大妈说的，也是对自己说的。

这一天，养老院里分外热闹，慰问的队伍来了一拨又一拨，志愿者来了一帮又一帮，记者也来了。养老院的老人们乐得合不拢嘴，他们说，"要是天天都过重阳节就好了。"自己的儿孙带着吃的、用的来了，原来被冷落的心就热乎起来，有的老人高兴得血压也高了起来。可是，唯独齐大妈的儿孙没有来，幸亏她像植物人一样没有多少知觉，否则她该有多么伤心啊！

那天以后，吉日格勒每天都来养老院。令吉日格勒痛心的是随着身体的虚弱，齐大妈的眼神越来越惊慌无助，似乎她已经知道生命余下的时间不多了。虽然心不甘、情不愿，却无能为力，就如一朵残花，只能任风雨摧残。每一个人都对死亡充满了恐惧心理，那是由死亡之后的未知世界所产生的。吉日格勒坐在齐大妈的床前，紧紧地握着她的手，希望能给她安全感，并告诉她，"放心吧，你并不孤单，我会一直在这儿陪着你。"最后的半个月，她竟变成了一只裹在衣服里的干枣核，一连几天一动不动。吉日格勒不得不推她几下，才知道她是否还活着。这些天，吉日格勒有些恐惧，她担心下次再来时齐大妈已悄然死去。死亡来临的样子她在苏子文离去的那天感受过了，她现在考虑最多的是该如何面对死亡？或许"死"在我们的传统意识里，多少是一个忌讳的字眼，甚至，当保险公司的人员向人们推荐一些与死亡有关的险种时，有些人都会条件反射般怒目而视，然后拒之门外，这难道不是典型的"鸵鸟精神"吗？鸵鸟遇到危险时，会把头埋进沙子里，以为这样可以躲避危险。难道不谈死，死就不存在了吗？她恐惧的是面对死亡时，齐大妈肯定不会说，她死而无憾。临终的前几天，齐大妈连水也喝不进去了，喉咙里直是呼噜噜地响。吉日格勒推了推她，"可怜的豆腐西施，你死了吗？"齐大妈的嘴动了动，"我还活着。"吉日格勒竟然吓了一跳，"你想说什么？"她瞪大眼睛，"继生……"。齐大妈很快又睡着了，望着她清瘦的脸，吉日格勒在想：生命，如此脆弱？死亡，如此残忍？一个本来活生生的生命，怎么可以这么轻易就被击倒？当死亡降临时，她还在想些什么？她是想见儿子吗？

　　齐大妈弥留之际，嘴唇动着，吉日格勒伏下身子去听，似乎仍在叫着，"继生、继生"。齐大妈的儿子李继生闯了进来，他跪在母亲的床前，泣不成声，"妈，儿子不孝，来晚了。"齐大妈受到惊吓般瞪大了眼睛，她使出全身力气动了动猴爪子般的手臂，头歪向了枕头左边。她儿子十分诧异，不明白自己的母亲要表达什么意思。吉日格勒心领神会，她把手伸到枕头下面，掏出一张照片和一个紫红色的存折。吉日格勒明白了她的意思，把东西递给了李继生。照片是他们有一年春节拍的全家福，齐大妈红光满面地笑着，一副很健康幸福的样子。李继生打开存折，里面夹着一张字条，"继生，密码是你的生日。"折子上存有三十万元钱。李继生撕心裂肺地哭喊着，"妈，我重资财、亏父母，不成人子，我错了！"齐大妈一颗泪珠挂在眼角，出了一口长气，瘦细的脖颈，像移栽的瓜藤，缺少了水分，阳光一照，就蔫了下去，慢慢垂在枕头上，永远地闭上了眼睛。李继生张着嘴，闭着眼，眼泪和鼻涕流湿了前胸，起初他的哭声里并没有一个字，只是由心里向外流淌眼泪，由胸中发出悲痛的声音。哭了一会儿，他才扑在母亲的身上哭喊着，"妈，你别走！我还没有好好孝敬你。"

　　每个人从出生的那天起，就难逃一死。吉日格勒的心里下起了心雨，"人就这么没了？有儿子守在身边，她死也能瞑目了。"李继生能在母亲临终时赶到，得感谢吉日格勒。前几天，她写好了一张卡片，让巴图快递到李继生家。上面写着：亲人不睦家必败。羊有跪乳之恩，鸦有反哺之义，何况之人？在这个世界上，我们永远需要报答的最美好的人，就是母亲。看到这些话，李继生幡然悔悟，可他面对的是，树欲静而风不止，子欲养而亲不待。他安葬了自己的母亲，这对九泉之下的齐大妈来说，也是一种安慰。

　　对吉日格勒而言，这是她有生以来最风光的一天。重阳节那天晚上的市电视台的新闻里出现了那么一小段，使她成了名人。那时，她正在养老院里帮齐大妈修剪指甲。记者问，"您这么大岁数了，还来养老院做志愿者，您是怎么想的？"吉日格勒自信满满，"闲着也是闲着，只想在自己腿脚还灵活的时候，尽心尽力去帮助别人。"记者又问,"您来这里助人为乐,家里人知道吗?"吉日格勒笑着说,"知道,我和我外孙子安逸他们几个年轻人一起来的,他常对我说,'心存爱,不孤独。'能为别人服务,是我最大的快乐。我一定要坚持做下去!"

其实,吉日格勒去养老院做志愿者,苏哈玲和安泰然并不知道。看了这个节目,他们伸出拇指,夸她是"活雷锋"。

吉日格勒对齐大妈尽了临终关怀之后,得知梅青的婆婆住进了医院,她又去照顾她,常常给她做好吃的东西送过去。

那天,福多多在医院里值班,她接了吉日格勒打来的电话。她来到梅青婆婆的病房时,发现她不在房间。每个病房都看过,还是没有发现她的踪影。梅青婆婆得的是老年痴呆症,据说,在家里不放水就用电热壶烧水,在煤气灶上用不锈钢的大茶缸热牛奶,能把缸子烧化,险些着火,上厕所不冲马桶就不算个事儿。严重的是她去了别人家,还以为是自己家,反而把人家主人往外撵。梅青家的保姆被她骂跑了好几个,后来,一听她家有这样一位老人,没人肯侍候。梅青和她老公无计可施,只能送她进了养老院,后来病情加重,只能来住院治疗。

福多多想,老人是不是又找不到家了,她只好在医院里到处找。就在她将要失望的时候,她想起医院后面的花园。跑去一看,果然那位形容枯槁的老人坐在凉亭的石凳上,身上披着一条毯子。这位弯腰驼背的老人很瘦小,有着一副精致的容颜,尽管岁月几乎把她变成了两截,疾病折磨着她,但她身上依然保持着一种令人无法忽视的精神头。

福多多的闯入扰乱了晚上花园的宁静,她一边跑过来,一边高声喊叫,"喂,老奶奶,你睡着了吗?会着凉的。"

福多多大口喘着粗气跑到老人跟前,"我刚接到一个电话,是您的老朋友福姥姥打来的。"

"噢!"老人抬起头,"我想她。"话没说完眼泪像两道小溪水涌了出来。

"她明天早上来看您,问您想吃什么?给你做好带来。"

"她就说了这些。牙口都不好了,还能吃啥?小鸡炖蘑菇。"月光下,老人的脸上掠过一丝喜悦,掀掉身上的毯子,像个孩子一样,拍着手,在地上又蹦又跳,"我要小鸡炖蘑菇。"

福多多从地上拣起毯子,披在她肩上,"外面冷,我们回去吧。"

"有人惦记真好。请扶我进去。"

第二天,吉日格勒给梅青婆婆带来了小鸡炖蘑菇。她坐在床边的椅子上,看着她吃,"这老太婆,就是一会儿清楚,一会糊涂。"

靠里边的那张病床上，躺着一位老人。她呼吸艰难，双目紧闭。戴着氧气面罩，床头柜上有几个药瓶，旁边有呼吸机和心率监视器。

　　福多多走进来，吉日格勒跟她走过去，站在床边。

　　"他病情加重了。"福多多忧心忡忡地说。

　　"通知他的家人了吗？"吉日格勒惦记的还是那份亲情。

　　"也许她的儿女们正在赶来，也许他们根本就不想来。"

　　老人没有睁眼，但嘴唇动了动，福多多上前，俯耳细听，"他要走了。"

　　护工缓慢而轻柔地摘下了氧气罩，老人微微动了动，但双眼始终是闭着的，脸上露出一丝笑容。

　　离开了氧气罩，老人的呼吸变得更艰难了，显然临终时刻即将到来。老人的呼吸越来越弱了，福多多探身向前屏息凝神地注视着。吉日格勒无力地坐在床上，和护工一起默默地等待着。大约又过了一分钟，老人微弱的呼吸变快了，而后戛然而止，仿佛老人自己选定了时辰，简单而从容地咽下了最后一口气。一个生命就这样走到了尽头。

幸福就是找一个温暖的人过一辈子

　　小雪，是二十四节气中的第二十个。进入该节气，天地不通，阴阳不交，万物失去生机，天地闭塞而转入严冬。虽开始降雪，但雪量不大，故称小雪。往年青城这个时节天气本不算冷，出现的初雪多是半冰半融的状态，或落到地面后立即融化了，气象学上称之为"湿雪"，有时候还会雨雪同降，叫作"雨夹雪"，有时降下如同米粒大小的白色冰粒，称为"米雪"。今年小雪这天，下了青城第一场大雪，沸沸扬扬地下了一夜。早晨，大地万物便披上了洁白的冬装。往年，这样的雪景元旦前后才能见到。

　　吉日格勒经过一夜的睡眠，养足了精神。她坐在床上想，从每天晚上按时吃那粒治抑郁的药后，她好久没有听到"天神之声"了。起初有些不习惯，像自己的生活中少了个伴侣。她想，在孤独的世界里，有个意想中的人陪着，其实也很不错，可是，一家人团团圆圆在一起比啥都好。她一打开房门，钻石就蹿上来，这"汪星人"就是善解人意，你不起身，它就安静地在自己的垫子上卧着；你一动身，它摇头摆尾地抖抖毛，就会跑过来亲热地和你打招呼。对于它来说，最快乐的除了吃东西，就是去外面撒欢。

　　吉日格勒去厨房煮了奶茶，用微波炉热了一个"热狗"，就吃完了早餐。出门前，她站在窗前向外望望，天空像一块深灰色的床单，没有光亮，也没有皱褶，把整个天空包裹得严严实实。楼下那排依旧绿着的槐树上、丁香上，落上厚厚的雪，像没有点亮彩灯的圣诞树。低矮的凉房上落了很厚的雪，使人想起草原上雪后的敖包。停在院子里的车，仿佛穿上了洁白的羽绒服，失去了原有的身份。她看了看表，时针指向了八点，该去遛狗了。

　　她给钻石穿上那件亲手做的衣服，红色金丝绒，镶着白色蕾丝边，走在雪地上，一定好看极了。自己也穿上半长的红色羽绒服和雪地靴，这样她就不怕摔倒了。

苏哈玲正在睡梦中，听见门"咣当"一响，知道母亲出去了，才想起昨天睡觉前自己说的话，"如果明天下雪，我去遛狗。"她急忙起身，掀开窗帘向外看，白茫茫的一片，"好大的雪，老妈的脚崴过，一旦滑倒……"她不敢往下想，急忙跑到卫生间去洗漱。

吉日格勒牵着钻石站在楼道门口向外看，雪沸沸扬扬地下着，丝毫没有停歇的意思。周围死一般的沉静，能听见远处传来的零星的狗叫声。雪地上一个脚印也没有，她看看自己脚上的新鞋，不忍心下脚。这鞋是哈玲"双11"那天，从网上抢购的。

那天，苏哈玲在购物网站上选东西。

"老公，包被抢时，我落下了心病，给我买个包吧。"

"你能告诉我两者有什么关系吗？"

"孤陋寡闻，你没听说'包医百病'？"

"原来如此，你等一下。"随后，安泰然拿了一块板砖进来。

"你这是啥意思？"

"这叫专（砖）治各种疑难杂症。"

"我是心病难医。"

看着他们夫妻斗智斗勇，吉日格勒笑得前仰后合。

"泰然，啥时候学会幽默了。"

"我本来就很幽默，只是以前你没心情感受。"接着又对苏哈玲，说："你把钱都网购了，今后咱们喝西北风呀！"

苏哈玲满不在乎，说："明天国家就要发行新版人民币了，还怕没钱花？"

"你真是我的二货老婆。马莲不是送你一个 LV 包吗？怎么还要买？"

"那么好的包，我可舍不得用，万一再让强盗抢了呢？"

"包是买来用的，又不是用来收藏的。"

结果，苏哈玲的包买了，还给她买了这双软牛皮面的雪地靴。靴底比较厚，里面还有一层绒毛，穿在脚上防滑又保暖，很舒服。吉日格勒想，其实现在对她们一家人来说，对幸福没有太多的奢望，就是每一个微小生活愿望的达成。鞋就是用来走路用的，旧的不去，新的不来。她的脚踩在雪地上，只露出脚面，雪在脚下"咯吱咯吱"呻吟着，钻石在雪地上撒欢，洁白的雪地上留下了一大一小两串脚印。

吉日格勒走过街头的底店，一个老头咳嗽着，在清扫门前的积雪。一辆车从她的身边驶过，路上压出的两道辙，像两条向前爬行的蟒蛇一样猖獗而丑陋。一个小女孩儿站在雪地上跺着脚发脾气，"我的变形金刚呢？你为什么不给我拿？"她母亲给她父亲打电话，"你回去，把昨天刚买的变形金刚拿上。"看着她们母女俩，吉日格勒想，这种孩子认为所有的事情都是应该父母替她做的，长久下去，即使你给她再多再好，她也不会懂得感激，这种受之无愧感强烈的人，没准长大了就会成为李继生那样的"白眼狼"。想到这儿，她又生出一份自豪感，"幸亏我们安逸懂得感恩，是个孝顺的好孩子。"

一个楼道门走出一对父子，父亲望着穿着厚厚的雪制服的车，正在开动脑筋想办法。跟在后面的小男孩儿蹿上前去，用戴着手套的双手，在车窗上下一挥，雪便落在地上，露出一大块玻璃。他的父亲有所领悟，打开后备厢，拿出一把刷子，几下就把车上的雪掸到地上。小男孩儿站在一旁拍着手，"爸爸，你好棒！"现在家家户户都是独生子，好孩子一个足矣。不懂事的孩子有一群又有什么用？添堵！新闻上说，国家放开了计划生育政策，可以生二胎了。生孩子容易，教养孩子不易呀！

"老妈，把牵狗绳给我，小心滑倒。"苏哈玲气喘吁吁地跑过来。

"你今天怎么起这么早？"

"不是说好我遛狗的吗？你要是摔倒了，我后悔莫及。"

"我能行，你回去吧。"

苏哈玲牵着钻石，和母亲并肩前行。苏哈玲伤好之后，母女俩亲近了许多，大事小事商量着办,又回到了相亲相爱的从前。冬天最大的好处是堆雪人。远远看见父子俩在雪地上忙活着,一会儿就在楼门口堆起一条雪狗,还给它戴上红色的项圈,披着黑色的披风,用黑炭做了两只眼睛和一个鼻头,活灵活现的。吉日格勒走过时称赞道,"放在门口可以防那些胆很肥的贼。"苏哈玲还是第一次看到雪做的"汪星人",赶紧用手机拍下,在微信上晒一下,让大家看个新鲜。钻石在雪狗旁边转着嗅着,然后翘起一条后腿,在它身上撒了泡尿,才向前跑去。

　　小区里四处堆起的雪人,勾起了苏哈玲的记忆,她伸出左手食指对母亲说,你还记得这个指甲的故事吗?吉日格勒看着手指笑了笑,"都怪我!"小时候,那些大雪纷飞的时节,对苏哈玲来说,无疑就是最开心的日子,她和小伙伴们一起打雪仗、堆雪人,忙得不亦乐乎。记得四岁那年,她在院子里堆雪人,雪水弄湿了手套,她还是把雪人堆好了。感觉手冻得生疼,就跑回家烤火炉子,母亲看见了,说手冻了不能烤火,就端来一盆冷水,让她把手伸进去,结果她的十个指甲全部变软了。冻过的手指头很痒,她将左手食指的指甲掰掉了。后来,母亲发现了及时制止了她,才保住了另外九个指甲。长大后一看这残缺的手指,脑海里浮现的就是那幅雪中嬉戏图,不由得发自内心地想笑。

　　回家的路上,苏哈玲神秘兮兮地,说:"老妈,今天中午你就能见到安逸的女朋友了。"

　　"太好了,安逸的女朋友很漂亮,也很善良。"

　　"你们见过面?"

　　"当然,没告诉你,是想给你一个惊喜。你见了肯定喜欢。"

　　"什么惊喜!分明是对我的蛮横无理不放心。"

　　吉日格勒母女遛完钻石回去,安泰然也正好下班到家。三个人坐下来商量,安逸的女朋友第一次上门,吃什么好呢?吉日格勒笑着说,你们决定。苏哈玲说,大雪天,吃涮羊肉,既热乎,又省事儿,安泰然表示赞同。苏哈玲又说:"老妈,您好好歇着,不必动手。"

　　"吃完饭,我负责刷碗。"吉日格勒说。

　　安泰然刀工好,负责切肉。他将羊肉洗净去骨去皮,剔除板筋,切成十二厘米长、两厘米宽的大薄片,放在盆里待用。苏哈玲负责剥葱、蒜和洗菜。苏哈玲边帮厨,边唱着歌:

　　　　胖就胖吧!别管别人怎么想!胖就胖吧!只要心中还有梦想!我还要!我还要!我还要!我还要!大声地唱!我胖故我在!越胖越可爱!

　　安泰然切完肉,又将酱油、卤虾油、芝麻酱、辣椒油等分别放在小碗内,腐乳汁、韭菜花放在小碟内，准备好了吃火锅所用的蘸料。

两个人干着活，有说有笑，钻石在地上转来转去，异常兴奋，家里的气氛是前所未有的其乐融融。

凉菜忙完，估计客人快到了，苏哈玲急忙跑进卧室换衣服。她换好一套裙子，走进厨房，问道："老公，这条裙子是我三十岁时买的，现在我穿显胖吗？"

安泰然看着手上的菜，说："不胖，你穿啥都好看。"他撒了点儿谎，知道老婆爱听。

"跳舞的老头、老太太都说我没腰。"

"谁说的？这么粗的腰，他们居然熟视无睹。"

"你终于说出心里话了。我还不是为了这个家的安宁，操心操成现在这副模样。"

"老婆大人，委屈你了。"

门铃响了，苏哈玲开门一看。一束康乃馨加百合花的后面，露出一张熟悉的脸，这分明是福多多吗？安逸怎么提着一个果篮跟在后面？

"来就来吧，还带什么礼物。你俩走了个前后脚？"吉日格勒见福多多来了，急忙把女儿拉到一边，说："你愣啥神？她就是安逸的女朋友。"

"妈，她是我的女朋友。"安逸这么一说，苏哈玲才醒过神来。

"你俩是天作之合，太好了。你马莲阿姨还想给你们做大媒呢，她晚了一步。"

吉日格勒接过福多多递给她的花，说："好漂亮的花儿。"

"康乃馨加百合，它的花语是温暖、纯洁，暖暖的心意，让花儿传送。差点忘了，我还给钻石买了好吃的。"福多多从包里掏出几包狗零食，递给苏哈玲。

"你真会买，正是钻石最爱吃的，一会儿再喂它。"

苏哈玲拉着福多多的手，乐得合不拢嘴。"你能做我的儿媳，是我前世修来的福气。"

福多多和安逸听说要吃涮羊肉，都很高兴。

涮羊肉，又称"羊肉火锅"。传说起源于元代。当年元世祖忽必烈统帅大军南下远征。一日，人困马乏饥肠辘辘，他猛想起家乡的菜肴——清炖羊肉，于是吩咐部下杀羊烧火。正当伙夫宰羊割肉时，探马飞奔进帐报告敌军逼近。饥饿难忍的忽必烈一心等着吃羊肉，他一面下令部队开拔一面喊："羊肉！羊肉！"厨师知道他性情暴躁，于是急中生智，飞刀切下十多片薄肉，放在沸水里搅拌几下，待肉色一变，马上捞入碗中，撒下细盐。忽必烈连吃几碗翻身上马率军迎敌，结果旗开得胜。《旧都百话》云："羊肉锅子，为岁寒时最普通之美味，须与羊肉馆食之。此等吃法，乃北方游牧遗风加以研究进化，而成为特别风味。"

在青城，提起"涮羊肉"，几乎尽人皆知。因为这道佳肴吃法简便、味道鲜美，所以深受欢迎。选料精细鲜嫩，肉片纸薄均匀，调料多样味美，涮肉醇香不膻，涮后即食，香味纯正，鲜嫩可口。

在家里食用时，将电磁炉上放锅，添上鸡汤或水，待锅内汤烧开时用筷子夹着羊肉片在锅内烫涮(约需一两分钟)，见肉片呈灰白色时，即可夹出，蘸着各种调味料吃。肉片要随涮随吃。最后把菠菜、汤粉丝放在锅子内，待菠菜熟时，放入精盐、味精，然后连菜带汤一起食用。

无疑，这顿家宴吃得是热热乎乎，香香甜甜，暖胃又暖心。

小雪家宴之后，安逸和福多多有过一次对话。

"明年，我们结婚吧！"安逸拉起福多多的手说。

"我们认识的时间并不长，还没有真正了解对方。"福多多不敢直视安逸的眼睛。

"谁都会结婚的。"

"我们是谁吗？我们可以等同别人吗？"

"可是……这是传统，是习俗。相爱就是符合传统的行为。"

"可是我们住哪儿呢？"

"我们可以买房子。明天就买。"

"安逸，这可不是好主意。"

"为什么？"

"太……太仓促了。"

"我这个人就喜欢雷厉风行。"

"你是个生性急躁的人吗？"

"我不是。我们可以买一个靠近河边的房子。"

"这个主意好，可是我们能买起吗？"

"没问题，我们可以先缴首付，然后按揭。"

听了他们的对话，吉日格勒神情凝重地走过来，"安逸，喷泉的水堵不死，爱情的火扑不灭。找到这么满意的女朋友，是到了买房子的时候了。"

"姥姥，你偷听我们谈话？"

"门开着，我戴着助听器呢？当然听得很清楚。"

"姥姥，安逸和您开玩笑呢，快进来坐。"福多多起身扶吉日格勒坐在椅子上，自己坐到床边去。

吉日格勒知道，安逸的广告设计公司成立以后，虽然效益不错，但他也不可能在短短的几个月里挣够买房子的钱，现在房价又高，是该出手帮帮他们了。她把拿在手上的银行卡放在桌子上，"安逸，这是姥姥赞助你们买房子的钱，钱不多只有二十万，你拿着。"

"姥姥，我们怎么可以花您的钱，钱的事儿，我们自己想办法，您就不用操心了。"

"这钱，是你姥爷当年开婚纱影楼赚的，本来是让我留着养老用的。俗话说，养儿防老。姥姥没有儿子，只有你妈一个闺女。现在看来，你们都这么孝顺，钱存在银行也生不出几个利息，你们就拿去用吧。"

没想到福多多说什么都不要，她语重心长地说："我经常看到社会新闻说，因为男方买不起房子、车子、彩礼掏不起，导致结不了婚，我绝对不要因为这种原因困住。我自己有房子、车子，还有一些钱。安逸，你只需要带着爱来，就可以了。"

"你就不怕我是因为你的钱，而爱你吗？"安逸开玩笑地说。

"只要有爱，就不怕。爱比怕更重要。"

"幸福就是找一个温暖的人过一辈子。只要你们开开心心过日子，姥姥就放心了。"

福多多的父母都是企业的高管，家里只有她一个女儿，他们给女儿买了一个复式结构的楼房做婚房。将来一层用来做安逸的工作室，他的公司就不用再租房子了；二层做他们的卧室。

苏哈玲拿出自己多年的积蓄，为他们装修房子，用网上流行的一句话来说，忙，且快乐着。

安逸的梦想和苏哈玲的梦想如出一辙，那就是通过自己的努力，让亲人们过上好日子。

有您的地方才叫家，
守着您是天大的事儿

俗话说："冬至到，吃水饺。"冬至习惯上也叫作数九。北方过数九当天除了吃饺子，还流行着喝羊肉汤的习俗，寓意驱除寒冷之意。古人对冬至的说法是：阴极之至，阳气始生，日南至，日短之至，日影长之至，故曰"冬至"。

因为冬至并没有固定于特定一日，因此和清明一样，被称为"活节"。也就是在这一天，苏秀玲从海南归来参加苏哈玲为她准备的"认亲宴"。此次家宴，主厨自然是安泰然。他特意去超市买了许多食材蔬菜。他知道，享受美食即是宴会中必不可少的一个组成部分，又是促进感情交流的一个媒介，安泰然对自己的厨艺十分自信。

当苏哈玲问他准备做啥好吃的时，他说，"我最喜欢的是炒菜，炒菜可以彰显生活智慧。"苏哈玲对安泰然的烹调手艺很钦佩，平常在家里，即使有吃不完的剩菜，只需把盘子里剩下的菜，加进蛋清，微波炉里一转，一盘新鲜漂亮的蛋羹就诞生了；一块未加工过的腥臊牛肉，在手里捣鼓几下，做成干煸的，是红与黑的绝配。做饭时，不用掐表，他也知道炸小排的油，烧到剥完两头蒜，火候刚刚好；而浇油泼面的，剥完一头蒜，那油就烧到了既不冒烟，却一浇喷香的地步。

他们三个人各有分工，在厨房里忙活开了。吉日格勒负责煮制奶茶和手扒肉。安泰然负责切肉、炒菜，苏哈玲负责和面，包饺子。

最先到的是巴图，他带来了额尔登布拉格草原上的羊肉。

"福姥姥，我爷爷选了羊群里最肥的一只羊，让我给您送过来，省得去外面买到'伪'羊肉。"

吉日格勒一听是巴特尔送的，高兴得合不拢嘴，说："他毕竟是个有情有义的人，回去替我谢谢他。"

安泰然和巴图把羊抬进厨房，说："我在厂里上班的时候，听人说咱们后山的羊，吃着沙葱，喝着山泉水，听着蒙古长调、跳着迪斯科长大的，生长环境好了，肉质就细腻，吃不出一点儿羊膻味。"

"其实，喜欢吃羊肉的人，自然也喜欢那股羊膻味呢。"

苏哈玲知道巴图前些天带着对象回家见他的父母，才想起来他的对象，"巴图，对象没和你一起来？"

吉日格勒一听，巴图也有了对象，一副急着想见的样子，"快把她请过来，

让福姥姥看看，谁家的闺女这么有福气。"

巴图的笑意随着嘴的轮廓荡漾开去，一瞬间满脸都乐开了花，笑得那么甜，毫无做作，"不凑巧，今天她妈要带她去认亲，改天我带她过来，给你们请安。"

苏秀玲带着女儿也到了，而她的女儿柳语凡正是巴图的对象。原来，他们要来的是同一家。安逸知道自己的姨妈要来，可他万万没有想到，一直以来，像姐姐一样关心、照顾、支持他的柳语凡，居然是自己真正的表姐。安逸脸上的肌肉忽然缩紧了，"兴奋"凝聚在脸上，在他的胸中冲撞，他猛然尖厉地喊起

来，"姐姐，我有姐姐了。"福多多也兴奋地拉起柳语凡的手跳着，"有姐姐、姐夫的感觉真好。"看来吉日格勒感受更深一些，大家都在欢笑畅谈，她却默默不语了。可以看出，她是在细细琢磨其中的滋味，"如果苏子文还活着，他看到这个欢乐的场景，又该作何感想？"其实她自己的心里乐得跟小孩子一样，只是不便手舞足蹈罢了。

通过交谈，他们才知道，苏秀玲是一位颇有声望的作家。她原来在一家国有企业当秘书，一边工作，一边坚持写作。退休后专职从事写作。用她的话来说，就是"喜欢读书写字编故事"。几个年轻人，围着她要拜读她的大作，他们加了微信才作罢。苏哈玲一看自己有了一位才女姐姐，一个劲说"相见恨晚"，问她"是不是编的故事变成了人民币，才颇有成就感"？吉日格勒调侃她，"你又钻在钱眼里了。"苏秀玲笑着说，"现在好了，有了你们做我的忠实读者，我就更有信心编好故事了。"

客人就座之前，圆桌上面已摆了个满满当当，凉菜荤素搭配均匀。论荤的有不老神鸡、盐水鸭、油炸黄花鱼、酱牛肉；论素菜，有青椒、西红柿、黄瓜、豆芽菜。桌上的红的、黄的、绿的，琳琅满目。

待大家就座之后，宴会就开始了。苏哈玲打开一瓶长城干红葡萄酒，将每个人面前的杯子斟满酒后，说道："好多年，没这么高兴过了。"她又从厨房端来了奶干、奶油、奶皮子、奶豆腐和香炒米，又给每人倒了一小碗奶茶。他们喝上一口，都夸福姥姥煮的奶茶好喝，吉日格勒乐得合不拢嘴。

苏哈玲又将一道凉菜端上桌，只见一个白色的大瓷盘子上摆满绿、紫红、白的圆形薄片。绿的是苦瓜，紫红的是山楂，白的是苹果。上面还用蓝莓果酱写出一个"和"字。

这菜一亮相，大家都拍手叫好。

苏秀玲看着菜说，"这菜看着舒服，还很有创意，怎么个说法？"

"就这道菜，我们来个有奖竞猜。"苏哈玲笑着说。

"奖品是啥？"安逸迫不及待地问。

"保密。"

"福姥姥和蔼可亲。"巴图第一个猜，"我来抛砖引玉。"

"心平气和。"福多多也跟着猜和字。

"和颜悦色。"柳语凡也跟着和字来。

"和气生财。"安逸念着他的生意经。

四个年轻人猜完了，每人都说出了一个带和字的成语，大家让苏秀玲猜。她想了想说，"大家都猜和字了，我换一个吧，我猜'同甘共苦'。"

"为什么？"大家异口同声地问道。

"你们看，这苹果是甜的，这苦瓜是苦的。"

"我看苦尽甘来也行。"安逸接着说。

"福姥姥，您也猜一个吧。"巴图也叫了起来。

吉日格勒夹了片苦瓜，又夹了一片苹果，放在嘴里一块嚼，连连点头，"这就是同甘共苦了，味道确实不错。"她先吃了口苦瓜，又吃了口苹果，"这就是苦尽甘来。我觉得这两都不错。我猜'家和万事兴'。"

她刚说完，大家鼓起掌来。

苏哈玲笑着说，"姜还是老的辣。"她的话音刚落，安泰然从厨房了出来上菜，接着说，"现在有辣了，我猜酸甜苦辣。"

苏哈玲接着说："太有创意了。大家猜的都对，我再加上个'和为贵'，来我们共同干杯。"

安逸又吵着让妈妈给发奖品。

"奖品是福姥姥手工缝制的'福'字牌鞋垫，让大家走到哪里，把福气带到哪里。"

听她这么一说，大家都说"好"，又干了一杯。

安泰然呈现给大家的第一道小炒，玉米虾仁炒西芹。别小看了这道简单的菜，从原料收集到洗菜、炒菜、上盆，可是一步都不能马虎。这道小炒的味道清淡中带着些甘甜的滋味，虾仁滑嫩鲜美，西芹爽脆多汁，玉米则甜糯可口。色泽上同样以淡绿、柠檬黄和粉红为主，非常受大家欢迎。

韭菜虾米炒马蹄，这道第二个上桌的小炒正是安泰然的拿手好菜。材料有韭菜、虾干、马蹄，再加些红辣椒丝。炒的时候加入酒和糖，这样才够味。

菜一道道上着。来青城之后，安泰然是第一次在众人面前亮手艺，所以从食材的选购和烹调制作格外讲究，在大家的交口称赞中，他有点小得意。

苏秀玲突然来了兴致，跑到厨房去凑热闹。她做了一道葱爆羊肉，没想到这道以肉为主的小炒既成了压轴菜，也成了味道不错的助消化菜。

大家也交口称赞道，"您文章写得好，菜也做得好，真是出类拔萃。"

苏秀玲笑容可掬，"炒菜是行为艺术，而厨房则是生产这种艺术品的基地。对于酷爱烹饪的妹夫来说，厨房之于他，更是相当于画室之于画家。"说完大家一同举杯叫好。

安泰然端上来一大盆手扒羊肉。吉日格勒夹起一块肉，放在苏秀玲的盘子里，"这羊肉是巴图从草原上带来的，我亲手做的，你尝尝怎么样。"

苏秀玲咬一口羊肉，咀嚼着，"这肉真是得肉质鲜嫩，味美可口，易于消化。

大家多吃点。"

巴图端着酒杯，来到吉日格勒身后，接着说，"现在手扒肉已不单是我们蒙古族的一种传统美食了，在外界人眼里，它还是蒙古人豪爽的象征。成天福姥姥、福姥姥地叫着，没想到我们以后真成了一家人，福姥姥，我敬您一杯酒。"

他这么一起头，几个晚辈都聚过来敬酒，吉日格勒脸上笑开了花，"谢谢！孩子们！"

最后，饺子上桌，知道是苏哈玲亲手做的，大家都说好吃。

吃着饺子，大家共同举杯，唱道：

金杯银杯斟满酒/双手举过头/炒米奶酒手把肉哦/今天一次喝个够/……

吃过了饭，福多多和柳语凡抢着去洗碗，吉日格勒拉住不让，"每天吃完饭，洗碗是我必做的功课，你们不必插手。"

苏哈玲见状把她俩拉进客厅，说："福姥姥认为，老人过于清闲，四体不勤，饱食终日，就会闲出病来，坐享清福非真福，辛勤劳动才是福，就随她的愿吧！"

几个女人坐在客厅聊天，几个男人在安逸的房间里上网。

"我最担心的是怕母亲生病。她年龄大了，不能做剧烈运动。有没有适合老年人的运动？"苏哈玲担心地说。

"先前我给福姥姥教了一套简单有效的平甩功。"福多多说。

"这个功，我有几个微友都在练，她们说很神奇的。其实，平和乐观的心态，再加上合适的锻炼和饮食，就能让自己更健康了。"苏秀玲接着说。

"早点知道这些，就好了。"苏哈玲不无遗憾地说。

"你觉得为时已晚的时候，恰恰是最早的时候。"福多多说。

"我们活着的每一天，不都是我们生命中最年轻的时刻吗？与其现在花时间去挣扎去纠结，还不如现在就好好努力。"苏秀玲也感慨万分。

人到暮年，在日常生活中要做到随遇而安，顺其自然，自我寻找爱好之乐、与人之乐、天伦之乐和健康之乐，"无求便是安心法""不饱真为祛病方"，自静其心延寿命，无求于物长精神。因此，老年人也要有所追求，干些实事，自寻乐趣，劳其筋骨，调剂精神，活得更有意义。

吉日格勒洗完碗，福多多要给大家示范平甩功，苏哈玲把几个男人也请过来。动作很简单，双脚与肩同宽，平行站立，呼吸自然。双手举至胸前，与地面平行，掌心朝下；两手前后自然甩动，保持放松，不要刻意用力往后抬；气功要心平气和，全身放松；甩到舒服的位置，利用惯性，把手甩回至胸前；双手轻松打直，保持平行，五指微微舒展。甩到第五下时，手往后甩的同时双膝微微下蹲，轻松地上下弹动两次（注意是弹动，不是弯两下）。甩一下心里默念一个字，如"把病甩出去""甩出健康来""甩手治百病"等。刚开始练习时，可能会出现"酸、痛、麻、痒、胀"这五种排毒效应的感受，又称之为"五感"，但是锻炼一段时间之后，因个人身体状况不同，会产生更深入的反应现象。平甩功要在"平"的意境上多下功夫，它能让气血到达四肢末梢，排出不洁之气，而且基于十指连心的道理，气血会回流循环到五脏六腑，使全身气脉畅通，筋骨松开，使全身灵活，有弹性。这个功法学起来简单，而且经过持恒锻炼，可以改善各种身心病症。这个看似平凡的功法，却可以练出不平凡的效果。

大家表示要作为家族健身之法，共同锻炼，互相鼓励，坚持不懈。

大家告别之前，吉日格勒拿出了她绣制的鞋垫，花花绿绿的中间一个大红"福"字。她每人送了两双，取意"好事成双"。

"送鞋垫，我还想送你们几句话：得到的，未必开心；失去的，未必是祸，看开是幸，看淡是福。"

"语凡、安逸，将来你们成家了，姥姥老了，你们会不会把我领出去丢在大街上不管了。"

安逸开玩笑地说，"那您就自己打车回来呀！"

柳语凡也笑着说，"我们怎么舍得不要您呢，哪怕您满脸皱纹，头发花白，视力模糊，您也是世界上我最爱的人。"

苏哈玲忍着心疼，顿了好久，才说："有您的地方才叫家，守着您是天大的事儿。"

苏秀玲也说，"以后我们就是一家人了。一家人，包容越多，幸福越多。"

苏秀玲还郑重邀请他们全家人，元旦去海南参加巴图和柳语凡、安逸和福多多的订婚仪式。

愿天下人活出别样的精彩

    小寒，是二十四节气中的第二十三个节气，是干支历子月的结束以及丑月的起始，时间是在公历元月六日之间，太阳位于黄经285°。就在这一天，吉日格勒和女儿、女婿回到了青城的家，之前，他们在海南三亚度过了一周时间，参加巴图和柳语凡、安逸和福多多在元旦举行的订婚仪式。

    "小寒"之后就进入"出门冰上走"的三九天了，到处是一派严冬的景象。连吉日格勒遛狗，也是迟出早归。俗话说，"小寒大寒，冷成冰团"。户外活动少了，吉日格勒保持着自己的一套锻炼方式，如甩手、打腿和揉肚，早中晚各一次。甩手是福多多给大伙教的平甩功，从那天起，她一直坚持着，从十分钟甩起，她现在一次能甩三十分钟。刚开始甩的那几天，胳膊疼、背痛，哪儿都感觉不舒服，酸麻肿胀痛，有段时间，她都坚持不下去了。后来，看到女儿、女婿坚持得比自己好，用苏哈玲的话来说，"这项运动比跳舞效果还好。我的心情好了，更年期反应也小了。"安泰然说自己不光心情好了，还一周甩掉了一斤肉。福多多来了，也鼓励她，"坚持就是胜利。好多病人都甩好了。"吉日格勒想，年龄不饶人。年龄大了，不能进行剧烈活动，坐着也是坐着，全当活动筋骨了。每天甩手的时候，她都对着镜子，面带微笑，甩上半个小时，深呼吸几下，才收功。心情真的不错。她又从电视上的养生节目中学会了盘腿，坐在床上边看电视边打坐。天冷了，腿也没有疼。人老了，晚上会肚胀，她又学会了揉肚，用专家的话来说，就是排除"三浊"浊水、浊气和宿便，现在排泄都很正常，消化也好了，胃口也好了。循序渐进地开展了这些活动之后，她有时候还向"天神之声"汇报战绩，但是再也听不到它的对话了，起先有点儿不习惯，觉得自己的生活中缺少了什么，就像菜里缺了盐，经常吃淡，也就习惯了。

    每天遛完了狗，甩完了手，吉日格勒就坐在床上回味她的三亚之旅。元旦前夕，他们一家人怀着新鲜好奇的心情和对大海无限的憧憬，踏上那片传说中魅力无限的岛屿——海南岛。她和女儿、女婿坐飞机去，安逸、福多多、巴图、柳语凡四个人带上钻石，开着福多多家里给她新买的车去。从白塔机场到美兰机场短短几小时，吉日格勒他们就完成了从冬到夏的魔幻穿越，褪下厚厚的冬衣，无由来的轻松令人感到振奋。眼前的一切都披着 28 度的阳光，椰林婆娑，扶桑、木棉开着大朵的花，冬天在记忆中已经不存在了。吉日格勒对美兰机场充满了疑问，怎么像个女人的名字，她就认识好几个叫美兰的人。她想能以自己的名字命名机场，这是一个多有头脸的人物。苏秀玲开着"大奔"来机场迎接她们，一见面吉日格勒说的第一句话，就把大家逗乐了，"秀玲，美兰是个什

么大人物？"苏秀玲被问得愣怔了一下，"美兰，我不认识这个人呀！"苏哈玲倒是哈哈大笑起来，"我敢肯定，老妈问的是美兰机场。"苏秀玲恍然大悟，"噢，美兰机场建在美兰村，它是因地方而得名。"吉日格勒不好意思，"噢，我以为是人名呢。"

吉日格勒坐在床上，西斜的阳光正照在窗户上，透过玻璃射进屋来，乳白色的立柜上镀上一层碎金，细致入微地照得满屋生辉。多少年来，她从来没有感到日子过得有这么好。

晚上，躺在床上睡不着，就找出她最喜欢的"岛服"来看。白色的底子上面有蓝色的大海、绿色的椰林、沙滩和阳光。她最喜欢做的事儿，就是穿着岛服在沙滩上随心所欲地晒太阳，才去了一周，皮肤就晒成了古铜色。她出去遛狗，街坊邻居就问，"冬天怎么还晒得这么黑？"她自豪感倍增，"我去海南岛看闺女。"她还像放电影一样，把去过的地方回放一遍。在她看来亚龙湾是三亚

最美的地方，水至清、沙极幼，号称"东方夏威夷"。夏威夷在哪儿她不知道，但她知道海滩长度有它的三倍。海湾像一个大月牙，海水洁净透明，远望就像一块没有染匀色的蓝布，有深有浅。一条七公里长的银白色沙滩，平缓宽阔，安逸他们四个年轻人要去潜水，看海底的珊瑚。她千嘱咐万叮咛，"千万别呛着水，注意安全。"他们几个上了岁数的人在海边戏水，在沙滩上晒太阳，在椰树下乘凉，在椰梦长廊看日落。她捧起一把沙，沙粒细软，从指缝流走。

她感觉最开心的还是"皇后湾海钓烧烤一日游"。顾名思义，当然是又可以钓鱼，又可以烧烤，感觉还不错哦。上午八点半出发，一路上有说有笑地到了码头。一艘艘小船停靠在码头，鱼腥味有点浓，柳语凡说，"这就是大海的味道。"小船悠悠前行，约十分钟后，来到挂有"皇后湾户外俱乐部"的海上木屋，有卫生间和更衣室，干净，简约，宁静，木地板刷的是绿蓝色的漆，跟海的颜色显得融洽和谐，四面没有用木板隔起来，而是在木柱的角落挂了蓝色的遮阳帘，阳光洒在木排上的藤椅，懒洋洋的味道。他们上了皇后湾一号，开始了传说中的海钓。船行驶在无边无际的大海上，四个年轻人准备钓鱼，吉日格勒望着大海发呆，苏哈玲在船上猛拍着美丽的风景。一切都是在享受，近距离地接触大海，体验海上的乐趣。

时间过得好快，不知不觉肚子饿了。回到鱼排上，各种热带水果和饮料已整齐地摆放在餐桌上了，木瓜、火龙果、红毛丹、桃子、龙眼、香蕉……还有每人一瓶啤酒，桌上摆放着两瓶大罐的可乐和雪碧，吉日格勒以为午餐就是丰富的水果宴！他们一个个饥肠辘辘地开始享用美味的水果，接着服务员端上蟹粥、玉米、烤鸡翅、热狗、香菇丸、虾、秋刀鱼……一共有十多种烧烤，大家都吃得不亦乐乎！在吉日格勒看来，皇后湾的阳光和海水能抵挡人世间一切生活的琐碎，在这里她自己也变成了一条美丽的热带鱼，尽情地摇曳生姿，寻找着属于自己最简单的快乐。

吉日格勒他们对苏秀玲家的豪华生涯一无所知，虽然是由于她本人守口如瓶、性格矜持，还有部分原因是她从小失去父爱，没想到她能同"门不当、户不对"的家庭联姻，嫁入豪门，跻身上层社会阶层。她家的独栋庭院别墅位于大东海中心的闹市静区，距离海滨很近。整栋别墅被紫藤和茉莉所覆盖，具有欧式风情。海景房视野开阔，凭海临风，足不出户即可观赏碧海银沙的大东海风景，外侧超大观景平台上设有私人泳池。在吉日格勒看来，秀玲比哈玲有福气，但他老公成天在外面忙着挣钱，哈玲的老公成天围着她转，各有各的福。苏秀玲一心要留她在三亚过年，说："好多北方老人都过一种候鸟式的生活。"她还是以不习惯为由推脱了，冬天都不冷，那还叫冬天吗？她还是喜欢北方的冰天雪地，春种、夏长、秋收、冬藏里有中国人的生存智慧，所以，缺一不可。

两对年轻人的订婚宴，办得十分隆重。柳语凡的父母还投资给巴图成立了"小哥快递公司"。等公司稳定了，他们也该结婚了，都三十多岁的人啦。由巴图又想到了安逸，尽管他和福多多年龄小，等房子装好了，也该结婚了。苏秀玲说，"安逸你们的婚礼也来三亚，和语凡他们的一起办吧！"

海南岛是中国唯一的热带海岛省份，被称为世界上"少有的几块未被污染的净土"。清澈的海水、明媚的阳光、细腻的沙滩，永远是抓挠北方人心窝的温柔小手，一想起来就让人心里痒痒。回想此次异地欢乐之旅，对吉日格勒一家的影响就是"改变"。她回来后一直感叹三亚的冬天太舒服了，没玩够。苏哈玲也有了在三亚购房置业的计划，将来有了钱在海边买下一栋房子，随意挑选自己喜欢的时间带母亲来度假，而在空闲时，交给中介公司打理，不仅能收房租，还能置换房旅游，好处多多。安逸见识了游艇入户的豪宅后，又修改了自己的奋斗目标。他和福多多还改变了之前去马尔代夫蜜月之旅的计划，连婚礼都准备去海南和巴图他们在同一天举行，这样他母亲和姨妈苏秀玲都能如愿以偿了。

上了年纪的吉日格勒素来惧怕寒冷如同惧怕孤寂，生怕身体里的血液会被冬天凝固。那天，她做了一个温暖的梦，梦见自己生出一对翅膀，飞到了温暖的南方。醒来之后又在回忆她的海南岛之旅，那些好玩的和好吃的。用苏哈玲的话来讲，那里的人过的是"慢生活"：早上八点起床，穿着拖鞋去逛早市，和小商小贩砍价，吃完早点，悠闲地走着；吃完中午饭，再次悠闲地走着。她也随着他们悠闲地走着，逛街看上去是这座小岛独特的人情。她悠闲地走着，看他们在茶馆喝茶、打牌和聊天。在海南最负盛名的就是海鲜和水果了。确实，海鲜是一块金字招牌，虽然这些年，很多海鲜大排档和酒店的宰客事件时有发生，人们吃海鲜的热情挡不住，她最喜欢吃的海鲜，就是马鲛鱼和鱿鱼了。马鲛鱼在海南被称为"黑鱼"，真是又大又黑，不光外表黑，价钱也够黑的。正宗的马鲛鱼全身上下就几条龙骨，肉多且肉质鲜美。马鲛鱼和鱿鱼都烤着吃，真的好香！水果，无论什么水果，四季都有卖的，而且很新鲜，不过时令水果，还是比较贵的，如杨梅、樱桃、莲雾。圣女果，多好听的名字，其实就是小版的西红柿。吃什么不重要，重要的是心情。海南堵车也比较常见，用安逸的话来说，比起青城的堵车来，那只能叫公路高峰期。在那里，三轮车基本上充当了公交车之外的重要角色，也算是有特色的风土人情，而且有个特别萌的名字"三脚猫"，有的地方叫"风采车"。

正想得美呢，门铃响了，安安静静地卧在垫子上睡觉的钻石，仿佛听到了召唤，抖动着全身上下的毛，跑到门口候着了。

吉日格勒打开门一看，是徐小鬼和一个女孩儿，手里还提着好些东西。钻石毕竟和徐小鬼待过几天，便爬到他的腿上打招呼。

"福姥姥，我妹妹放假了，我带她过来看看您。"

"快进来，你也不宽裕，还买这么多东西。"

"我心存感激，没有你的帮助，我现在还不知道会是什么样子。"

徐小鬼被巴图介绍到快递公司后，一直和巴图一起干。他有了正事可干，就十分卖力。巴图筹备自己的快递公司之后，徐小鬼自己买了一辆电动三轮车，就和海南的"三脚猫"差不多。他风里来，雨里去地收、送快递，钱越挣越多。过了年，他准备去巴图的公司，与他同甘共苦。小雪过后，他把体弱多病的母亲接到了青城，租了个比较便宜的房子。母亲看着儿子走上了正道，心情一好，病也好了不少。每天还能给他做口饭吃。妹妹放假一回来，一家三口就团聚了。

吉日格勒一听，徐小鬼也是一个孝顺孩子，她想起一句蒙古族谚语，"苦干的人汗水多，贪吃的人口水多。"

2015 年过得真快，让人觉得缺斤短两，二月里就要过年了。春节是中国一个古老的节日，也是全年中最重要的一个日子。如何庆贺这个节日，在千百年的历史发展中，形成了一些较为固定的风俗习惯，有许多还相传至今。"腊月二十四，掸尘扫房子"。据《吕氏春秋》记载，我国在尧舜时代就有春节扫尘的风俗。按民间的说法：因"尘"与"陈"谐音，新春扫尘有"除陈布新"的含义，其用意是要把一切穷运、晦气统统扫出门。这天，苏哈玲也像千家万户的主妇一样，开始打扫房子。因为过了清明才装修的房子，墙壁不用处理，只是擦擦玻璃和洗洗窗帘，擦洗瓷砖，清洗各种器具。福多多过年要在单位值班，回不了家，也来帮忙。吉日格勒也忙前忙后帮她们递个抹布、吸尘器什么的，家里洋溢着欢欢喜喜搞卫生、干干净净迎新春的欢乐气氛。

除夕一大早，安泰然和安逸就精选了一副大红底、金黄色大字的春联贴于门上，上联：雪消门外千山绿；下联：猴到人间万户春；横批：阖家幸福，为节日增添了喜庆的气氛。苏哈玲和母亲在窗户玻璃上贴窗花。红红的剪纸，将吉事祥物、美好愿望表现得淋漓尽致，一对对的小猴子，将节日装点得红火富丽。她们还在屋门上、墙壁上、门楣上贴上大大小小的"福"字。春节贴"福"字，是我国民间由来已久的风俗。"福"字指福气、福运，寄托了人们对幸福生活的向往，对美好未来的祝愿。

春节联欢晚会开始之前，苏哈玲终于将父亲留下的照片解冻了。全家人每人捧着一本相册欣赏着，一页一页翻着。每一张老照片，都是一份见证，见证日出日落、斗转星移中，那不变的记忆的温暖。吉日格勒终于翻出了在北京的照相馆拍的结婚照。照片上苏子文穿着一件蒙古袍，正是那张照片上的人，她想起来了，那是丈夫从结婚照上加洗出来的。笑声轻快地像开了塞的香槟酒一样，从她的喉咙里"突突突"地冒出来，连她自己也奇怪，自己像"老顽童"一样，无忧无虑了。

"一夜连双岁，五更分二天"。除夕之夜，全家团聚在一起，吃过年夜饭，围坐在电视机前，看着春晚，守岁迎新。古时守岁有两种含义：年长者守岁为"辞旧岁"，有珍爱光阴的意思；年轻人守岁，是为延长父母寿命。

吉日格勒一家还像往年一样，一家大小聚在一起包饺子，话新春，其乐融融。饺子象征团聚合欢；又取"更岁交子"之意，非常吉利；此外，饺子因为形似元宝，过年时吃饺子，也带有"招财进宝"的吉祥含义，这也是他们家传承了几十年的加餐团圆饭的原因吧。

吃团圆饭之前，吉日格勒对着镜子，给自己鞠个躬，然后对自己说，"嘿，福姥姥，2015年你过得真不容易，也给家人带来不少麻烦。没事儿，新年钟声一响，就要翻篇了。2016年，一定要对自己、对家人好一点儿，怎高兴怎任性怎来。没病没灾的，平平安安的，开开心心的，顺顺当当的。"

新年钟声敲响之前，鞭炮声有的像狂人发疯时的狂笑在空中四处飘荡，有的像战争片里的机关枪声，接连不断。安逸没有像往年一样，跑到院子里去放炮，他知道姥姥不喜欢他那么做。他从网上下载了各种炮声，在电脑里噼噼啪啪地响。

零点钟声响起。吉日格勒虽然没有听到"天神之声"的召唤，但她任自己的神思在时空中游走。古人云，"人生七十古来稀"；今人也说，"人生百年不是梦"。杨绛在她的一百岁感言中说，保持知足常乐的心态才是淬炼心智，净化心灵的最佳途径。无论自己能活多久，都要健康、开心、幸福，平平淡淡才是真。想起一年中经历的人和事，她用两句蒙古族谚语来概括：好事到来，偏说是喇嘛念经的功劳；灾祸到来，硬说是自己作孽的结果。

在这个辞旧迎新的时刻，吉日格勒感到从心底涌出了强烈的激奋。人生的日子总是越来越少，剩下的日子都是越来越重要，无论你有多么老，每天都是最年轻的自己。生老病死没有人能逃得了，只能顺其自然。所谓顺其自然，并非代表可以不努力，而是努力之后要有勇气接受一切成败。吉日格勒始终记得苏秀玲说的一句话，真正的富有，不取决于银行卡上的天文数字，而取决于你脸上的笑容。她站镜子前，给出了此生不曾有过的深邃情感和真诚祝愿：愿天下人，活出别样的精彩！

图书在版编目（ＣＩＰ）数据

福姥姥 / 舒文著. -- 北京 ： 中国文史出版社，
2018.9
　　ISBN 978-7-5205-0505-5

　　Ⅰ. ①福… Ⅱ. ①舒… Ⅲ. ①长篇小说－中国－当代
Ⅳ. ①I247.5

　　中国版本图书馆 CIP 数据核字(2018)第 198525 号

责任编辑：全秋生
封面设计：徐　晴

出版发行：中国文史出版社
地　　址：北京市西城区太平桥大街 23 号　　邮编：100811
电　　话：010－66173572　　66168268　　66192736（发行部）
传　　真：010－66192703
印　　装：北京温林源印刷有限公司
经　　销：全国新华书店
开　　本：787×1092　　　1/16
印　　张：16　　字数：248 千字
版　　次：2019 年 1 月北京第 1 版
印　　次：2019 年 1 月第 1 次印刷
定　　价：49.80 元